KB024207

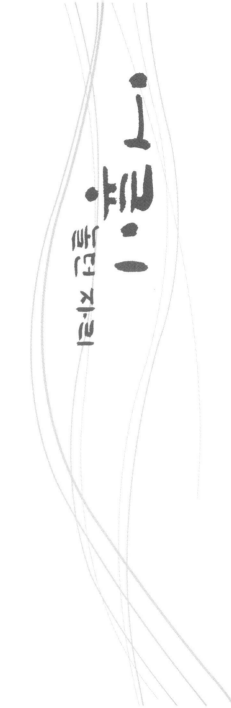

김도일 소설집

2023

디어
마이
엉클

해가 떨어지고 있는 모양이었다. 발갛게 녹이 슨 빛이 서쪽을 보고 있는 베란다를 뚫고 커튼 사이로 길쭉하게 비집고 들어왔다. 비스듬히 재단된 광선 안에는 먼지들이 무질서하게 움직이다 사라지고는 했다. 먼지에 묻어 들어온 아이들의 재잘거림, 찬거리를 실은 트럭의 마이크 소리가 귓바퀴 주위를 어지러이 맴돌다 집 구석구석에 아무렇게나 쌓였다.

소리가 날붙이로 변할 때가 있다. 최근 들어 소리의 날카로움에 자주 고막을 찔리고 신경이 베였다. 전엔 없던 일인데 이상한 노릇이다. 바짝 긴장한 귓바퀴가 등을 잔뜩 구부린 채 흰머리 속으로 파고들었다.

'개새끼들!'

욕이나 한 바가지 할 요량으로 베란다 문을 열었지만 호시탐탐 기회를 엿보던 소음에 집 안은 너무 쉽게 점령당해버렸다. 경박스러운 배달 오토바이의 엔진, 단지 너머 4차선 도로를 오가는 차들의 독이 오른 경음기 소리. 소음의 기세에 주눅이 들어 가슴에서 올라왔던 분노를 다시 삼킬 수밖에 없었다.

문 한쪽이 내려앉았는지 쉽게 열렸던 섀시가 30센티미터 정도를 남겨두고는 닫히지 않았다. 어깨에 체중을 실어 얼굴을 한참 찡그리고 나서야 끼이익, 기분 나쁜 소리를 내며 문은 움직이기 시작했다. 그 사이에도 하늘은 멀리 공단에서부터 점점 붉게 물드는 중이었다.

커튼까지 단속을 하고 나니 오줌이 마려웠다. 그것도 기운을 쓴 거라고 아랫배에 힘이 들어갔나 보다. 변기 앞에 서서 음! 소리를 반복하며 한참을 기다렸다. 가는 줄기가 떨어졌지만 길게 잇지 못하고 금세 쪼록쪼록 끊어지다 사라졌다. 아랫배에 아직 찌릿한 기분이 남아있었지만 끊어진 오줌은 다시 보일 기미가 없었다. 아쉬워하며 늘어진 성기를 팬티 안에 구겨 넣자마자 끝난 줄 알았던 오줌이 찔끔 나와버렸다. 뜨뜻하고 축축한 기운이 속옷을 적시고 허벅지를 지나 발목까지 다다랐다. 늘상 있는 일이지만 기분이 더러웠다.

냉장고 문을 열어 반쯤 담긴 소주병과 딱딱하게 굳어 한 덩어리가 된 멸치볶음을 꺼냈다. 냉장고 속은 전기를 굳이 연결하지 않아도 될 만큼 휑했다. 지난겨울에 부녀회다, 새마을회다, 또 무슨 무슨 단체들로부터 두세 포기씩 얻어 제각기 맛이 달랐던 김치는 대가리만 몇 개 뻘건 국물에 떠 있은 지 오래였다.

혹시나 뭐라도 건질 거 있나 싶어 뚜껑을 열어봤지만 갇혀있던 초파리들만 갑자기 넓어진 세상에 어리둥절 갈피를 못 잡고 이리저리 헤매면서 지독한 냄새를 풍겨댔다. 별 기대는 하지 않았다. 어차피 식욕은 사라진 지 한참 되었다. 대신 시시때때로 배 속 저 안에서부터 근질거리는 느낌이 올라와 목구멍이 쩌억하고 붙으면 알싸한 소주 몇 잔 부어 넣어 물기를 유지하면 그만이었다.

쿵쿵쿵! 상도 없이 바닥에 전을 펴고 두 잔을 달아서 비우고 세 번째 기울어지던 술병이 잠깐 멈췄다. 잠시 간격을 두고,

"어르신요, 계십니꺼?"

일주일 전부터 이 시간만 되면 반장 여편네가 찾아와 문을 두드린다. 뻔한 이유일 것이다. 어디에 들어가는 돈을 내야 한다거나, 무엇 때문에 동의서가 필요하니 서명을 하라거나. 두어 번 더 쿵쿵거리다 곧 포기를 했는지 신발 끄는 소리가 점점 멀어졌다. 여편네가 발을 땅에 놓을 때마다 슬리퍼에서 쉭쉭 바람

빠지는 소리가 나는 것 같았다.

세워두었던 녹색병 대가리를 다시 숙이다가 병목으로 잔을 쳐넘어뜨리는 바람에 바닥에 술을 쏟았다. 재빨리 병을 제자리로 거두었지만 이미 쏟긴 술은 세력을 넓혀가며 방바닥을 적시고 있었다.

"이런 니미……."

할 수 없이 다리를 세우고 엉덩이를 들었다. 반바지 안으로 드러난 허벅지는 기름기라고는 찾아볼 수 없이 허연 거죽만 애처롭게 붙어있었다. 힘겹게 허리를 세우자 몸이 휘청거렸다. 안으로 쪼그라들 듯이 흉터가 패인 옆구리에 전기가 일었다. 장판이 스멀스멀 움직이는 것 같기도 하고 장롱 문짝의 산과 강, 거북이와 사슴 따위들이 밖으로 튀어나오는 느낌이었다. 무엇에 밀린 듯 넘어질 뻔하다 겨우 벽을 짚어 몸을 지탱했다. 허벅지가 후들거리고 머리에 어지럼이 일었다.

밤은 평등하게 세상에 펼쳐졌지만 어둠은 공평하게 분배되지 않았다. 엘리베이터도 없는 5층짜리 낡은 아파트는 다리 건너 다섯 배는 더 높아 보이는 아파트보다 짙어져야 할 어둠의 덩어리가 더 컸다. 저편의 가로등은 하얗고 이편의 가로등은 붉었다. 이쪽 사람들의 삶은 가로등 불빛만큼 흐릿하고 깜빡거렸다.

목이 늘어난 러닝셔츠처럼 훅이 몇 개 떨어진 채 처진 암막 커튼은 집 밖의 소소한 빛들을 그런대로 잘 막아주었다. 방 한쪽에 있는 텔레비전이 집 안의 유일한 조명 구실을 했다. 맞은편 벽에 몸을 기대 누운 채 베개로 목을 받쳐 눈을 화면에 고정했다.

머리에 잔뜩 힘을 준 날씬한 여자와 불룩한 배에 머리가 반 이상 올라간 남자가 제주산 은갈치 설명에 열을 올리고 있었다. 그들 뒤에는 가족으로 보이게 연출된 대여섯 명이 흰 쌀밥에 벌건 갈치살을 얹어 서로 먹여주니 가시를 발라주니 호들갑을 떨어댔다. 채널을 돌리니 한때 씨름선수였던 이가 장모와 밥상 앞에서 티격태격하는 모습과 또 그걸 보고 스튜디오에서 낄낄거리는 장면을 보여주고 있었다.

얼굴을 찌푸리며 리모컨을 집었다. 버튼을 한참 아래로 누른 후에야 평소 익숙한 채널을 찾았다. 마침 지역 방송국 아나운서가 뉴스를 진행하고 있었다.

속보입니다. 오늘 저녁 6시 35분경 우리 지역 북동쪽 해상 약 8킬로미터 지점에서 진도 3.0의 지진이 발생했습니다. 기상대는 이번 지진이 건물이 약간 흔들릴 수 있는 강도이며 현재까지 접수된 피해는 없다고 발표했습니다. 아울러 인근 원자력 발전소도 지진으로 인한 피해는 현재까지 없으며 발전기 모두 정상으로 운행되고 있다고 밝혔습니다. 시 재난대책본부는……

얼핏 잠이 들었다. 아나운서의 목소리가 들렸다가 아득해지기를 반복했다. 그 사이로 이질적인 소리가 끼어들었다.

똑똑똑. 처음에는 뉴스와 마찬가지로 아득하게 들리는 소리가 점점 입체감이 살아나 다가왔다. 똑똑똑. 누군가 문을 두드리고 있었다. 또 반장 여편넨가? 몇 번 그러다 포기하겠지 생각했지만 소리는 끊어지지 않은 채 규칙적으로 들렸다. 슬슬 짜증이 올라왔다.

결국 벽을 박차고 허리를 세웠다. 안방을 나와 좁은 거실을 지나 현관 앞에 섰다. 움직임을 감지한 등이 화들짝 노란빛을 내었다. 막상 현관문 앞에 서자 머리끝까지 차올랐던 짜증은 서서히 두려움으로 바뀌었다. 문밖의 존재는 여전히 규칙적으로 문을 두드렸다. 머릿속에서 짜증과 두려움과 호기심이 뒤섞여 소용돌이쳤다. 현관문 가운데 구멍에 가만히 오른쪽 눈을 갖다 대었다.

초점이 맞지 않아 흐릿하게 보이던 사람의 형체가 둥근 렌즈에 점점 또렷이 잡혔다. 회색 정장 바지 밖으로 체크무늬가 들어간 군청색 반팔 남방을 내어 입은 사내가 누런 비단 천으로 된 보따리를 한 손에 든 채 허연 이를 드러내며 웃고 있었다. 낯익은 얼굴인데 퍼뜩 생각이 나지 않았다.

기억을 헤집으며 문밖 사내의 정체를 고민하던 중 갑자기 머릿속에서 벼락이 쳤다. 그놈이다! 세월이 흘러 이마도 많이 올라가고 머리숱도 듬성했지만, 목 거죽이 두 줄로 늘어지고 눈과 입가에 주름이 자글거렸지만…….

벌겋게 달아오른 피부, 이글거리는 눈빛, 아직 굽어지지 않고 떡 벌어진 어깨며 누런 이빨을 드러내며 실실 웃는 그 기분 나쁜 웃음까지. 그리고 결정적으로 오른쪽 뺨에 엄지손톱 크기의 반점. 어릴 때는 외모 때문에 점수, 그리고 머리가 굵어져서는 괄괄하고 우악스러운 성깔로 소대가리로 불리던…… 우경수. 그놈이 확실하다.

수십 년간 머리에서 지우고 살았지만, 지우고 살았다고 생각했지만 놈의 얼굴을 마주하자마자 옛날의 감정이 한 번에 일어났다. 분노, 절망, 두려움……. 간단히 정의할 수 없는 엉킨 실타래 같은 심정이 마치 오래전부터 지금까지 함께해 익숙하듯 온몸을 휘감았다.

굽은 등에 애처로이 붙어있는 연약한 척추를 따라 소름 한 줄기가 오르락내리락했다. 손잡이를 움켜쥔 손은 당길까 밀까 갈피를 잡지 못했다. 렌즈 안의 놈은 여전히 히죽거리며 입술을 오물거렸다. '안에 있는 거 다 안다. 문 열어라. 문을 열라고!'

나는 땅뙈기를 꽤 부치고 소도 몇 마리 가지고 있는 집 늦둥이로 태어났다. 위로는 형님 한 명에 그 밑으로 누님이 내리 세 명 있었지만 누님들은 내가 태어났을 때 모두 출가를 한 터라 일 년에 한 번 볼까 말까 했고 혹 자리를 같이하더라도 데면데면한 사이였다. 사실 장남, 그러니까 형님 바로 밑에 아들이 하나 더 있었는데 일곱인가 여덟 살 추석을 며칠 앞두고 동네 아이들과 밤을 주우러 다니다 말벌 집을 건드려 죽었다고 했다.

늦둥이를 본 아버지의 뜻을 나름 헤아려 보자면, 아들을 장가 보내고 딸들까지 다 치우고 나서 곰곰이 생각을 해보니 사대봉 사를 비롯한 집안 대소사를 아들 한 명에게만 맡기기에는 너무 과하다 싶었을 것이다. 그리하여 오로지 가문을 위한 일념으로 마지막 힘을 쥐어짜서 만든 게 나란 존재인 것이다. 그러니 내 탄생의 목적은 단 하나, 집안 장손의 충직한 꼬붕이 되는 것이 었다. 아직 어머니의 달거리가 끊어지지 않아 첩을 들이지 않고 씨를 받을 수 있었는데 그게 아버지에게 다행인지 불행인지는 당사자에게 물어보지 않아 모를 일이다.

이유야 어쨌든 밥 굶을 걱정 없는 유복한 집에 태어난 것까지 는 좋았는데 형님의 아들 그러니까 조카란 놈이 먼저 세상에 나 와 장손이라는 완장을 차고 있었고 그놈이 다름 아닌 우경수란 사실이 내 꼬인 인생의 시작이었다.

어머니는 아버지의 씨를 품어 나를 이 세상에 내놓는 데 남은 기력을 다 짜내었는지 나를 낳고는 그만 젖이 말라버렸다. 그리하여 나는 형수의 젖을 놈과 공유하게 되었는데 아무래도 핏줄이 더 당기는지라 자기 아들에게 악착같이 물린 후에 내 차례엔 건성으로 물렸을 것으로 예상이 된다. 거기다가 경수란 놈은 태어나기를 아기 장수마냥 우량으로 나온 데다 욕심은 또 얼마나 많은지 배가 찰 만큼 빨았는데도 제 어머니 젖을 물고 놓지를 않아서 젖꼭지에 생채기를 내는 게 여사였다.

그래서였는지 놈은 시간이 갈수록 통뼈가 되어갔던 반면, 나는 자랄수록 속 빈 대나무같이 키만 삐쭉 솟아올랐다. 대나무처럼 반듯하게 위로 자라기만 했더라도 얼마나 좋았을까. 기럭지는 대나무인데 반해 등은 선산에 소나무처럼 노상 굽어 있었던 것이다.

어릴 때부터 좋은 것은 무조건 경수 놈의 차지였다. 놈은 장손이라는 후광으로 집안 어른들의 사랑을 독차지했다. 명절이나 제삿날 떼어주는 떡이나 유과에서도 놈의 것과 나의 덩어리는 표가 나게 차이가 났다. 거기에다 오뉴월 하룻볕이 무섭다고 놈의 덩치와 힘은 나와 비교가 되지 않았다. 가끔, 아주 가끔 내가 좀 더 좋거나 큰 것을 가진 사실을 들키기라도 하면 발길질 한 번에 나는 방구석으로 나가떨어져 눈물을 한 되 정도 흘려야 했고 놈은 결국 내 손에서 빼앗아 제 욕심을 채우고야 말았다. 행여 어른들이 사실을 알게 되어 혼쭐이 나도 온전히 놈만 혼나는 경우는 없이,

"니는 아재가 되가 조카한테 맞고 질질 짜나? 아이고 남사시러버라. 시끄럽다! 뚝 안 그치나? 마, 꼬추를 띠가 개한테 던져줄라!"

건성으로 놈에게 1차 훈계를 한 다음, 나까지 엮어 마무리를 하는 것으로 끝이 났다. 당연히 뺏긴 것은 돌아오지 않았다.

나는 옷도 늘 놈이 입던 것을 물려 입었다. 한번은 친정 오는 셋째 누님이 늦둥이 동생을 위해 귀하다는 나일론 남방과 바지를 사 가지고 왔다. 애들 옷을 고를 때는 몇 년 입힐 요량으로 길이와 품을 넉넉하게 잡게 마련인데 당연히 그 옷도 팔다리를 몇 번 접고 허리도 주름이 꽤 잡혀야 입을 수가 있었다.

며느리 눈치가 보였는지 맏손자를 사랑하는 마음이 충만했는지, 누님이 집으로 가자마자 어머니는 몸에 맞을 때까지 그 옷을 장롱 속에 처박아두느니 놈이 입다가 내가 받아 입으라고 하셨다. 이쯤 되면 내 의견은 이미 중요하지 않았다. 다음 날 아침, 딱 한 번 입어본 내 옷을 입은 놈이 밥상에 머리를 처박고 고등어 가시를 바르고 있었다. 게다가 옷은 놈에게도 커서 팔을 한 번 접어 입고 있었다.

밥을 목구멍에 넣는데 자꾸 눈물이 났다. 아침부터 밥상머리에서 질질 짠다고 아버지의 숟가락이 머리로 날아왔다. 아파서 울었다. 울다 보니 서러워서 울었다. 눈에 물기가 일어 반찬이 잘 안 보였다. 손으로 맞은 부분을 문질렀다. 머리카락에 밥풀이 붙어 찐득거렸다.

경수가 국민학교에 들어갈 나이가 되자 아버지는 큰 결단을 내렸다. 형님 가족을 약 30리 떨어진 읍내 마을로 분가시키기로 한 것이다. 어린 장손이 먼 거리를 걸어 학교에 다니게 할 수 없다는 이유 때문이었다.

이를 위해 아버지는 과수원 한 뙈기를 팔아 읍사무소 맞은편에 방이 두 개 딸린 점방을 얻었다. 거기에서 형님 내외가 비누와 고무신 같은 잡화를 팔 것이라고 했다. 원래 일본 사람이 하던 것이었는데 갑자기 본국으로 돌아가게 되어 급하게 나온 것을 재빨리 넘겨받았다고 셈을 치른 날 낮부터 막걸리에 혀가 꼬인 아버지는 만나는 사람마다 목청을 높여서 자랑했다.

형수도 기분이 좋은지 평소와 달리 나에게 나긋나긋한 목소리로 살갑게 대했다. 놈 또한 신이 나서 동네 아이들에게 매번 똑같은 자랑을 하며 마을을 누볐다. 그때마다 아이들은 바보같이 부러운 눈으로 놈을 우러러보았다.

그것은 나에게도 나쁘지 않은 일이었다. 나쁘지 않은 게 아니라 놈에게서 벗어날 수 있는 절호의 기회였다. 이제 몇 밤만 자고 나면 놈의 그늘에서 벗어나 놈이 차지했던, 내가 응당 가지고 누려야 했던 모든 것들을 되찾아올 것이다. 아버지 어머니도 이제 나에게 관심을 주시겠지. 희망이 생기고 나니 놈의 비위를 맞추는 것도 힘들지 않았다. 놈도 나와 헤어지는 게 아쉬웠는지 별로 괴롭히지 않았다.

이제부터는 세상이 온갖 아름다운 것들로만 채워질 것 같았다. 얼굴이 고추장마냥 불콰하게 변하여 꺼러럭 트림을 할 때마다 된장에 박힌 생마늘 냄새를 풍기는 형님이 아버지 어머니를 앉혀놓고 하늘에 좌악 금이 가는 소리를 하기 전까지는.

"아부지요, 막둥이 저거 제가 데리고 가겠십니더. 장남인 제가 쟈를 거둬야 안 되겠십니꺼? 이참에 저놈아도 우리 갱수랑 국민학교에 같이 집어널라꼬요."

"쟈는 나이가 한 살 모지라가 안 되는 거 아이가?"

"지가 오늘 누구하고 한잔한 줄 아십니까? 저 짝에 정미소 둘째 아들이 지하고 친군데요. 가가 읍사무소 호적계에 안 있습니까. 오늘 가 만나가 막둥이 얘기하니까 서류에 글자 몇 개 지우고 새로 써넣으면 된다 카데요. 그래 오늘 지가 가한테 술 씨게 한번 샀다 아입니까."

전쟁에서 이기고 돌아와 무용담을 늘어놓듯이 손바닥으로 방바닥을 두드려가며 침을 튀기는 장남을 보며 아버지는 흐뭇한 듯 고개를 끄덕였다. 평소 같으면 애비 앞에서 술주정을 부린다고 지게 작대기부터 찾을 일이었는데 말이다.

어머니 또한 감격스러운 눈으로 장남을 올려보았고 놈 또한 곁에 두고 맘껏 부릴 수 있는 몸종 하나 데리고 갈 수 있어 기분이 좋은지 써늘한 웃음을 흘렸다. 그러나 두 사람, 나와 형수의 얼굴은 점점 하얗게 질려가고 있었다. 형수와 눈이 마주쳤다. 형수의 눈에서 파란 불꽃이 일었다. 내 눈에도 파란 이슬이 맺혔다.

잠금장치를 돌리기 무섭게 놈은 손잡이를 자기 쪽으로 당겨 문을 열어젖혔다. 그 바람에 문하고 같이 딸려 나가 놈 가슴에 얼굴을 박았다.

"아따, 아재! 조카한테 이래 안기는 거 보이 억수로 반가운가베? 근데 문은 와 이래 늦게 여노?"

놈은 신발을 아무렇게나 벗어놓고 성큼성큼 집 안으로 들어와 냉장고를 현관문처럼 열었다. 마치 제집처럼 구는 거침없는 행동이었다. 저런 안하무인 행동은 나이를 먹어도 고쳐지지 않는 모양이다. 놈은 냉장실에서 아직 따지 않은 소주와 아까는 보이지 않았던 온전한 마른오징어 한 마리를 찾아 꺼냈다. 그런 다음 음료수 컵이 철철 넘치도록 소주를 부어 목으로 넘겼다. 꿀렁꿀렁하는 소리가 컵에서인지 목구멍에서인지 모르게 들렸다. 냉장고에 새 소주가 남아있었던가? 하는 생각도 잠시, 그 모습을 보고 있자니 화가 머리를 뚫고 나올 지경이었다.

"이게 남의 집에 와서 할 도리가?"

"여기가 와 남의 집이고? 아재랑 내가 남이가?"

"그라믄 이게 몇십 년 만에 만난 아재한테 조카가 할 행동이가?"

"와? 절이라도 받고 싶나?"

혼신을 다해 조카를 훈계하는 삼촌을 조카는 비실비실 웃음을 흘려가며 너무나 쉽게 제압했다. 나는 힘이 빠져 바닥에 주저앉으려는 다리를 겨우 지탱했다.

"그동안 죽었는지 살았는지 코빼기도 안 비치더만. 뭐 궁금하지도 않았다만…… 갑자기 우짠 일이고?"

"아재가 보고 싶어 왔다 아이가."

"나는 니 안 보고 싶었다. 니 때문에 한평생 내 인생 꼬인 거 모르나? 그거를 모르면 인간이 아니지. 나는 니 안 보고 사니까 세상 편하더라."

"아재는 아직도 어릴 때 일 가지고 삐쳐가 있나?"

"어릴 때 일이라니, 어? 그때가 와 어릴 때고?"

"오야 오야. 내 미안하다. 근데 아재가 보고 싶었던 거는 진심이다. 내 사정이 있어가 연락을 끊고 살았지마는…… 인제는 아재하고 예전처럼 살아야 하지 않겠나? 알콩달콩."

눈에 불이 일었다. 두 팔이 부들부들 떨렸다. 아주 오랜만에 느껴보는 순수한 분노가 몸 안쪽 깊은 곳에서 끓어올랐다. 내 분노에는 아랑곳하지 않고 경수는 바닥에 철퍼덕 앉았다. 나는 물끄러미 서서 경수를 내려다보았다.

"뭐하노? 넘의 집이가? 앉아봐라. 그동안 우예 살았는지 할 얘기가 많을 꺼 아이가? 물어볼 것도 많고."

"니한테 궁금한 거 없다. 그러니까 니도 내 궁금해하지 말고 고마 가라. 그리고 제발 다시는 오지 마라. 괜히 와가 속 디비지 말고."

"에헤이, 단다이 삐쳤는가베. 아재! 이라고 있으니 예전에 우리 둘이 살 때 생각 안 나나?"

읍내에서 학교를 다니는 동안 해방이 되었다. 그리고 그 이듬해에 마을에 몹쓸 병이 돌아 아버지 어머니가 차례로 돌아가셨다. 형님과 나는 야밤을 틈타 금줄 쳐놓은 마을에 몰래 들어가서 문상객 없는 장례를 치러야 했다. 관에도 모시지 못한 부모님을 동네 사람들의 도움을 받아 묻는 내내 형님은 내 손을 꼭 잡고 눈물을 흘렸다. 이제껏 느껴보지 못한 따뜻함이었다.

어린 상주에게 부모의 죽음은 슬픔보다는 힘들고 고단함으로 다가왔다. 읍내로 돌아오자마자 나는 잠에 취해 곯아떨어졌다. 끼니를 거르고 얼마를 잤는지 모르고 일어났는데 머리맡에 경수가 앉아있었다. 또 무엇으로 괴롭힐까 잔뜩 긴장하며 일어나 자리에 앉았다.

"뭔 잠을 그래 오래 자노? 나는 니도 병 옮아가 죽은 줄 알았다."

"......"

"자! 이거."

"이게 뭐고?"

"잠을 자도 뭐를 좀 먹어가며 자야 할 거 아이가? 기다리다가 내가 잠이 와 죽겠네."

경수는 신문지에 싼 것과 사기 사발을 방바닥에 두고 자리에서 일어나 밖으로 나갔다. 종이를 벗겨보니 고운 밀가루가 발린 모찌가 서너 개 놓여있었고 사발에는 누런 밥알을 띄운 식혜가 담겨있었다. 그 후로 경수는 더 이상 나를 괴롭히지 않았다. 그래봤자 친구로서의 신분으로 격상시켜준 것이지 삼촌으로서 깍듯한 대우를 해주는 것은 아니었다. 형님은 집과 전답 등을 정리하여 고향 마을에서 완전히 등을 졌다.

　국민학교를 졸업하자 경수와 나는 중학교가 있는 도시에서 하숙을 시작했다. 학년 초의 남자 중학교는 강호의 서열을 정리하기 위한 활극으로 춘추전국시대를 방불케 했다. 그러나 얼마 되지 않아 대충 정리가 되었는데 그중에서도 경수의 실력은 단연 으뜸이었다. 우람한 체격과 큰 머리, 상대를 향해 미치듯이 뛰어가서 머리로 받아버리는 모습에서 경수는 점점 이름보다 '소대가리'라는 별명으로 불렸는데 사실 앞에 '미친'이라는 단어가 생략된 것이었다.

　소대가리가 초기에 뛰어난 활약을 해준 덕분에 나도 덩달아 학교생활이 편해졌다. 소대가리의 삼촌이라는 소문이 학교에 퍼지면서 아무도 나를 괴롭히지 못했고 심지어 나를 선망의 대상으로 보기까지 했다. 그러나 나는 소문에 내 이름이 오르내리는 것에 상관없이 정지용이나 황순원의 글들을 읽으며 있는 듯 없는 듯 지냈다.

　소대가리는 통솔력도 있어서 따르는 친구들이 많았기 때문에 하숙방에는 늘 덩치 좋은 친구들로 북적였다. 학교를 마치고 돌아와 하숙방 문을 열면 대여섯 명이 벌건 얼굴을 하고 들어앉은 방에 뽀얀 연기가 자욱하고 술 냄새도 희미하게 나는 경우도 자주 있었다. 소대가리는 그런 날이면 아이들이 모두 돌아가고 나서,

“아재, 아버지한테는…… 내가 말 안 해도 알제?”

하면서 간식거리나 당시 구하기 어려운 소설책 같은 것을 쓱 바닥에 밀어 내 앞에 놓았다.

“그때 하숙방에서 아재하고 묵었던 소주 맛이 죽였는데 그자? 요새 소주는 밍밍한 게 암만 묵어도 정이 안 가노?”

그러면서 경수는 컵 두 개에 남은 술을 나누어 따르고 오징어를 반으로 북 찢어 나에게 건넸다.

“말은 똑바로 해라. 술을 마셨던 거는 내가 아이고 니하고 니 친구들이다. 괜히 내하고 엮지 마라.”

“맞다 그래. 그때 내가 친구들하고 어울려가 나쁜 짓 하고 댕기면 아재가 아버지한테 얘기 잘해줘가 무사히 넘어가고 그랬는데. 아, 맞다. 아재 이거 함 입어봐라.”

경수는 올 때부터 들고 있던 누런 보따리를 앞에 두었다.

“이게 뭐고?”

“간만에 아재 만나러 오는데 빈손으로 올 수가 있어야지. 사실 아재 줄라고 진즉에 맞춰놨는데 맞을라나 모르겠다.”

보따리를 앞에 당겨 매듭을 끌러보았다. 아래위가 하얀 여름 양복 한 벌이 말끔하게 개어져 있었다.

“뜬금없이 웬 양복이고?”

"얼른 가가 갈아입고 나와봐라."

"치아라 이 자슥아. 내가 언제 옷 사돌라 하더나?"

"어허! 퍼뜩 함 입어봐라. 사실…… 오늘 아재하고 어디 좀 갈 데가 있다."

"야가 오밤중에 나타나가 뭔 소리고? 안 간다. 어딘지는 모르지만 갈라믄 니 혼자 가라."

"아재, 정배 알제?"

"누구? 정배…… 정배? 그 꼽씰머리에 앞니 없는 방정배 말이가?"

"그래, 우리 하숙집 골목 안쪽에 살던 정배. 그 정배가 어제 갔다. 그래가 어릴 때 동무들 몇몇이 초상집에서 모이기로 했다 아이가."

"정배가 아직 살아있었더나? 그라고 니는 야들하고 연락하고 지내고?"

"다는 아이고. 몇몇만."

얼굴이 달아올랐다. 점점 목소리가 높아졌다. 술기운인지 화가 오르는 건지 정확하지 않았다.

"그라믄서 내한테는 연락을 딱 끊고. 행방을 싹 감추고 살았단 말이가? 나는 그렇다 쳐도 너거 아버지, 너거 어무이는? 그분들한테는 와 연락을 끊노 말이다. 그분들이 뭐 죄라고?"

"내 사정이 있었다 안 하나? 차차 알게 될 끼다. 이래 열 올리지 마라."

"뭐? 정배? 친구들? 이런 고얀 노무 새끼를 봤나? 내가 니 때문에…… 어? 너, 너거 아버지하고…… 내가…… 내가 말이다!"

들고 있던 컵을 바닥에 내팽개쳤다. 그러고는 남아있는 힘을 다 끌어모아 팔을 치켜올렸다. 옆구리가 불에 덴 듯이 당겼다. 허리가 버티지 못했다. 그대로 방바닥에 고개를 처박고 무너져 내렸다.

"내가 니를…… 내가 니를 얼마나……."

8월의 날씨는 밤이 되어도 식을 줄 몰랐다. 여자 중학교로 쓰였다는 건물은 눈에 구멍이 숭숭 뚫린 괴물처럼 휑하고 을씨년스러웠다. 한때 여기는 머리를 양 갈래로 딿은 어린 소녀들의 재잘거리는 소리와 풋풋한 과일 같은 향기로 가득했을 것이다. 그러나 지금은 남자들의 천근 같은 침묵과 매캐한 화약 냄새에 코를 찌르는 땀내만이 있을 뿐이었다.

군인들은 일흔한 명의 학도병들만 이곳에 남겨두고 남쪽으로 향했다. 전쟁이 시작된 이래 국군은 위에서부터 밀리고 밀리기를 반복하다 결국 영일만까지 다다랐다. 군대가 낙동강에 방어선을 구축하여 반격의 발판을 마련할 수 있도록 이곳에서 시간을 벌어야 하는 게 어린 병사들의 임무였다.

전쟁은 기말고사를 며칠 앞둔 일요일에 일어났다. 소대가리와 같이 늦은 밤까지 자지 않고 시험 준비를 하다 새벽녘이 되어서야 자리에 누웠던, 멀리서 사이렌 소리가 꿈처럼 들리던 날이었다. 휴교령이 내려진 후 나와 소대가리는 형님댁으로 돌아가야 할지, 전쟁을 피해 남쪽으로 가야 할지 하숙방에 갇혀 갈피를 못 잡고 있었다.

소문이라도 듣고 오겠다며 밖에 나갔던 소대가리가 학도병 모집 전단지를 가지고 돌아왔다. 얼굴은 마치 벌써 학도병이 되어 몇 차례 전투를 치른 것처럼 벌겋게 상기된 채로. 결의 가득한 눈은 어릴 적 고향 동네에서 대장질하던 그때 그것이었다. 그런 소대가리를 따라 나도 엉겁결에 지원을 하고 말았다.

지원한 이들은 대부분 고등학생이었지만 갓 아이 티를 벗은 중학생도 있었고 서울에서 대학을 다니다 온 사람들도 있었다. 출신 지역도 부대가 남하함에 따라 점차 다양해졌다. 낮에는 나무로 만든 총으로 군사훈련을 하고 밤에는 보초를 섰다. 학생들에게는 '학도 의용군'이라는 완장과 태극무늬가 그려진 하얀색 띠가 주어졌다. 완장은 팔에 두르고 띠는 모자에 매었다. 이로써 학생에서 병사가 된 것이라고 누군가 그랬다. 그러나 여전히 우린 완전한 군인은 아니었고 학생의 신분을 온전히 가지는 것도 세상이 허락하지 않았다. 그러는 중에도 부대는 계속 남으로 향해 갔다.

학교 정문을 중심으로 왼쪽은 1소대가, 오른쪽은 2소대가 배치되었고 선거로 뽑힌 대학생 중대장은 통신병과 함께 학교 건물에서 부대를 지휘했다. 소대가리는 2소대, 나는 1소대였다. 중대장이나 소대장을 맡지 못한 소대가리는 기분이 안 좋아 보였다.

각 소대 병력은 학교 울타리를 따라 일렬로 배치되었다. 굵은 포플러 나무가 울타리를 따라 빽빽이 심겨있어 좋은 엄폐물이 되어주었다. 군인들이 남하할 때 넘기고 간 M1 소총 1정과 실탄 40발이 개인마다 주어졌다.

죽음에 대한 두려움도 쏟아지는 잠을 이기지는 못했다. 달은 구름에 가렸지만 별은 군데군데 촘촘히 박혀있었다. 개구리들은 인간들의 전쟁에는 관심이 없는 듯 우는 일에만 열중했다. 개구리 소리는 점점 소녀들의 재잘거림으로 바뀌어 귓불을 어루만졌다. 총과 고개가 동시에 아래로 꺾였다.

팔다리에서 기운이 다 빠져나가도록 잠 귀신에 시달리고 있는데 누군가 어깨를 툭 쳤다. 기겁을 하면서 총을 잡고 옆을 보니 소대가리가 씩 웃고 있었다.

"마이 피곤한가 베. 인민군이 업어가 평양까지 가도 모르겠구만."

"자리 맘대로 비워도 되나?"

"걱정 마라. 소대장한테 사정 얘기하고 왔다. 어쩌면 오늘이 혈육하고 마지막이 될지도 모르는데 상봉은 해야 할 꺼 아이가?"

"재수 없는 소리 마라. 죽기는 누가 죽는다고…… 별명만 소 대가리겠나? 명줄도 소 씸줄이겠지."

"내가 걱정이 아이고 나는 아재가 걱정이구만. 아재가 먼저 죽어가 내가 어릴 때 괴롭힌 거 복수할까 봐."

"……"

"근데 아재, 아재는 와 학도병에 지원했노? 나는 아재는 그냥 집에 갈 줄 알았다."

"마! 내 혼자 집에 가면 너거 아부지하고 어무이가 두 팔 벌려 가 아이고 왔나? 하고 잘도 반기겠다."

"그래도 아재는 이런 거 하고는 잘 안 어울린다 아이가. 나는 아재와 같이 있어가 좋다만."

"와? 여기서도 니 시다바리 하라고?"

"아재도 참, 어릴 때 일 가지고 아직도 삐쳤나? 내 어릴 때는 미안했다. 철이 없어가. 아재가 좀 봐도."

"아이고, 내가 우리 조카님한테 이런 소리도 다 들어보고……

인제 죽어도 여한이 없다."

"죽기는 누가 죽는다고. 근데 아재, 근데 우리 진짜 오늘 죽을 수도 있겠다 그자? 근데 나는 아직 실감이 안 난다. 그냥 빨리 전쟁이 끝나가 아재랑 집에도 가고 학교도 다시 댕겼으면 좋겠다. 아재하고 강에서 멱 감고 집에 와가 풋고추를 된장에 푹 찍어가 우그적우그적 먹고 싶다."

말하는 것만으로도 행복해하는 소대가리의 표정이 달빛 아래서 드러났다. 귓전에 고향의 강바람 소리가 들렸다. 쿰쿰한 하숙방의 냄새도 맡아졌고 알싸한 고추를 넣은 입엔 침이 고였다.

"아재, 이거 몰래 입에 넣고 아재 혼자 아껴 무라. 아까 낮에 뭐 쓸 만한 거 있을까 싶어가 창고 몇 개 뒤지다가 찾았다."

그러면서 소대가리는 손바닥만 한 오징어 몸통을 북 찢어 절반을 내 손에 쥐여주었다. 그런 뒤 자기도 다리를 뜯어 입어 넣고는 등을 한 번 툭 친 다음 허리를 숙여 어둠 속으로 사라졌다. 소대가리의 온기가 등에 한참 동안 고여있었다.

전투는 어슴푸레한 새벽에 시작되었다. 가라앉은 공기 사이로 어렴풋이 나는 짠 내를 좇아 코를 벌름거리고 있을 때였다. 천둥소리가 귀를 후벼 파고 섬광이 눈을 때렸다. 고막을 찢는 총소리는 아득한 의식을 급박하게 현실로 되돌려놓았다. 반사적으로 머리는 숙이고 총구만 전방을 향해 불을 뿜었다. 제대로 고정되지 않은 개머리판의 반동이 어깨를 심하게 때렸다. 고개를 살짝 들어 앞을 살폈다. 약 50미터 앞에 있는 콩밭에서 불꽃이 일었다.

싸움은 날이 밝은 뒤에도 계속 이어졌고 상황은 점점 이쪽이 불리해지는 것 같았다. 처음 지급받은 탄은 떨어진 지 오래고 몇 번 추가로 받은 보급도 바닥을 보이고 있었다. 여기저기서 터지는 사람의 비명은 폭음에 묻혀 흩어졌다. 물집이 잡힌 모양인지 오른쪽 검지가 방아쇠를 당길 때마다 아려왔다.

갑자기 왼쪽 팔과 뺨에 후끈한 압박이 가해지면서 몸이 공중에 붕 뜨는 느낌이었다. 꿈처럼 천천히 올라갔다가 내려올 때는 현실이 되었다. 어깨로 착지를 한 모양인지 한쪽 팔이 말을 듣지 않았다. 점점 허벅지가 뜨뜻해지는 기분이었다. 고개를 겨우 들어 원래 있던 자리를 돌아봤다.

왼쪽에 배치되어 있던, 집이 대전이라던 나춘식 자리 주위로 벌건 살덩어리들이 어지러이 흩어져있었다. 살이 타는 냄새가 먼지와 함께 코로 들어왔다. 신기하게도 사방은 조용했다.

내 위로 몸뚱이가 하나가 꼬꾸라졌다. 한쪽 팔로 몸뚱이를 밀어내어 바닥에 똑바로 뉘었다. 서울내기 중학생 이우근이 누워있었는데 숨을 쉴 때마다 가슴에서 피가 꿀럭거렸다. 피로 물든 옷자락을 움켜쥐었다. 그러는 사이 꿀럭거림은 점점 잦아들었다. 교복 춤 사이로 삐져나온 공책이 점점 피로 물들었다. 시간이 날 때마다 공책을 꺼내 뭔가를 긁적이던 아이였다. '소대가리는 어떻게 되었을까?' 바지 주머니에 들어있는 오징어가 느껴졌다. 난생처음으로 소대가리가 보고 싶었다. 여전히 사방은 조용했고 참을 수 없게 잠이 쏟아졌다.

　뜨거운 햇볕에 눈꺼풀이 움찔거리다 입을 벌렸다. 오랫동안 닫혀있다 한꺼번에 많은 빛을 받아들이자 시력은 한참 제 기능을 상실했다가 서서히 상을 맺었다. 하얗게 칠한 천장, 일렬로 정렬된 철제 침대, 두툼하게 감긴 누런 붕대, 커다란 유리병과 팔뚝을 연결하고 있는 가는 호스. 창밖에는 빨간 백일홍 위로 나비들이 춤추고 있었다. 사방은 여전히 조용했다. 사람들은 소리를 내지 않고 입만 오물거렸다. 군의관은 내 청력에 문제가 생겼음을 알리며 앞으로도 나의 세상은 예전보다 조용할 것이라고 오물거렸다.

　얼마 되지 않아 목발에 의지한 채 거동이 가능했다. 병상 사이를 다니며 얼굴들을 살폈다. 몇몇 아는 이를 만나 정황을 물었다. 마흔일곱이 죽고 열셋이 포로로 끌려갔다 했다. 죽은 이들의 얼굴이 하나하나 떠올랐다. 포로로 잡혀간 이들의 운명은 어떠할까? 소대가리의 행방을 물었지만 아는 이는 아무도 없었다. 그렇게 행방을 알 수 없는 사람이 넷이었다.

나와 같이 병원에 딸려 온 소지품에는 우근의 공책도 끼워져 있었다. 아마 마지막에 내 손에 쥐어져 있었으니 내 것이라 여겼던 모양이다. 침대에 누워 피 묻은 우근의 공책을 펼쳤다. 여기저기 검붉게 물들어 읽기 어려운 부분이 많았지만 그날의 기록은 비교적 양호하게 남아있었다.

8월 10일 목요일 쾌청

…… 어머님! 나는 사람을 죽였습니다. 그것도 돌담 하나를 사이에 두고 10여 명은 될 것입니다. 저는 2명의 특공 대원들과 함께 수류탄이라는 무서운 폭발 무기를 던져 일순간에 죽이고 말았습니다. 수류탄의 폭음은 저의 고막을 찢어놓았습니다.

…… 어머님! 전쟁은 왜 해야 하나요? 이 복잡하고 괴로운 심정을 어머니께 알려드려야 내 마음이 가라앉을 것 같습니다. 저는 무서운 생각이 듭니다. 지금 내 옆에서는 수많은 학우들이 죽음을 기다리고 있는 듯, 적이 덤벼들 것을 기다리면서 뜨거운 햇볕 아래 엎디어 있습니다. 저도 그렇게 엎디어 이 글을 씁니다.

…… 저희들 앞에 도사리고 있는 괴뢰군 수는 너무나 많습니다. 저희들은 겨우 71명뿐입니다. 이제 어떻게 될 것인가를 생각하면 무섭습니다. 어머

님과 대화를 나누고 있으니까 조금은 마음이 진정되는 것 같습니다. 어머님! 어서 전쟁이 끝나고 '어머니이!' 하고 부르며 어머니 품에 덥석 안기고 싶습니다.

…… 어제, 저는 내복을 제 손으로 빨아 입었습니다. 비눗내 나는 청결한 내복을 입으면서 저는 한 가지를 생각했던 것입니다. 어머님이 빨아주시던 백옥 같은 내복과 내가 빨아 입은 그다지 청결하지 못한 내복의 의미를 말입니다.

그런데 어머님, 저는 그 내복을 갈아입으면서 왜 수의(壽衣)를 문득 생각했는지 모릅니다. 죽은 자에게 갈아입히는 수의 말입니다. 어머님! 제가 어쩌면 오늘 죽을지도 모릅니다. 저 많은 적들이 저희들을 살려두고 그냥 물러날 것 같진 않으니까 말입니다.

어머님, 저는 꼭 살아서 어머니 곁으로 달려가겠습니다. 웬일인지 문득 상추쌈을 게걸스럽게 먹고 싶습니다. 그리고 옹달샘의, 이가 시리도록 차가운 냉수를 한없이 들이켜고 싶습니다…….

"아재, 아직 화가 안 풀렸나?"

"치아라 고마! 근데, 니는? 니는 우예 된 기고? 진짜 얘기 안 할 끼가?"

"내 얘기는 차차 알게 될 끼고…… 아재는 그간 우예 살았노? 난리가 끝났는데 집에도 안 가고."

"니 행방도 모르는데 내 혼자서 무슨 염치로 간단 말이고? 포로로 잡혔다가 도망친 아이들한테 물어봐도 니를 못 봤다 하더만. 그라믄 그기 무슨 뜻이겠노? 시체만 못 찾았다 뿐이지 죽은 거 매 한 가지 아이라? 그리 생각되는 아이들이 넷이라.

무슨 서류라도 있어야 군에 요청이라도 할 낀데 우리야 정식 군인이 아니니 그런 게 있을 리가 있나? 하여튼 니를 찾니라고 내 딴에는 할 수 있는 거를 다 했는데 그럴수록 결론은 니가 죽은 거로 모아지는 기라."

"그래도 아부지는 아재 많이 기다렸다 하시던데."

"니 너거 아부지하고 어무이 찾아갔더나?"

"나아중에…… 나중에 만났다. 두 분 다 아재 원망 안 하셨단다. 그분들은 그분들대로 아재 수소문했다 하대. 아재가 사는 데도 찾아가가 아재 데리고 올라 그랬는데 아재는 아재대로 이래 사는 게 마음이 편할 수도 있겠다 싶어가 그냥 돌아왔다 하시더라."

"그러셨다더나? 그랬었구나…… 나도 형님 집을 한 번 찾았더라. 그런데 도저히 앞에 나타날 용기가 안 생기가…… 그때 니가 아니고 내가 없어져야 했는데. 이런 생각을 하면서 자책한 게 셀 수도 없었다."

"별생각을 다 했구마. 그래도 지금까지 산같이 굽이굽이 잘 살아왔고 바다같이 넘실넘실 잘 넘어왔다. 밀린 얘기는 가서 차차 하기로 하고. 한번 뒤로 돌아봐라."

"어떻노? 잘 어울리나?"

"그래, 멋쟁이 신사가 따로 없다. 그거 입고 가가 친구들도 만나고 아부지, 어무니한테도 인사드리자."

"진짜로 거기 가면 모두 만날 수 있는 기가?"

"그래, 모두들 아재 기다리고 있다 안 하나? 준비 다 됐으면 이제 나가보자. 아재, 그동안 고생 많았다. 아재가 내 마이 그리워했는 거 다 알고 있다. 나도 아재만큼 아재가 보고 싶었데이."

소대가리, 아니 경수가 가지고 온 흰 양복은 맞춤으로도 따라올 수 없을 정도로 몸에 잘 맞았다. 보따리에 들어있었다는 게 믿어지지 않을 만큼 주름 하나 없이 잘 다려진, 실크보다 보드라운 감촉의 양복이었다. 간만에 차려입어서인지 옷이 마법을 부렸는지 허리가 꼿꼿해지고 평소 천근 같던 다리도 깃털처럼 가벼워져 어디든 달려갈 수 있을 것 같았다.

거울 앞에 서서 이리저리 매무새를 다듬고 있는데 경수가 머리에 중절모를 씌워주었다. 옷 빛깔과 같은 새하얀 모자였다. 언제 갈아입었는지 경수의 옷차림도 정장 차림이었는데 나와 달리 검은 양복이었다. 머리에 얹힌 중절모의 각도를 조절해주는 경수의 눈빛이 따사로웠다.

현관에는 각자의 신발도 옷 색깔에 맞게 준비되어 있었다. 신발 또한 그렇게 가볍고 편할 수가 없었다. 크게 숨을 한 번 쉬고 문손잡이를 돌렸다. 경수의 손이 어깨에 올라왔다. 따스한 체온이 어깨에서부터 전신으로 퍼지기 시작했다. 문을 열자 옷보다 몇 배나 하얀빛이 몸 전체를 감쌌다. 빛은 사방의 모든 풍경을 지울 만큼 강렬한 것이었다.

'이상하다. 분명 밤이었는데.'

의문이 잠시 일었지만 곧 따스한 기운에 몸을 맡기자 의문마저 빛에 파묻혀버렸다.

…… 계속해서 다음 뉴스를 전해드리겠습니다. 오늘 오전 11시쯤 포항여고 개축 공사 현장에서 한국전쟁 때 것으로 추정되는 유골이 발견되었습니다. 과거 여자 중학교였던 포항여고 자리는 한국전쟁 당시 대표적인 격전지로, 학도병 71명이 남하하는 북한군을 맞아 치열한 전투 끝에 막아낸 덕에 반격의 기반을 마련할 수 있었습니다. 경찰은 앞으로 군과 협조하여 유골의 정확한 신원을 확인할 예정이라고 밝혔습니다.

다음은 안타까운 소식입니다. 최근 고독사가 사회문제로 인식되고 있는 가운데 우리 지역에서도……

*본문에 쓰인 일기는 실제 국군 제3사단 소속 학도병 이우근이 쓴 것이다. 그는 1950년 8월 포항지구 전투 당시 포항여중 앞 벌판에서 전사하였고 일기는 그의 주머니에서 발견되었다.

어룡이
놀던
자리

예수님께서 우리를 위해 십자가 지심을 묵상하오며 주님의 길을 좇는 거룩한 사제 티모테오 신부님께 하느님의 은총이 함께하길 기도합니다.

신부님, 돌이켜 생각해보면 지난 유월의 아스팔트 위는 정말 따뜻하였고 최루탄 가루가 뽀얗던 거리는 참 포근하였습니다. 독재자의 개가 유신의 심장에 총알을 박으며 '서울의 봄'이 온 것도 잠시, 광주에서 살인마들이 가져온 혹독한 겨울을 기약 없이 버텨야 했기 때문일 것입니다. 저들이 휘두르는 총칼과 곤봉 아래서의 세월은 전깃줄이 녹아내리는 기온에도 뼛속의 한기에 몸을 떨었고, 수도관이 얼어 터지는 엄동설한에도 사그라지지 않는 가슴속 불덩이 때문에 고통스러웠습니다. 그러나 이제 일곱 해 전 잃어버린 봄의 기운을 되찾을 수 있을 것이라는 기대 덕분에, 팔월의 태양에 달구어진 콘크리트 감옥 안에도 절망의 밤을 지나 희망의 새벽이 밝아오는 듯합니다.

닥쳐오는 저들의 삼엄한 포위에 언제 군홧발에 짓밟힐지 모른다는 불안 속에서 오로지 동지들의 신뢰와 하느님이 내어주신 언덕에 기대어 힘겨운 투쟁을 이어갈 때, 결국엔 믿음마저 흔들려 행여 하느님의 옷자락을 놓칠까 두려워하던 저에게 신부님께서 보여주신 굳은 신념과 평온함은 큰 구원이었습니다. 외부에서 활동하는 학생들과 끊어진 연락선을 다시 잇기 위한 암행 전, 신부님께 인사드리고 어둠에 묻혀 명동성당을 나선 게 유월 중순이었으니 두 달이 훌쩍 지나버렸군요. 이제야 소식을 전합니다.

경찰의 삼엄한 감시를 뚫고 다행스럽게도 눈치 빠른 기사가 모는 택시에 올라 곳곳에서 벌어지던 검문을 피해 목적지에 도착할 수 있었습니다. 향후 정세에 대한 전망과 행동강령을 경청하는, 캠퍼스에서 학문에 힘쓰며 낭만을 누려야 할 권리를 백척간두에 서 있는 조국의 운명에 저당 잡힌 불쌍하고 어린 청춘들의 맑은 눈들을 보며, 제 눈에 고이는 물기를 들키지 않으려 무진 애를 써야 했습니다. 강철 같은 투쟁 의지를 확인하고 독재의 사슬을 끊는 그 날이 올 때까지 서로의 안위를 빌면서 되돌아오는 길이 저의 마지막 활동이었습니다. 마치 저를 기다리기라도 한 것 같이 잠복하는 형사들에게 체포되어 이곳에 오게 되었지요. 신부님은 그동안 어떻게 지내셨는지 참으로 궁금합니다. 탄압 정국이 한풀 꺾였다고는 하나 아직 저들의 감시와 탄압의 강도는 여전할 것인데 건강은 상하지 않으셨습니까?

저는 한 평이 안 되는 독거방에 갇혀있다가 네 명이 생활하는 혼거방으로 옮긴 지 이제 일주일이 지났습니다. 보통 정치사범은 독거방에 가두어 일반 죄수들과 접촉을 막는 게 일반적인데 이곳으로 오게 된 것은 정말 희한한 일입니다. 아마 독방에 가두어야 할 인사들이 넘칠 정도로 많거나, 금방이라도 끊어질 듯한 긴장감이 저들의 항복 선언 후에 조금은 느슨해진 이유일 것이라 짐작만 할 뿐입니다. 이유야 어떻든 사람들의 얼굴을 보며 이야기를 나눌 수 있게 된 것은 참으로 잘된 일입니다.

이곳의 하루는 여섯 시 기상 사이렌과 함께 시작됩니다. 그러나 정신은 이미 쇠창살 사이로 스며드는 여명에 맞춰 일찌감치 또렷해진 상태이고 감각은 바닥에 가라앉아 몸을 덮는 새벽 공기의 냄새를 맡을 수 있을 만큼 뚜렷해집니다. 기상과 함께 이

불을 정리한 후 바닥에 도열하여 앉아있으면 담당들이 문을 개방합니다. 문을 개방한다고 해서 나갈 수 있는 것은 아니고 밤새 인원의 이상을 확인하는 것이지요. 이런 머릿수 확인은 하루에 세 번 규칙적으로 이루어집니다.

　인원 점검과 간단한 청소가 끝난 뒤 '소지'라고 하는 — 비교적 모범적인 수용 생활을 하는 자들 중에서 선발되어 담당들의 일을 보조하거나 각 방에 물품 따위를 전달하는 — 제소자를 통해 갖가지 요청 사항들이 담당에게 전달되고, 감방문 아래에 뚫린 식구통으로 물과 식사를 받아 아침을 먹습니다. 하루에 6리터씩 지급되는 물을 가지고 식수로 쓰고 설거지와 세면도 해야 하기에 잘 배분해서 써야 합니다. 소지와 좋은 관계를 만들어놓으면 여분의 물을 더 얻을 수 있거나 온수도 넉넉히 받을 수 있기에 소지는 나름 감방 안에서 작은 권력을 누리고 있습니다.

　식사가 끝나면 구매장을 작성하여 영치금으로 필요한 물건들을 살 수 있는데 군것질거리와 밑반찬, 속옷과 양말에서부터 영양제까지 웬만한 것들은 모두 구할 수 있습니다. 여기에도 영치금의 액수에 따라 빈부격차가 존재합니다. 영치금이 많은 이는 범털, 그렇지 못한 사람은 개털이라고 부르는데 범털들이 많은 방은 뭐든지 넉넉하여 그렇지 못한 방보다 사고가 덜 나는 편입니다. '곳간에서 인심 난다'는 속담이 실감 나는 곳이 이곳이지요. 범털방은 담당에게 간식거리와 영양제도 챙겨주어 문제가 될 만한 것들을 담당들이 눈 감아 주기도 합니다. 이러한 관행이 감옥에도 자본의 피가 흐르고 자본주의 법칙이 적용되는 곳임을 일깨워줍니다.

아홉 시부터는 30분간 운동시간이 주어집니다. 운동이라고 해봐야 벽을 따라 걷는 것이 전부이지만 태양 아래서 땅을 밟고 걸을 수 있다는 것만으로도 하루 중 제일 기다려지는 시간입니다. 이러한 것을 교도관들도 아는지라 운동시간을 금지하는 것을 제소자들을 다스리는 수단으로 사용하기도 합니다.

복도를 따라 줄을 지어 밖으로 나가면 중앙의 감시탑을 중심으로 부채꼴같이 벽들이 사방으로 뻗어있습니다. 제소자들은 교도관이 정해주는 구역으로 들어가 벽을 따라 돌며 운동을 하는데 사상범끼리 겹치지 않도록 조정을 하는지 여기에 들어와 있는 동지들의 얼굴을 한 번도 보지 못하였습니다. 운동하는 동안에는 제소자끼리 말을 하는 것이 금지되어 있기에 만나더라도 눈으로만 서로 안부를 주고받는 정도이겠지요.

운동이 끝나면 심리나 조사를 받기 위해 외부로 호송되는 이들은 외출을 하고, 그렇지 않은 이들은 다시 방으로 들어가 점심을 먹을 때까지 판사에게 제출할 반성문을 쓰거나 바깥으로 보낼 편지를 씁니다. 소위 먹물로 불리는 저와 같은 자들은 다른 사람의 반성문을 봐주기도 하고 배움이 짧은 이들의 글을 대신 써주기도 함으로써 같은 방 사람들과 우호적인 관계를 유지할 수 있습니다.

다섯 평 크기의 방에 저와 같이 있는 사람 중 둘은 경제사범이고 하나는 존속살인과 과실치사 사이에 있습니다. 큰 키에 흰머리가 무성하고 중후한 생김새의 사내는 사기 전과가 화려한 자로 인생 3분의 1을 감방에서 보냈습니다. 그럴듯한 외모와 현란한 언변으로 자신을 교수라고 사칭하여 범죄를 저질렀기에 여기에서도 교수로 불립니다. 대머리에 키가 작고 뚱뚱하여 앞의 교수와 대조를 이루는 생김새의 40대 중반 사내는 어렸을 때 상경하여 갖은 고생 끝에 자수성가한 사업가였지만 거래처인 대기업의 횡포로 회사가 부도난 후 이곳에서 1심 판결을 기다리고 있습니다.

흰 피부에 몸이 심하게 마른 스물세 살 청년은 그의 아비를 죽인 죄로 여섯 달 전에 이곳에 들어왔습니다. 이름이 창식인 그가 여기에 들어온 사연은 영화나 연속극에 널리고 널려 너무 흔하고 뻔하여 오히려 현실감이 없게 느껴집니다. 그러나 그 이야기의 흔함과 뻔함은 이 땅에 사는 사람들의 어둠과 슬픔이 도처에 널려있기 때문일 것입니다.

창식의 아비는 맨정신일 때도 어미에게 손찌검하는 게 여사였고, 술이라도 들어가면 창식과 그의 여동생까지 가리지 않고 때렸습니다.

비가 오는 바람에 노가다를 공쳤던 날, 아침부터 술에 취한 아비가 어미를 패다가 분이 안 풀렸는지 손에 잡히는 대로 휘둘렀는데 하필 그게 날이 선 식칼이었던 것입니다. 그때 창식은 학교에 있었는데 평소에 창식을 벌레 보듯 하는 선생이 사색이 되어 그에게 얼른 병원으로 가보라고 하였습니다. 하얀 천을 젖히자 어미의 목에는 귀밑에서부터 턱 아래까지 칼자국이 선명하게 나 있었는데 벌어진 피부 틈으로 보이는 속살은 유독 빨갛고 선명하였습니다. 잠든 듯이 누워있는 어미의 얼굴은 창식이 그때까지 본 얼굴 중에 가장 편안한 모습이었고, 창백하다 못해 푸른빛을 띠는 어미를 보며 자신의 하얀 피부는 엄마를 닮았음이 새삼 생각났다고 합니다.

아비는 상해치사죄로 5년 형을 받았고 남매는 할머니에게 맡겨져 다행히 보육원으로 가는 것은 면하였습니다. 창식이 살아온 인생 중에서 아비가 교도소에 간 5년이 가장 행복하였는데 엄마가 하늘로 가면서 주는 마지막 선물이라고 여겼습니다.

6개월 전 아비는 남매 앞에 다시 나타났습니다. 할머니는 작년에 돌아가셨고 창식은 성인이 되어 하루 열두 시간씩 방직공장에서 원단을 나르는 일을 하며 고등학생인 여동생과 살고 있었습니다. 아비가 나타난 날, 그는 철야를 마치고 열한 시를 넘겨 퇴근하였습니다. 여느 날 같으면 피로와 허기에 한시라도 빨리 집으로 가 몸을 누이고 싶은 마음뿐이었겠지만, 그날따라 왠지 집이 가까워질수록 이유를 알 수 없는 불안감에 가슴이 뛰어 진정되지 않았습니다.

집 앞에 다다르자 안에서 동생의 것으로 보이는 비명이 어렴풋이 들렸습니다. 그가 뜀걸음으로 집 안으로 들어가 방문을 열어젖히자 술에 취한 아비가 피투성이가 된 동생을 발로 짓누르고 있었습니다.

그때 창식의 머리에 들어온 것은 피투성이가 된 동생만이 아니었습니다. 이불 속에서 잠든 척하며 들었던 저주를 퍼붓는 욕지거리와 다문 어금니 사이로 새어 나오던 신음이었습니다. 멱살을 잡힌 채 따귀를 정신없이 맞을 때 아비에게 나던 술 냄새와 뺨에 달라붙어 오랫동안 떨어지지 않던 담뱃진 냄새였습니다. 어미의 벌어진 피부 사이로 보이던 붉은 속살이었습니다.

아비는 그날 죽었고 창식은 바로 자수를 하였습니다. 그리하여 지금 그는 살인과 과실치사와 정당방위 사이에서 법원의 판단을 기다리고 있는데 자기 손으로 아비를 죽이는 것은 창식이 오래전부터 품어왔던 소망이었다고 합니다. 그렇기에 자신의 죄는 살인이 분명하나 본인의 그런 소망을 법정에서 밝힐 용기가 없음에 대해 심한 부끄러움을 느낀다고 하였습니다. 그는 또한 아비가 어미와 남매를 개처럼 학대할 때 두려움 때문에 반항할 엄두조차 내지 못한 것이 부끄러웠다며 그러나 이제는 꿈을 이루어 홀가분하다고 이야기하였습니다. 담담하게 자신의 이야기를 하는 그의 선한 얼굴에 죽은 아비에 대한 연민은 손톱만큼도 없어 보였습니다.

신부님께 생면부지인 청년의 이야기를 이렇게 길게 소개하는 이유는 그의 고백이 제 마음을 휘저어 깊숙이 가라앉아 있던 부끄러움을 부유케 하여 괴롭히기 때문입니다. 영원한 비밀이길 바랐던 저의 부끄러움은 결국 누군가에게 고백해야만 구원을 얻을 수 있다는 것을 창식을 통해 깨달았기 때문입니다. 그러므로 제가 지금부터 드리는 말씀은 일종의 고해성사인 것입니다.

제가 태어나서 유년 시절을 보낸 곳은 영일이라는 곳입니다. 우리 땅 동쪽 아래에서 반도의 등줄기를 든든하게 받치고 있는 곳이지요. 지금은 포항시에 편입이 되었으니 신부님께는 포항제철이 있는 곳이라고 설명하는 게 이해하시기 빠르겠지요.

저와 가족들이 살았던 영일군 대송면 송정마을은 30여 채 초가지붕 집들이 바다를 등에 지고 모래바람을 피해 서로 어깨를 맞대고 있는 곳이었습니다. 마을 앞에는 반듯하게 정리가 된 너른 들이 펼쳐져 어른들은 사계절 내내 그곳에서 허리를 숙였고 그 너머에는 황토가 드러난 낮은 산이 흐릿하게 보였습니다.

마을 오른쪽에는 인근 경주의 작은 산에서 발원한 물길이 몸집을 키우며 흘러오다 형산兄山과 제산弟山 사이를 지나며 형산강이라는 이름을 얻어 동해로 빠져나갔습니다. 형산강 너머에는 포항 시가지가 있었는데 그래봤자 해방 전 일본인들이 지은 건물과 판자로 만든 상가들이 어지럽게 붙어있는, 겉으로 보기에도 궁핍이 덕지덕지 붙은 갯가 마을을 벗어나지 못하는 곳이었습니다.

뒤편으로는 둥치가 제법 크고 그늘도 깊은 소나무들이 좌우로 길게 숲을 이루어 마치 두 팔로 마을을 감싸 보호하는 것 같은 모양이었고 솔숲 너머 모래밭을 지나면 옥빛의 바다가 좌우 산들의 호위를 받으며 펼쳐져 있었습니다. 동해의 한 곳이 육지로 움푹 들어온 곳에 자리한 우리 마을은 희한하게도 북쪽으로 바다가 뻗어있었는데 이러한 지형을 만灣이라고 하며 동네 앞바다를 영일만이라고 부른다는 것은 학교에 들어간 후 알게 되었습니다.

바다는 걸어서 꽤 멀리 들어갈 수 있을 정도로 깊이가 완만하고 바닥은 모래로 되어있어 아이들이 헤엄치며 놀기에 적당하였습니다. 그리고 조개가 아주 많아 조개잡이는 어른들의 주요한 수입원이자 아이들의 놀이 수단이었습니다. 어른들은 이른 아침 바다에서 커다란 갈퀴를 쟁기처럼 끌어 조개를 잡아 수레로 가마니째 실어 날랐습니다. 아이들은 아무런 도구 없이 바다에 들어가 발뒤꿈치로 바닥을 살살 비비다가 돌같이 딱딱한 감촉이 발에 닿을 때 얼른 팔을 넣어 조개가 땅속으로 숨기 전에 주웠지요.

바다와 소나무밭 사이에는 희고 고운 모래밭이 해안선을 따라 20리나 이어졌습니다. 양쪽 끝이 보이지 않는 모래밭은 물고기와 용이 서로 다투거나 노니는 형상이어서 '어룡사魚龍沙'라는 이름으로 옛 문헌에 기록되어있다고 하는데 이곳 사람들은 '어링불'이라고 불렀고, 어링불은 다시 우리 마을에 속한 '송정불'과 옆 마을의 '동촌불' 등으로 각각 이름 붙여졌습니다.

유년 시절을 추억할 때면 언제나 신체의 모든 감각이 동원됩니다. 먼바다에서부터 힘껏 밀고 들어와 얕은 수심에 닿고는 지쳐버린 파도의 한숨 소리와 거칠 것 없이 달리던 바람이 소나무 이파리에 쓸려 화들짝 놀란 소리. 한시라도 걸레질을 게을리하면 툇마루에 뽀얗게 쌓이던 고운 모래와 집 앞 들판마저 제대로 보이지 않게 하던 모래 안개. 아지랑이처럼 들판에서 올라오던 두엄이 발효되는 냄새와 썩은 조개더미의 구린내. 된장, 젓갈, 무침, 심지어 가끔 밥에도 들어가던 조갯살의 쫀득한 식감과 해감을 제대로 안 한 조개의 서걱거림. 그리고 정신없이 놀다 보면 온몸에 달라붙어 끈적거리고 따끔거리던 소금기. 글을 쓰는 지금도 제 귀와 코와 눈과 입과 피부는 고향에 대한 반응을 일으키는 것만 같습니다.

　마을에는 프랑스 신부가 세웠다는 수녀원이 있었습니다. 솔숲에 둘러싸인 거대한 수녀원은 우리 마을에서 유일한 현대식 건물이었고 규모가 아주 커서 그 안은 수녀원뿐만 아니라 성당, 고아원, 양로원, 장애인의 집 등으로 채워져 있었습니다.

　수녀원에 사는 사람들도 꽤 많아 두 분의 신부님과 160명의 수녀님 그리고 500명이 넘는 사람들이 공동으로 생활하였습니다. 송동분교의 학생 절반도 수녀원 아이들이었지요. 수녀원에 일손이 필요하면 마을 사람들이 나섰고 마을 대소사에는 수녀원 사람들이 손을 보탰습니다. 제 아버지는 수녀원의 트럭을 몰며 이것저것 장정의 힘이 필요한 일들을 하셨기에 저 또한 수녀원을 놀이터로 여겼고, 대부분의 마을 아이들도 주일이면 성당에서 미사를 보고 난 뒤 수녀님들이 나누어주는 귀한 과자와 사탕을 얻어먹곤 하였습니다. 지금 생각해보면 그때는 어링불 전체를 아우르는 커다란 공동체가 수녀원을 중심으로 돌아갔던 것 같습니다.

교실 두 개를 저학년과 고학년이 나누어 공부하는 분교에 남두호라는 친구가 있었습니다. 수녀원을 처음 세운 프랑스 신부님의 귀화한 성을 받은 두호의 외모는 다른 친구들과 달랐습니다. 진한 갈색 피부와 심한 곱슬머리, 납작하고 평평한 코와 두툼한 입술을 가진 두호는 어릴 때부터 튀기, 깜둥이 새끼, 화냥년의 자식 같은 욕을 들으며 자라야 하였습니다. 단일민족이라는 말을 무척 싫어하던 두호의 나이는 학년이 같은 저보다 서너 살쯤 많을 것으로 짐작되는데 세상에 나온 지 얼마 되지 않아 수녀원 앞에 버려졌기에 정확한 나이는 잘 몰랐습니다.

두호의 덩치와 힘은 웬만한 어른을 넘어서서 학생 두드려 패기를 심심풀이 수단 정도로 여기던 교사들도 두호에게만은 함부로 하지 못하였습니다. 게다가 목젖에 달걀만 한 것이 불쑥 나온 두호의 목소리는 쇠몽둥이를 삼킨 것처럼 묵직하였고 막 올라오기 시작한 인중과 사타구니의 시커먼 거웃 때문에 무시로 코 밑과 바지 안으로 손을 가져가 벅벅 긁어대곤 하였습니다.

아이들은 자연스레 두호를 우두머리로 생각하며 따랐는데 비단 덩치와 힘 때문만은 아니었습니다. 그는 남을 끌어당기는 자질을 가지고 태어난 것처럼 보였습니다. 뛰어난 유머 감각과 쇼

맨십으로 아이들을 웃겼고 기발한 놀이 방법을 생각해내었기에 두호와 있으면 심심할 겨를이 없었습니다. 또한 두호는 때에 따라 놀이의 규칙을 교묘하게 바꾸어 자기 마음에 드는 아이에게는 중요한 역할을 주었고 그렇지 않은 아이는 그럴듯한 이유를 갖다 붙여 놀이에서 소외시키는 영악함도 갖추었습니다. 그래서 아이들은 두호가 시키는 일은 어떻게든 해내려 하였고 나아가 두호에게 부탁을 받는 것 자체를 영광으로 여기기도 하였습니다.

두호는 권투를 좋아해서 근처 군부대에서 구한 군용 더블백에 모래를 채워 수녀원 마당 소나무에 걸어놓고는 매일 권투 연습을 하였습니다. 어느 토요일 오후 아버지를 따라 수녀원에 갔다가 샌드백을 두드리고 있는 두호를 발견하고 근처에 쪼그리고 앉아 구경하였습니다. 입에서 쉭쉭 소리를 내며 비슷하면서도 다른 동작을 정신없이 반복하던 그가 숨을 헐떡이며 제 옆에 털썩 앉았습니다.

"니도 한번 해볼래?"

"언지. 전에 한번 해봤는데 너무 아프더라. 손등도 까져가 쓰라리고."

"그래도 참고 해야지. 까지고 아물고를 자꾸 하다 보면 손등도 단단해진다."

"그래도 싫다. 나는 영 취미 없다. 그런데 니는 이게 그리 재 밌나?"

"뭐, 재밌기도 하고…… 내가 어디에서 들었는데 내 같은 깜 둥이는 미국 가서 뽁싱만 잘해도 돈을 억수로 많이 번다더라. 나중에 여기서 나가면 미국에 갈라고. 거 가서 돈도 마이 벌고 튀기, 깜둥이 소리 좀 안 듣고 살아보거라."

둘이 앉아서 얘기 나누던 나무 아래에는 솔잎 사이로 햇살이 쏟아졌고 검은 어깨에 맺혀 햇살을 튕겨내던 투명한 땀방울에서 는 진한 쇠의 냄새가 났습니다.

학교에서 아이들을 좌지우지하는 두호가 어린 양처럼 순할 때 가 있는데 신부님과 수녀님들 그리고 루시아 앞에서였습니다. 선천적으로 귀가 안 들리는 루시아는 휴전 이듬해 겨울, 대구의 어느 성당 앞에서 발견되어 이 동네에선 이례적으로 눈이 많이 내리던 날 수녀원에 오게 되었습니다. 수녀원에서 유치원생과 그보다 더 어린아이들을 돌보며 허드렛일을 하는 루시아는 작고 가녀린 체형에 하얀 피부와 갈색 머리카락을 가졌고 살짝 튀어 나와 쌍꺼풀진 큰 눈과 오뚝한 코 사이에 연한 주근깨가 뿌려져 있었습니다.

둘은 비슷한 처지 때문인지 어릴 때부터 오누이처럼 자랐습니다. 아이들이 놀릴 때면 같이 놀림을 당하였고 두호가 힘이 세진 후로 루시아를 놀리는 이는 두호가 흠씬 두들겨 패주었습니다. 정확한 나이를 모르기는 루시아도 마찬가지였지만 두호는 루시아를 언제나 누나라고 불렀고 한 번도 루시아에게 대들거나 그녀의 말을 거역한 적이 없었습니다.

두호는 졸업반인데도 불구하고 한글을 읽고 쓰는 데 서툴렀지만 수화는 능숙하게 할 수 있어 루시아와의 대화에 불편함이 없었습니다. 저도 둘에게 수화를 배워 루시아에게 간단한 의사는 전달할 수 있었지만 길거나 복잡한 이야기는 그녀가 항상 지니고 있던 손바닥만 한 누런 종이에 적었습니다. 두호와 루시아는 어렸을 때부터 아버지를 따라 수녀원에 드나들었던 저를 친동생처럼 대하였습니다. 장애 때문에 외부 사람들과 어울리는 것을 끔찍이 싫어하던 루시아였지만 제게만은 예외여서 언제나 환하게 웃으며 반겨주었기에 셋이서 자주 어울려 다녔습니다.

루시아는 차분해 보이는 겉모습과는 달리 고집이 아주 셌습니다. 대부분 루시아가 하자는 대로 두호가 따랐지만 아주 가끔 둘의 의견이 다를 때가 있었습니다. 루시아는 빠르고 단호한 손동작으로 자신의 의견을 주장하다가 마음이 급해지면 높은 톤의 기괴한 소리를 내질렀습니다. 그럴 때면 두호는 어쩔 줄을 몰라 하며 자신의 의견을 굽혔지요. 덩치 큰 두호가 조그만 루시아 앞에서 쩔쩔매는 모습은 둘 사이에서 누구 편을 들어야 할지 난감한 상황에서도 웃음을 주었습니다.

 셋이서 조개를 주우러 간 어느 날이었습니다. 얕은 바다에서 발바닥을 비비던 루시아가 두호에게 물을 튀겼고 저까지 끼어들어 서로에게 물장구를 치다가 셋은 온몸이 다 젖게 되었습니다. 두호와 저는 깔깔대며 웃다가 뒤늦게야 얼굴이 빨개진 루시아가 당황하는 것을 알았습니다. 의아해하던 두호의 눈이 루시아의 가슴에 닿았고 흰색 상의를 입은 루시아는 두 팔로 가슴을 감싸 안고 급하게 밖으로 나갔습니다. 무슨 일인가 싶어 루시아를 뒤따라가려던 저의 팔을 두호가 잡았는데 그의 검은 얼굴이 붉게 보였습니다.

 루시아가 사라지고 10분쯤 지나 우리도 잡은 조개를 챙겨 바다를 나왔습니다. 젖은 옷은 수녀원을 향해 걷는 동안 초여름의 햇볕에 거의 말라가고 있었지만 소금기로 끈적거리는 머리가 찝찝하여 걸음을 서둘렀습니다. 직선으로 내뻗은 비포장도로 저 멀리에 루시아가 보이길래 얼른 다가갔더니 루시아는 사내 셋이 나누어 탄 두 대의 오토바이에 가로막혀 있었습니다.

 그중 한 명은 아버지의 먼 친척 동생뻘인 치곤이었습니다. 치곤은 노모와 둘이 살았는데 근방에서 소문난 건달이었고 교도소도 몇 번 들락거렸습니다. 그는 제 어미에게도 행패 부리기가 여사여서 그때마다 아버지가 가서 수습하고는 하였지요. 아버지는 치곤을 언급할 때마다 인간 되기는 애초에 글러 먹은 개차반이라고 혀를 찼고 대부분의 동네 어른들도 그를 인간 외 등급으로 취급하였습니다.

비 맞은 새처럼 떨고 있는 루시아를 보며 비릿한 웃음을 흘리는 셋 앞에서 두호는 주먹을 말아쥔 채 바위처럼 서 있었고 그 사이로 적개심과 경멸이 뒤섞인 공기가 무겁게 흐르고 있었습니다. 겁을 먹은 저는 두호 등 뒤로 몸을 숨겼는데 침묵을 깨는 치곤의 목소리가 들렸습니다.

"요한이, 아재를 보면 인사를 해야지. 너그 아버지가 그리 갈치더나?"

"아, 안녕하신교?"

저는 삐죽삐죽 앞으로 나와 엉거주춤 고개를 숙였습니다.

"오야 그래, 앞으로도 어른을 보면 이래 인사를 잘해야 훌륭한 사람이 되는 기라. 그런데 니는 와 이런 깜둥이 새끼랑 벙어리 년하고 어울려 댕기노? 야들하고 댕기면 꼬추 떨어진데이."

치곤 일행은 이 말에 저들끼리 과장되게 낄낄거리다가 흙먼지를 일으키며 사라졌습니다. 두호는 한동안 주먹을 풀지 않고 오토바이가 작아져 가는 것을 노려봤습니다. 고개를 올려서 본 두호의 눈엔 파란 불꽃이 일렁이는 것 같았습니다.

    그해는 봄부터 이상한 소문이 바람에 실려와 마을 전체가 뒤숭숭하였습니다. 나라에서 철을 만드는 공장을 짓기로 하여 우리 마을을 포함한 일대 전체가 없어진다는 것입니다. 사람들은 둘 이상 모이기만 하면 소문에 대해 각자 들은 소식을 공유하기도 하고 상반된 정보에 대해서는 진위를 따지느라 목소리를 높이기도 하였습니다. 이야기는 크게 궁금증과 걱정으로 갈라졌습니다. 도대체 얼마만큼 큰 대장간 ─ 마을 사람들은 철을 만드는 공장의 개념을 대장간 이상으로 상상할 수 없었습니다 ─ 을 짓길래 이 일대를 모두 헐어야 하느냐와 대대로 이곳에서 논밭을 갈고 그물을 서리며 살아왔는데 마을을 잃어버리면 우리는 어디에서 무엇을 하며 살아야 하느냐에 대한 것이었지요.

    시간이 지나며 소문은 점점 현실이 되어갔습니다. 초여름부터 공무원들과 공장 관계자들이 마을을 돌며 전답과 가옥에 대한 매입 협상을 시작했기 때문입니다. 검은 모자를 쓰고 오른팔에 완장을 찬 사람들이 날마다 집집을 돌며 사람들을 어르고 달랬습니다. 처음에는 적대적으로 대하며 완강하게 맞서던 사람들도 야만적인 권력 앞에 버틸 수가 없었기에 결국 굴복할 수밖에 없었습니다. 특히 마을 어른 몇몇이 공무원들에게 행패를 부리다가 경찰서로 끌려가서 죽지 않을 정도로 매질을 당하였고 동의서에 지장을 찍는 조건으로 풀려난 게 큰 계기가 되었지요.

가장 끝까지 버틴 것은 마을 앞산에 조상의 묘를 쓴 사람들과 수녀원이었는데 지역의 모 국회의원이 마을에 있던 조상의 묘를 다른 곳에 옮김으로써 이장移葬을 꺼리던 사람들의 문제는 자연스럽게 해결이 되었습니다. 마지막까지 남은 수녀원은 해결해야 할 문제가 한둘이 아니었습니다. 500명이 넘는 사람들이 살던 곳을 떠나 새로운 터전을 일구어야 한다는 게 쉬운 결정은 아니었을 테니까요.

가을걷이가 끝나자 마을에는 빈집들이 하나둘 생기기 시작했습니다. 사람의 온기가 빠져나간 빈집은 손만 대면 무너질 것같이 건조하고 위태로웠습니다. 급하게 이사 보따리를 싸서 떠난 사람들의 뒷자리에는 선택을 받지 못해 버려진 물건들이 처참한 몰골로 나뒹굴고 있었습니다. 이때쯤 동네 아이들에게 방과 후 새로운 일과이자 놀이가 생겨났습니다. 빈집을 돌아다니며 고물을 찾는 것이었지요. 값어치가 있는 것들을 주워 모아두었다가 고물상의 가위 소리가 들리면 엿이나 사탕으로 바꾸기 위함이었습니다. 한때는 사람들의 입속을 드나들었을 숟가락이나 바닥에 구멍이 난 냄비, 빈 병이나 배가 부풀어 오른 책 같은 것을 찾으러 집 안 구석구석 뒤지다 보면 누군가는 깨진 가마솥이나 바퀴가 헛도는 풍구 등을 발견하는 횡재를 누리기도 하였습니다.

　먹구름이 낀 하늘 때문에 낮에도 컴컴하던 날, 저는 무리에서 벗어나 혼자 마을에서 한참 떨어진 외딴집을 뒤졌습니다. 동쪽에서 불어오는 샛바람 탓에 어깨가 절로 오그라들고 빼앗긴 체온으로 인해 허기가 졌지만 그날은 운이 꽤 좋았습니다. 헛간에서 놋쇠로 된 요강과 석유램프를 발견하였지요. 특히 석유램프는 멀쩡한 유리에 심지도 살아있어 당장 사용해도 될 정도였습니다. 집주인은 뭐가 그리 급해서 저런 것들을 놔두고 떠났을까 생각하며 헛간을 나와 방문을 열었습니다. 방에는 가져가지 않은 이불 채가 바닥에 헝클어져 있었습니다. 저는 요강과 램프를 문 앞에 두고 자석에 끌리듯 방으로 빨려 들어가 이불 위에 몸을 뉘었고 그만 스르르 잠이 들고 말았습니다.

　곰팡내 나는 누렇고 두꺼운 이불에 파묻혀 얼마나 오랫동안 잠이 들었던 것일까요. 요의에 떠밀려 근육이 다 풀려버린 팔다리를 억지로 일으켰을 때 사위는 이미 컴컴해져 아무것도 보이지 않았습니다. 문득 두려워진 저는 불에 덴 듯 자리에서 일어나 밖으로 나갔습니다. 다행히 먹구름은 걷히고 붉은 달무리가 하늘에 걸려있어 집으로 가는 길의 윤곽은 알아볼 수 있었습니다.

　배고픔과 꾸중 걱정에 숨을 헐떡이며 걸음을 재촉하는데 두고 온 요강과 램프가 생각나서 아차 하였습니다. 다시 돌아가기는 이미 늦었기에 저녁을 먹고 부모님이 잠자리에 들기를 기다렸다가 다시 찾으러 가야겠다 생각을 하며 집으로 향하였습니다. 집에서는 당연히 불호령이 떨어졌지요. 그러나 어머니께 빗자루로 허벅지를 맞으면서도, 허겁지겁 밥을 먹는 도중에 또 한 번 등짝에 손자국이 찍히면서도 두고 온 것들이 머리에서 떠나지 않았고 며칠 안으로 얻게 될 엿과 사탕 생각에 조바심을 내며 밤이 깊어지길 기다렸습니다.

유난히 더딘 시간이 흐른 후 드디어 아버지의 코 고는 소리와 어머니의 새근거리는 숨소리가 흙벽 너머로 들리기 시작하였습니다. 저는 조용히 일어나 삐걱거리는 소리에 신경을 곤두세우며 문을 열었습니다. 달은 다시 구름 위에 있는지 사방은 먹물을 뿌려놓은 것 같았습니다. 저는 그새 누가 가져갔을지도 모른다는 걱정을 하며 오후의 그 집으로 달리기 시작하였습니다. 저만치 앞서가는 마음을 발이 쫓아가지 못해 안달하며 평소 같으면 음산한 기운에 낮에도 잘 가지 않던 당산나무 앞도 아무렇지 않게 지났습니다.

근처에 다다라 뛰는 것을 멈추고 숨을 고르다가 집에서 들리는 인기척에 저도 모르게 허리를 숙였습니다. 이유를 알 수 없는 위기감에 가슴 뛰는 소리가 귀에 들리고 목덜미와 뒤통수가 위로 당겨 올려지는 것처럼 곤두섰습니다. 저는 흙담 귀퉁이에 몸을 바싹 붙이고 무너져 내려앉은 틈으로 고개를 조심스럽게 내밀었습니다.

마당에는 세 명의 남자가 각기 다른 자세로 있었습니다. 먼저 눈에 띈 사람은 마당에 죽은 듯이 엎드려 있었는데 입에서 간간이 신음이 새어 나왔습니다. 다른 한 사람은 툇마루에 앉아 담배를 피우고 있었고 나머지 한 사람은 엎드린 남자 머리맡에서 기다란 몽둥이를 짚고 뻐딱하게 서 있었습니다.

방문이 열리면서 다른 한 남자가 바지를 추스르며 밖으로 나오자 툇마루에 앉아있던 남자가 담배꽁초를 마당에 던지고 방 안으로 들어갔습니다. 밖으로 나온 남자는 담배를 문 채 엎드린 남자의 머리맡에 쭈그리고 앉아 성냥을 그었고 짧은 불빛에 치곤의 얼굴이 잠깐 나타났다 사라졌습니다. 다른 이들은 아마 그 개차반과 어울려 다니는 패거리인 것 같았습니다.

구름 위를 지나던 달이 다시 나타났으나 엎드려있는 남자의 정체를 깨닫기까지는 시간이 좀 걸렸습니다. 얼굴이 워낙 엉망이 되어 한쪽 눈과 코의 윤곽이 사라졌기 때문입니다. 그러나 곱슬한 머리카락, 두툼한 입술, 성냥 불빛 아래서도 어두운 빛깔의 피부는 바로 두호의 것이었습니다. 고개를 왼쪽으로 한 두호의 비교적 멀쩡한 눈이 떠지며 흙담으로 향했습니다. 두호는 저를 봤던 건지 눈을 껌뻑거리고 제가 있는 곳에서 시선을 거두지 않는데 마치 도움을 구하는 것같이 보였습니다. 저는 집으로 돌아가 아버지를 깨워야 할지, 수녀원으로 달려가야 할지 몰라 발이 땅에 박힌 듯 움직일 수가 없었습니다.

방 안에서 연약한 짐승의 울음소리 같은 것이 희미하게 들렸습니다. 분노와 두려움, 구원의 갈구, 체념과 슬픔의 의미를 모두 포함하는 기괴한 소리를 내는 존재는 제가 아는 한 딱 한 사람뿐이었습니다. 무엇에 홀린 듯 담을 돌아 집 뒤로 향하였습니다. 봉창에 머리를 박고 방 안의 어둠이 눈에 익기를 기다린 지 얼마 되지 않아 서서히 안의 광경이 눈에 들어왔습니다. 낮에 제가 누웠던 누런 이부자리가 보였고 그 위에 두 사람이 있었습니다. 그것이 무엇을 의미하는지 이해하게 되자 정수리로 기다란 얼음송곳이 뚫고 들어온 것처럼 손발이 덜덜 떨리고 몸의 근육이 경직되어 움직여지지 않았습니다. 이가 부딪히는 소리가 너무 커서 두 손으로 입을 틀어막은 채 방 안에 고정된 시선을 거둘 수가 없었습니다.

그러다 경직되었던 근육이 탁 풀리며 자리에 주저앉아 버렸습니다. 불청객을 알아챈 방 안에서 '거 누고?' 날카로운 목소리가 들려왔기에 저는 죽을힘을 다해 마을로 달렸습니다. 누군가 뒤쫓아오는 느낌에 한 번 뒤돌아보지도 못하고 조금의 속도도 줄

일 엄두도 못 낸 채 집으로 향하였습니다. 집 마당에 들어서서도 터질 듯한 숨을 꺽꺽 삼킨 채 담장 밑에서 집 앞의 동태를 한참이나 살펴야 하였고 마침내 쫓아오는 이가 없음이 확실해지자 막혀있던 땀들이 온몸에서 폭발하듯 쏟아져 나오기 시작하였습니다. 결국 저는 아버지를 깨우지도 수녀원으로 달려가지도 못하고 다만 뛰는 심장을 주체하지 못한 채 희뿌윰한 새벽에 닭 울음소리를 들어야 했습니다.

다음 날, 두호를 어떻게 볼지 걱정스러운 마음과 무사함을 확인하고 싶은 마음 두 개를 가지고 학교에 갔지만 두호는 보이지 않았습니다. 그리고 다음 날도, 그다음 날도 그는 나타나지 않았습니다. 주일날 미사를 보러 간 성당에 이상한 소문이 돌았습니다. 두호와 루시아가 사라졌다는 것입니다. 어른들은 가지고 있던 물건까지 싹 없어진 것으로 봐서 둘이 야반도주를 하였다고 목소리를 낮춰 말씀하셨는데 어른들이 수군댈수록 대화의 내용은 더 선명하게 들렸습니다.

두호와 루시아가 사라진 후, 저는 그날의 장면들이 반복되는 꿈을 꾸기 시작하였습니다. 매일 같은 장면의 꿈에 초췌해가던 어느 날, 이제껏 겪어보지 못한 이상하고 아찔한 느낌 때문에 화들짝 놀라 잠에서 깼습니다. 처음 몽정을 경험한 것입니다. 어른들 몰래 속옷을 빨며 정욕과 도덕 사이에서 마음이 어지러웠고 머릿속에 박혀있는 루시아의 형상에 절망하였습니다.

이후에도 제 이성과는 다른 꿈을 반복해서 꿀 때마다 꿈이 남긴 흔적을 뒤치다꺼리하느라 도둑빨래를 해야 하였고, 몽정 후 찾아오는 자괴감과 죄책감은 누구에게도 털어놓지 못하는 괴로움이었습니다. 인간은 인간이라는 이유만으로 죄가 있다는 것의 의미를 어렴풋하게 깨달았습니다. 제 안에 똬리를 틀고 있던 독사같이 음흉하고 사악한 생각도 결국에 제가 품은 생각이기에 저의 일부분인가 고민하였으나 아직도 저의 선함과 악함에 대해 잘 모르겠습니다.

계절이 겨울의 문턱에 들어설 때쯤 마을의 이주도 거의 다 끝나가고 있었습니다. 수녀원도 다행히 형산강 건너 멀지 않은 곳에 새 터전을 마련하였지요. 수녀원의 이주는 두 달이 넘게 걸리는 대이동이었습니다. 우리 가족도 수녀원을 따라 이사를 하여 아버지는 원래 하던 일을 하셨고 어머니는 집과 논의 보상금으로 근처 학교 앞에 작은 분식점을 내셨습니다.

이주가 끝난 한 달쯤 뒤, 수녀원 건물을 철거하고 당산나무를 뽑는 날에 맞추어 각자 살길을 찾아 떠났던 사람들이 다시 마을에 모였습니다. 신의 성소이자 갈 곳 없는 자들의 안식처였던 공간에 작별을 고하고, 가여운 사람들 앞에 놓인 디아스포라 운명을 위로하는 미사가 끝난 후 원장 신부님이 직접 다이너마이트 발파 스위치를 눌렀습니다. 엄청난 굉음과 함께 일어난 먼지가 한참이 지나 가라앉자 방금까지 웅장하고 견고했던 성전은 콘크리트 잔해로 변해버렸고 먼지를 뒤집어쓴 사람들의 얼굴에는 하나같이 눈물 자국이 선명하였습니다.

사람들은 수녀원을 나와 당산나무로 향하였습니다. 색색의 천들과 화려한 만장이 휘날리는 나무 앞에는 제사상이 차려져 있었고 옆에는 중장비들이 대기하고 있었습니다. 미사 후 바로 이어지는 제사가 의아하시겠지만, 주일에는 미사를 드리고 조상 제사에도 소홀함이 없게 하고 큰일을 앞두고는 반드시 당산나무에 제를 올리며 동제를 지내는 제주祭主가 되면 그 해는 성당 출입을 삼가는 것이 우리 마을의 오래된 전통이었습니다. 외지 사람은 쉽게 이해 못 하는 관습이 우리 마을만의 독특한 정서였던 게지요. 그러나 이러한 전통과 정서는 콘크리트 잔해에 깔리고 불도저에 밀려 산산조각이 났고 사람들은 실향민이 되어 뿔뿔이 흩어졌습니다.

이렇게 하나의 시대가 사라지고 저와 우리 가족은 새로운 환경에 적응하느라 시간 가는 줄 모르고 지냈습니다. 그러는 사이 불면의 밤을 보냈던 저의 부끄러움도 점점 무뎌갔습니다. 두 해쯤 뒤, 아버지께서 치곤의 주검이 제철공장 근처에서 발견되었다는 소문을 가지고 오셨습니다. 두개골이 함몰되고 얼굴을 알아볼 수 없을 정도로 폭행의 흔적이 뚜렷하였지만, 평소 그의 행실에 묻혀 단순 변사로 처리되었다는 이야기를 듣고 두호와 루시아가 생각나 다시 복잡해진 심사는 이틀을 채 넘기지 못하였습니다.

신부님. 제가 다시 두호와 루시아를 떠올린 것은 단지 창식 때문만은 아닙니다. 제가 잡혔던 그날, 택시 뒷자리에 올라 급하게 목적지를 댄 후 거울을 통해 본 기사는 갈색 피부에 곱슬머리, 넓은 어깨와 두꺼운 입술을 가졌습니다. 그가 골목골목을 누비며 검문을 피하는 동안 어떤 말이라도 먼저 붙여봤어야 하였는데 저는 그만 한마디의 대화도 시도하지 못하였습니다. 제가 갈피를 못 잡는 사이 택시는 야속하게도 목적지에 도착하였고 그때만큼은 그의 재빠르고 노련한 운전 실력이 야속하게 느껴졌습니다.

택시비를 치르고 약속 장소로 가다 뒤를 돌아보니 택시는 사라졌습니다. 그때부터 머릿속에서 뭔가가 한 줌 빠져나간 느낌이 계속되었습니다. 학생들과 대화를 나누는 중에도, 형사들에게 붙잡혔을 때도, 여기저기를 거쳐 이곳에 다다르는 동안에도 헛헛한 기분이 사라지지 않았습니다. 독방에서는 공허함이 몸집을 키워 저를 잡아먹으려 하였기에 컴컴한 낮과 하얀 밤을 보내야만 했고 창식을 만나고 나서 그것의 실체가 공허함이 아닌 잊고 있었던 부끄러움이라는 것을 알게 되었습니다.

어룡이 놀았다는 하얀 모래밭은 회색 콘크리트 바닥이 되어 검은 쇳가루가 흩날리고 있습니다. 아름드리 높은 소나무 숲이 만들어주던 깊은 그늘은 굴뚝들이 검은 구름을 뿜어 푸른 하늘을 가리는 것으로 대체되었습니다. 마을 앞에 펼쳐져 있던 논밭은 공장 건물이 차지하였고 당산나무가 서 있던 곳은 6차선 도로가 되어 자동차들이 속도를 다툽니다. 그리고 수녀원 자리에는 용광로가 쇳물을 쉼 없이 토해내고 있습니다. 다만 육지로 움푹 들어온 바다만이 원래의 모습을 간직하고 있을 뿐, 제 고향은 이제 존재하지 않습니다.

저 또한 그 시절의 기억만을 간직하고 있었을 뿐, 부끄러움은 옅어져서 정상적인 욕망이라는 뻔뻔함으로 대체되었고 죄책감은 자기합리화로 변질되어 사라졌습니다. 제 안의 부끄러움과 죄책감은 덮어둔 채 조국의 민주화를 위한 고귀한 가시밭길을 가고 있다고 치부하고 있었던 것입니다. 이런 제가 순결한 열사의 뜻을 이어받는다고 하였습니다. 청년들의 맑은 눈을 바라보며 정의를 이야기하였습니다. 군부독재를 끝내자고 목에 핏대를 올리며 거리로 나갔습니다.

그날 밤, 제가 수녀원으로 달려갔더라면 두호와 루시아는 수녀원을 떠나지 않았을지도 모르겠습니다. 마을로 달려가 아버지를 깨웠더라면 치곤 패거리의 죄악은 멈출 수 있었을 것입니다. 하다못해 그 자리에서 잡히기라도 하였다면 최악의 상황까지는 가지 않았겠지요. 저는 제게 주어진 선택 중 가장 비겁한 길을 선택함으로써 두호와 루시아의 인생을 망가뜨린 것입니다. 아, 두 사람도 지켜주지 못한 제가 조국을, 민족을, 민주를……

택시를 운전하던 이가 두호였기를 간절히 바랍니다. 서울 하늘 아래서 선량한 시민으로 살아가고 있기를…… 그러나 한편으로 두호가 아니었기를, 이 땅을 떠나 차별 없는 곳에서 그의 뜻대로 살아가고 있기를 바랍니다. 그곳에서 루시아도 아픈 기억을 어루만지며 평안을 얻었기를…….

그러므로 신부님, 저는 저의 죄를 신부님께 고백함으로써 하느님께 닿기를 바라며 다음과 같이 기도드립니다.

하느님, 제가 죄를 지어 참으로 사랑받으셔야 할 주님의 마음을 아프게 하였사오니 악을 저지르고 선을 소홀히 한 모든 잘못을 진심으로 뉘우치나이다.

전능하고 영원하신 하느님 아버지, 하느님께서는 갖가지 은혜로 저희를 지켜주시니 주님께 애원하는 저의 기도를 들으시어 남두호 베드로와 길선희 루시아에게 구원과 축복을 내려주소서.

주님의 손으로 일으켜주시고 주님의 팔로 감싸주시며 주님의 힘으로 굳세게 하시어 그 두 사람 더욱 힘차게 살아가게 하소서.

성부와 성자와 성령의 이름으로 아멘.

관목 貫目

칼과 비늘

휴대폰 알람 소리가 고막을 찔렀다. 화들짝 놀란 것도 잠깐, 몸은 자꾸 이불 속을 찾아 들어갔다. 베개로 머리통을 감쌌지만 소리는 집요했다. 눈을 감은 채로 소리의 진원지를 향해 팔을 더듬었다. 솜이불이 다리에 말려 발버둥을 몇 번 치고 나서야 상황을 진정시킬 수 있었다.

느닷없던 난리가 뚝 멈추자 구석으로 밀려났던 어둠이 다시 방을 차지했다. 겨우 엉덩이를 세워 앉았다. 이불 속에 웅크리고 있던 시큼한 땀내가 눈치를 보며 기어 나왔다. 마른세수 몇 차례로 어긋난 육신과 정신을 맞췄다. 불을 켜고 게슴츠레 곁눈으로 벽에 걸린 거울 속 모습을 봤다. 머리는 한쪽으로 쏠려 천장을 향해 뻗어있고 볼에는 베개 자국이 선명했다. 턱 아래는 벌건 손톱자국이 겹겹이 새겨졌고 아직 형광등에 적응하지 못한 눈두덩은 송편을 붙여놓은 것 같았다.

시간 가는 줄 모르고 게임을 하다가 라면을 끓여 먹고 잔 것이 후회됐다. 발을 뻗어 방구석에 아무렇게나 구겨져 있는 내복을 당겨왔다. 목과 소매에 까만 기름때가 끼었지만 하루 더 입기로 했다. 솜 누빔 바지와 털실 스웨터에 몸을 집어넣는 중에도 하품은 계속 나왔다.

불 켜진 주방은 서늘한 기운이 돌았다. 창백한 빛이 차가운 공기에 부채질을 하는 것 같았다. 식탁 위 접시에 엄마가 먹기 좋게 잘라놓은 삶은 고구마가 담겨있었다. 한 조각을 입에 넣고 냉장고에서 꺼낸 베지밀에 빨대를 꽂았다. 고소한 액체가 뻑뻑한 목구멍을 시원하게 뚫어주었다. 이 정도면 아침밥을 먹을 때까지 허기는 면할 것이다. 소금기와 비늘로 얼룩진 외투를 걸치고 장갑과 모자로 채비를 한 번 더 하고 나서 문을 열었다.

숨을 들이쉬니 새벽 공기가 폐 안에서 눈처럼 뭉쳐지는 기분이다. 드문드문 박힌 별이 하늘을 더 검게 보이게 했다. 가만히 서서 보고 있으니 별의 숫자가 점점 늘어났다. 수평선에서부터 쉬지 않고 온 파도가 길 건너 움푹한 옹벽을 부드럽게 쓰다듬는 울림이 길고양이의 갸르릉 거리는 소리처럼 들렸다.

걸어서 5분 거리인 작업장의 일과는 별이 하늘에 단단히 매달려있을 때부터 시작되었다. 엄마와 할머니는 아마 두 시간쯤 전부터 어제 받아 해동시켜놓은 꽁치의 배를 가르고 있을 것이다.

내 이름은 철수다, 박철수. 이제 막 열일곱이 되었고 키는 165센티에 몸무게는 58킬로. 또래 중 작은 편에 속하지만 깡은 전교에서 최고다. 그 깡으로 진즉에 우리 학교 통이 되었다. 싸움은 덩치로 하는 게 아니라 기세와 깡 그리고 상황에 따른 대처가 승패를 좌우한다는 게 스승님과 나의 공통된 생각이다.

그렇다고 친구들 돈을 뺏는다든가 빵 셔틀을 시킨다든가 따위의 더러운 짓은 하지 않는다. 난 양아치가 아니라 무도인의 삶을 추구하는 사람이다. 중학교에 입학하여 얼마간의 서열 정리 기간을 지나고는 싸움을 한 적도 없다. 어쩌다가 선생님이나 어른들이 '너희들 중에서 누가 싸움을 제일 잘하니?' 물어보면 '철수요' 라는 의견이 학생들 전반에 일치한다는 정도이지 통이라고 해서 학교생활이 크게 편한 점도 없다.

이름 이야기를 좀 하자면, 철수라는 이름은 아빠가 남자 이름 중 가장 흔한 이름이라고 생각해 골라 정한 것이다. 아마 여자로 태어났다면 영희가 되지 않았을까. 당신의 아들이 대한민국의 흔한 이름처럼 평범하게 살길 바라는 마음은, 베트남에서 맞선으로 엄마를 만나 말도 통하지 않는 신부와 결혼했을 때 생겼지 싶다.

그러나 아빠 생각과 달리 철수라는 이름은 그렇게 흔치 않은 이름이었다. 초등학교에 입학하여 지금까지 내가 아는 성빈은 둘, 채원은 셋이나 있었지만 철수는 나 혼자였다. 다만 교과서 안에서는 한 번씩 철수가 등장해서 수업 시간에 종종 조롱 섞인 관심을 받곤 했는데 그럴 때마다 내 엉덩이는 의자에서 미끄러져 책상 밑으로 가라앉았고 잔뜩 짧아진 목 위로 피가 쏠렸다.

이름과는 다르게 내 외모는 남들과 조금 달랐다. 어릴 때부터 덩치가 작았고 피부도 남들보다 하얀 편이었다. 밖에서 뛰어노느라 소금기 가득한 태양과 바람에 물들어 까무잡잡하기는 했지만, 그러는 중에도 내 피부는 창백한 어둠에 가까웠다. 윗부분이 살짝 내려앉은 코, 쌍꺼풀이 진하게 그어져 있는 커다란 눈.

이런 생김새와 이름 때문에 나는 어디를 가나 눈에 띄는 존재가 되었고 친구들의 놀림은 싸움의 원인이 되었다. 처음에는 작은 덩치 때문에 일방적으로 맞기만 했다. 엄마한테 얘기해봐야 뾰족한 해결책이 있는 게 아니어서 이르지도 못했다. 날 물어뜯던 독사 같은 새끼들과 괴롭힘을 당하는 줄 알면서도 못 본 척하던 선생들을 쓰나미가 와서 쓸어버리기를 매일매일 기도했다.

그러다가 영화 〈바람의 파이터〉를 보고 최배달이라는 거대한 산을 스승으로 모시게 되면서 인생이 바뀌었다. 너무 감동해서 몇 번이고 보고 또 봐서 이제는 대사는 물론 액션 동작 하나하나를 외울 정도였다. 스승의 사진을 어렵게 구하여 벽에 걸어 두고 학교에 갈 때마다 그 앞에 허리를 숙이면서 무도인으로서의 각오를 다졌다.

그때부터는 맞는 것도 수련의 일부라고 생각하며 맞았는데 그러다 보니 주먹을 흘려버리는 방법을 자연스레 알게 되고 안 아프게 발길질을 당하는 요령도 생겼다. 컴컴해지면 뒷산에 가서 소나무를 상대로 발차기와 정권 지르기를 연마했고 거울만 보이면 그 앞에 서서 가드를 올렸다. 눈두덩이는 늘 다시마 색깔이었고 입술은 부어서 개불 같았다. 주먹은 딱지가 앉을 만하면 까지고 또 까져 물이 닿을 때마다 쓰라렸다.

하루하루 피 말리는 승부에서 점점 승수를 쌓기 시작하더니 아이들이 슬슬 피하는 게 보여 아픈 줄도 몰랐다. 그러다가 학교에서는 이제 적수가 없고 이웃 면에 있는 학교까지 평정하게 되었을 때, 박철수 하면 엄마가 베트남인인 '튀기'에서 깡 좋고 학교 통인 '깡통'으로 앞 수식어가 바뀌었다. 있는 듯 없는 듯 평범하게 살기를 원하는 아버지의 바람을 이루기 위해 항상 노력하는 편이지만 지금까지는 결과가 그리 좋은 편이 아니다.

　작업장에서는 좌판용 의자에 퍼질러 앉은 엄마와 할머니가 도마를 앞에 끼고 부지런히 꽁치의 배를 가르고 있었다. 사방에 튄 비늘이 형광등 불빛을 받아 반짝거렸다. 두 사람이 쥐고 있는 칼의 날은 박카스 병 정도 길이인데 한 손에 잡고 작업하기 딱 좋다. 앉은 자리 옆에는 작업 중간중간에 기름기 많은 꽁치 때문에 뻑뻑해진 칼을 갈기 위한 숫돌을 두었다. 비스듬히 경사지게 만든 도마 위에는 못이 거꾸로 박혀있다. 그 못에 꽁치의 눈을 끼워 미끄러지지 않게 고정한 다음, 아가미 아랫부분에 칼을 넣어 꼬리 부분까지 포를 뜬다. 다시 꽁치를 뒤집어서 같은 과정을 거치고 나면 머리와 내장이 분리된 꽁치 몸통이 꼬리지느러미에 두 갈래로 붙어 남게 된다.
　아주 옛날에는 겨울날 대나무나 싸리나무로 만든 꼬챙이로 온전한 꽁치나 청어의 눈을 뚫어서 부엌 창문에 걸어두었다. 그러면 밤에는 얼고 낮에는 녹기를 반복하다 보름쯤 뒤에는 먹기에 딱 좋은 과메기가 됐다고 한다. 요즘은 온전한 꽁치로 만든 것은 과메기 중에서도 통마리라고 불러 배지기(할복 작업한 것)와 구별을 한다. 전문대를 나와 동네에서 가장 가방끈이 긴 어촌계장님이 눈을 뚫는다는 뜻의 관목이라는 말이 관메기로 바뀌고 다시 과메기가 되었다고 이야기해준 적이 있다. 그때 나는 통으로 얼리든 살을 발라 말리든 눈이 뚫리는 꽁치의 운명은 별반 다를 게 없구나 라고 생각했다.

벽에 걸어둔 방수 작업복을 몸에 걸치고 두 겹의 목장갑 위에 고무장갑을 끼우는 동안에도 하품이 계속 나왔다. 방수복 안에는 바람이 옮겨놓은 겨울 공기가 가득 담겨있었다. 성인용이라 내 품에는 커서 내려오는 바지를 몇 차례 추켜올렸다. 그렇게 밍기적거리는 동안 저쪽에서 기어이 한 소리가 나왔다.

"좀 빠릿빠릿하게 움직이지 못하겠나? 니가 그라면 그랄수록 작업은 더 늦어지는 거 모리나? 누구를 닮아가 이래 굼뜨고 게을러쌌노?"

"야야, 그라지 마라. 한참 잠이 많을 나이 아이가. 지 또래들은 이런 데 나올라 하지도 않고 아직 한밤중일 낀데 얼매나 기특하노. 우리 귀한 장손을 이래 부려 먹어가 우짜겠노. 쪼매만 기운 내가 퍼뜩 하고 집에 들어가자. 이따 저녁에 할매가 오늘 삯 후하게 쳐주께."

첫 번째 꼬챙이

지금부터 하는 이야기는 우리 가족에 관한 이야기다. 할아버지는 내가 태어나기 한참 전에 돌아가셨기에 그 이후부터 시작하려 했지만, 어쩌면 할아버지의 이야기가 우리 가족을 한 두름으로 엮는 나일론 끈과 같다는 생각이 들어 시작점을 할아버지로 잡는다. 당연히 맨땅에 헤딩하는 기분이다. 어렸을 때부터 할머니와 아빠한테 들은 이야기를 이리저리 끼워 맞추고 중간에 비어 끊어지는 부분은 상상력으로 채워보겠다.

할아버지의 이름은 '원' 자 '득' 자이고 아빠가 열 살 때 돌아가셨다. 원래는 건강하셨는데 어느 날부터 서서히 팔다리에 힘이 빠지더니 제대로 걷지도 못해 누워만 지내다가 돌아가실 때쯤엔 머리부터 발끝까지 근육이 꽈배기처럼 뒤틀렸다고 했다. 큰 대학병원과 텔레비전에 나오는 유명한 한의사를 찾아봤지만 그 원인을 찾지 못했다. 할머니는 할아버지의 증상에 조금이라도 효과가 있다는 얘기를 들으면 무엇이든 구해와 먹이고 용하다는 무당을 불러 굿도 해보았지만 그때마다 논밭만 한 뙈기씩 떨어져 나갈 뿐이었다.

할아버지 사진은 할머니 방에 들어가면 방문 위에 걸려있는데 나와는 다르게 얼굴도 우락부락하고 덩치가 우람해 보였다. 어렸을 때 할머니가 자주 가는 절 앞에서 내가 사천왕상 중 하나를 가리키며 '할배다'라고 했다는데 나는 기억이 없다. 그렇지만 할머니는 지금도 그 얘기를 가끔 꺼내며 나를 기특해하시는데, 꼭 끝에는 '할배는 사천왕 중에 하나가 돼가, 우리 손주 잘되게 늘 지켜줄 끼다'라고 끝을 맺는다.

할아버지의 엄마, 즉 증조할머니가 할아버지를 낳기 전에 아기가 생기지 않아 엄청난 금액의 돈과 제물을 절에 시주하고 불공을 드렸다고 한다. 불공의 효험인지 할아버지를 가져 배가 점점 불러오던 어느 날, 범상치 않아 보이는 스님 하나가 탁발을 왔는데 증조할머니를 보고는 '이 아이는 부처님의 가피를 입어 세상에 나오는 아이이니 손에 피를 묻히는 일을 멀리하라'고 일렀다고 한다.

그러나 갯가에 터를 잡고 바다에 밥줄을 매어둔 집에서 손에 피를 안 묻힌다는 건 짜장면을 먹으면서 깨끗한 입술을 유지하는 것과 비슷하다. 머리가 굵어진 친구들은 모두 나가는 뱃일을 못 나가니, 사람 구실 못한다고 뒤에서 수군거리는 소리가 귓방망이를 때렸다.

이웃 사람들의 뒷말도 신경 쓰이는 데다 크기라고는 말린 오징어 한 마리만 한 동네가 답답했던 할아버지는 큰 사고를 치게 되는데, 부모 몰래 군대에 지원한 후 아무에게도 알리지 않고 도둑 입대를 해버렸던 것이다. 갑자기 사라진 아들의 행방을 몰라 발을 동동 구르다 쑥대밭이 된 할아버지의 집에, 어디 가서 객사한 게 분명하다고 여겨 굿으로 원혼이나 달래주려 할 때쯤, 파란색 인주로 큼직하게 군사 우편이라고 찍힌 편지 한 통이 도착했다.

할아버지가 군 생활을 한 지 일 년이 좀 지났을 때, 빨갱이들이 전쟁을 일으켰다는 월남이라는 나라에 파병을 갈 지원자를 모집한다는 이야기를 들었다. 한 번도 본 적 없는 빨갱이의 존재에 대하여 주입식 교육을 충실하게 받은 덕분에 할아버지는 잠깐의 망설임도 없이 월남행을 지원했다. 물론 거기 가면 월급의 몇 배나 되는 파병 수당을 받을 수 있다는 것도 지원을 하는데 큰 몫을 한 게 사실이다.

파병을 떠나기 전 마지막 일요일, 증조할머니는 드디어 아들의 얼굴을 볼 수 있었다. 할아버지가 좋아하는 음식을 바리바리 싸서 면회를 온 증조할머니는 빡빡 깎은 머리에 전보다 야위었지만 단단해진 아들이 눈에 들어오자마자 눈물보가 터졌다. 면회 시간 내내 아들의 손을 놓지 않고 눈물을 짜내던 증조할머니는 헤어질 시간이 다 돼서야 할아버지의 손에 작은 천 쪼가리를 쥐여주었다. 꼬깃꼬깃 접힌 것을 펴보니 테두리에 보드라운 레

이스가 달린 분홍색 여자 팬티였다.

"내가 어디 가서 물어보니께 시집 안 간 처자가 입던 빤스를 입고 있으면 총알이 피해 간다 카더라. 처자들이 어디 쉽게 입던 거를 줄라 하나? 머구리집 정씨 여편네한테 사정사정해가 그 집 둘째 딸내미 꺼 겨우 얻어왔다. 빤스가 쪼맨해가 입을 수야 있겠나마는, 항상 몸에 지니고 다녀래이. 절대로 앞에 나서지 말고 살생하지 말아래이. 이게 무신 일이고? 인제라도 맘을 바꿔 묵어가 안 가믄 안 되겠나? 아이고, 내 새끼야."

할아버지는 손안의 팬티를 주머니에 넣으면서 정씨 아저씨 둘째 딸 윤자를 생각했다. 까만 단발머리에 까무잡잡한 피부, 편편한 얼굴에 얹힌 단추같이 빠꼼한 눈, 얼굴 크기에 비해 살짝 작은 코와 입, 작은 키 때문에 더 돋보이는 큰 가슴과 그것 때문에 살짝 구부정해진 등의 곡선까지. 그때만큼은 윤자가 애인이라도 되는 듯 느껴졌다.

아랫배에 피가 쏠려 바지 속이 뻣뻣해진 할아버지는 월남에 도착하면 윤자에게 편지를 써서 사진이라도 하나 보내달라 해야겠다고 생각했다. 덧붙이자면, 할머니 이름은 윤자가 아니다. 한참 뒤에, 시집간 윤자가 친정에 온 날엔 희한하게 할아버지는 할머니한테 트집이 잡혀 밥을 못 얻어먹기 일쑤였다고 한다.

며칠 뒤, 할아버지가 속한 부대는 군용트럭과 기차를 번갈아 타고 부산항으로 이동했다. 기찻길을 따라 초가지붕이 모여있는 마을이 드문드문 나타났다. 할아버지는 그게 꼭 줄기에 붙은 콩깍지 같다고 느꼈는데 고향 논둑을 따라 심어놓은 메주콩 생각이 났다.

저녁나절이 되어서야 도착한 부산항에는 병력을 싣고 전장으로 갈 두 척의 거대한 수송선이 정박해있었다. 배에 오른 할아버지의 부대는 각자 침실을 배정받았다. 할아버지는 늘어뜨린 쇠사슬에 매트리스가 3층으로 매달린 침대의 맨 아래 칸에 누워, 이끼가 끼고 칠이 바랜 목선의 이물에 누워서 바라보던 고향의 밤하늘을 생각했다.

출항일은 다음 날이었다. 아침부터 부두엔 환송을 위한 사람들이 모여들었다. 어깨를 바로 하고 서 있지 못할 정도로 빽빽하게 모인 이들의 손에는 하나같이 태극기가 들려있었다. 내장까지 울리는 고동 소리와 함께 홋줄이 풀리고 거대한 쇳덩어리가 서서히 육지에서 멀어졌다. 갑판 위에 도열한 장병들은 목이 터져라 군가와 아리랑을 불러댔다. 할아버지도 그 무리 속에서 오른 주먹을 아래위로 흔들며 목에 핏줄이 선명해지도록 목청을 높였다.

"삼천만의 자랑인 대한 해병대 얼룩무늬 번쩍이며 정글을 간다 월남의 하늘 아래 메아리치는 귀신 잡던 그 기백 총칼에 담고 붉은 무리 무찔러 자유 지키러 삼군에 앞장서서 청룡은 간다"

피가 얼굴로 쏠렸는지 촉촉한 눈이 벌겋게 충혈되었다. 수만 개의 태극기가 퍼덕거리는 부두를 보며 혹시 어머니가 왔는지, 한 번 더 어머니 얼굴을 볼 수 있을지 눈동자를 이리저리 굴렸지만 시야는 점점 뿌옇게 아른거리기만 했다.

오래된 배는 온갖 냄새들이 먼저 자리를 잡고 배에 처음 오른 이들에게 텃세를 부리고 있었다. 환기장치가 작동하지 않는 선실은 기름 냄새와 언제 세탁한 지 모르는 매트리스 냄새, 쥐의 사체가 썩은 냄새 등이 섞여 괴상한 노린내를 풍겨냈다. 거기에 며칠이 지나면서 쏟아지는 땀에 전 인간들의 체취와 뱃멀미로 인해 뿜어낸 토사물 냄새까지 더해져 시큼하다 못해 매캐한 가스를 만들어냈다. 미국인 선원이 한 번씩 들어올 때마다 코를 쥐어 잡고 알아듣지 못하는 말로 선실의 책임자를 윽박질렀는데, 영어를 모르는 할아버지에게도 F와 S 발음이 유독 또렷하게 들렸다.

항해 날짜가 하루하루 늘어날수록 날씨는 점점 더 습하고 더

워졌다. 낮에는 위에서 내리쬐는 태양과 달궈진 갑판 때문에 도저히 밖으로 나갈 수가 없었고 밤이 되어서야 겨우 바깥바람을 쐴 수 있었다. 더위와 냄새와 뱃멀미 때문에 낮과 밤이 바뀐 채, 이러다가 빨갱이는 코빼기도 못 본 채 바다 위에서 누렇게 떠 죽을 것만 같은 예감으로 일주일을 보낸 후에야 저 멀리 희미하게 육지가 보였다.

배는 남중국해를 통과하여 깜라인만에 들어섰다. 움푹 파인 육지가 바다를 포근하게 감싸 안은 지형을 보면서 할아버지는 고향의 영일만을 생각했다. 월남의 바다색은 신기하게도 고향의 그것과 닮아있었다. 자신이 선택한 결과가 돌고 돌아 결국은 손에 사람의 피를 묻히게 될지도 모르는, 혹은 자신이 죽을 수도 있는 곳에 떨어졌다는 게 기가 막혔다. 살아서 돌아갈 수 있다면 고향에 발을 붙이고 고기잡이를 하며 조용하게 살고 싶다고, 암만 그래도 사람 피보다는 물고기 피가 낫지 않겠냐는 생각이 들었다. 추석이 지나고 가을로 접어드는 1965년 10월 8일의 일이었다.

두 번째 꼬챙이

아빠의 이름은 '동' 자 '근' 자이다. 아빠는 태어날 때부터 오른쪽 다리가 다른 쪽에 비해 확연히 가늘었다. 걸음도 남들보다 한참이나 늦게 뗐는데 그마저도 걸을 때마다 오른쪽 골반이 움푹 접혔다가 펴지기를 반복해서 위태롭게 보였고 그렇게 보이는 만큼 자주 넘어지고 다쳤다. 미처 다 자라지 못한 오른쪽 다리는 몸을 지탱하는 다리 본연의 구실을 하지 못하고 곁가지처럼 달라붙어 걸을 때 그저 장단이나 맞추는 역할밖에 하지 못했다. 그런 이유로 아빠에겐 병신이라는 꼬리표가 항상 붙어 다녔다.

다부진 체격에 감기 한 번 앓은 적이 없는 강골의 아비와 출산을 한 다음 날부터 바다와 밭으로 돌아다녀도 아무렇지도 않은 튼실한 어미 사이에서 어찌 저리 성치 않은 자식이 나왔을까는 동네 사람들이 아빠를 입에 올릴 때마다 몇 갈래로 갈라지는 논쟁거리였다. 누구는 스님 말을 안 듣고 월남에서 사람을 많이 죽여 그 귀신이 달라붙어 그렇다고 했고, 한편에서는 할머니가 태중에 아이가 들어선 줄 모르고 그물에 걸린 돌고래의 배를 갈랐는데 그게 용왕의 자식이라 했는가 하면, 마을에 별신굿을 할 때 우리 할아버지의 할아버지가 술에 취해 굿상을 엎은 게 후대에 탈이 난 것이라며 원인을 한참 윗대에서 찾기도 했다. 그렇게 사람들끼리 패가 나누어져 내 말이 맞고 네 말이 틀리다 침을 튀기며 소리를 높이다가도 할아버지나 할머니가 나타나면 갑자기 입을 닫고 먼 산을 보며 헛기침을 하거나, 바쁜 일이라도 생긴 양 자리를 피하는 것이었다.

불편한 몸에 비해 아빠는 깡이 아주 셌고 성질도 보통이 아니었다. 아빠가 내 나이쯤일 때, 동네 사람 하나가 술김에 대놓고 병신이라고 했다가 아빠가 낫을 들고 설치는 바람에 식겁했다고 한다. 처음에는 몸도 정상이 아니고 힘도 없는 게 뭘 하겠나 싶어 별것 아니라고 여겼다가 아빠가 벌건 눈을 해서 시퍼렇게 날이 선 낫을 휘두르며 그 집 앞에 진을 치고 죽인다고 을러대니 결국엔 당사자의 부모가 무릎을 꿇고 사과해서 겨우 진정이 되었다. 그 뒤로 아빠 앞에서는 대놓고 다리를 가지고 뭐라 하는 사람이 없었다.

아빠는 또 어떤 일이든 마음에 들지 않는 데가 있으면 판을 엎어버리기로 유명했다. 아무리 괄괄한 바다 사람들이래도 장애인을 상대로 대거리를 해서는 잘해봐야 본전이기 때문에 더럽지만 피하는 것도 있었을 것이다. 결혼 전 아빠의 소일거리는 휘청휘청 걸어서 구판장에 가 할머니가 준 돈으로 소주를 사서는, 굵은 소금 몇 알을 안주 삼아 마시는 것이었다. 아빠가 구판장에 나타나면 이미 자리를 잡고 술판을 벌이던 사람들과 필요한 물건을 사러 온 이들이 마치 비 오기 전의 개미들처럼 분주하게 흩어졌다.

이런 개차반 아빠가 그래도 동네서 쫓겨나지 않고 살 수 있었던 것은 할아버지의 인심과 할머니의 심성이 한몫을 했지만 아빠도 나름대로 쓸모가 있었기 때문이었다. 가령, 옆 동네와의 분쟁이나 읍사무소 같은 관과 관련된 민원이 동네의 뜻대로 진행되지 않을 때 아빠는 아주 훌륭한 해결사 노릇을 해냈다.

마을 해경 신고소에 새로 부임한 순경 하나가 규정에 너무 철저한 나머지 야간 출항 시간을 살짝 어긴 선박들에 무더기로 과태료를 끊은 일이 있었다. 신고소장과 어촌계장이 아무리 중재를 해봐도 법대로 하겠다는 신참 순경의 의지를 꺾을 수 없었다. 이후 아주 사소한 위반이라도 그 순경한테 걸리면 얄짤이 없었다. 동네 사람들은 두엇만 모여도 융통성이라고는 멸치 내장만큼도 없는 순경을 씹어대기 바빴다. 그러다가 술이라도 몇 잔 들어가면 목소리는 더 높아지기 마련이고 그게 한참 동안 계속되니 아빠의 귀에도 거슬렸던 모양이었다.

어느 날, 신고소 문이 드르륵하고 열리더니 한 손에 바께스를 든 아빠가 들어왔다. 직원들이 무슨 일인고 멀뚱멀뚱 쳐다보고 있는 사이 아빠는 아무 말도 안 하고 절뚝거리며 신참 순경에게로 갔다. 의문의 인간을 앉아서 맞이할지 일어서서 응대할지 엉거주춤한 자세를 취하던 그에게 아빠는 손에 들려있던 것을 냅다 들이붓고는 아무 일 없다는 듯 신고소를 나왔는데 신참 순경이 덮어쓴 것은 막 썩기 시작한 생선 내장들이었다. 신고소에서 고함과 비명이 터져 나온 것은 아빠가 신고소를 유유히 나오고 약 2초가 흐른 뒤였다. 뒤에 신참 순경은 공무집행방해죄니 폭행죄니 하며 아빠를 잡아넣어 콩밥을 먹이겠다고 길길이 날뛰었지만 결국엔 본인이 다른 곳으로 전근 조치되는 것으로 대충 훈훈하게 정리되었다.

이러한 아빠지만 할머니 말씀만큼은 잘 듣는 효자였다. 동네에서 행패를 부리다가도 할머니가 나타나서 '동근아, 이제 그만 집에 가자' 그러면 집에서 키우는 똥개마냥 할머니 뒤를 따라갔다. 할머니는 아들이 성하지 않은 몸 때문에 장가도 못 가고 총각으로 늙어 죽지 않을까 걱정이 이만저만 아니었다. 장가를 가면 앞뒤 안 가리는 불같은 성미도 수그러들 것만 같았다.

머리를 싸매고 방법을 궁리해봐도 해결책이 없어 가슴에 갑갑증이 자라고 있을 때, 한 줄기 빛 같은 소식이 들렸다. 시청에서 관내 노총각들을 대상으로 외국인 여성들과 맞선을 주선한다는 것이었다. 할머니는 직접 시청까지 찾아가 방법을 알아보고 자격이 안 돼 걸리는 부분은 읍소와 눈물, 협박 비슷한 것으로 극복해 거기에 아빠를 밀어 넣었는데 그때 아빠의 나이는 노총각은커녕 결혼 적령기도 안 된 스물다섯이었다.

할머니의 필사적인 강요도 있었지만, 사실 아빠도 본인이 여자하고 신방 한 번 못 꾸며보고 몽달귀신이 되지 않을까 내심 걱정이 되던 차여서 별 저항 없이 무리에 섞였다. 살아오면서 이제껏 여자가 자신에게 호감을 보였던 적은 없었으므로 외국 여자인들 별반 다를 게 있을까 싶기도 했지만, 여자와 맞선을 본다는 것 자체만으로 아빠는 흥분되었다. 그리고 지금까지 제일 멀리 나가본 곳이 읍내가 다인 아빠에게 비행기를 타본다는 사실과 해외여행이라는 호사도 가슴을 설레게 했던 것이다. 그리하여 어릴 때부터 말로는 수없이 들어왔던 베트남에 발을 딛게 되었다.

한때 아빠의 아버지가 죽을 고비를 수없이 넘겼다는 곳. 좀처럼 그때 일은 꺼내지 않다가 술이 거나하게 취할 때면 한 번씩 애기해주던 곳. 덥고 습한 공기에 숨이 턱턱 막히다가 갑자기 비가 또 며칠이나 계속 오더니 또 거짓말같이 해가 난다는 곳. 너무나 우거진 나머지 한낮에도 햇빛이 뚫고 들어오지 못한다는 정글과 일 년 내내 여름이어서 쌀농사를 한 해에 세 번이나 지어도 된다는 허풍 같은 이야기를 할아버지는 아빠에게 동화처럼 들려주었다.

그곳에 터를 잡고 수백 년을 살아오고 있는 조그만 체구와 선한 눈을 가진 사람들과, 여기와는 한참 다르면서도 많이 비슷한 마을의 풍경. 총구를 앞세우고 나타난 타국의 청년들과 두려움에 가득 찬 동그랗고 맑은 눈동자들. 그리고 이편저편 할 것 없이 살아서 고향으로 돌아가지 못한 이들. 할아버지의 이야기는 언제나 동화 같은 풍경으로 시작했다가 사람들의 이야기에 이르러서는 비극으로 마무리되었다.

  총 5박 6일의 일정 둘째 날에 아빠는 세 번의 맞선을 보았는데 첫 번째 만남에서 본 여인 때문에 나머지 두 여인은 제대로 기억이 나지 않았다. 처음 보는 하얀 피부와 가까이서 맡아보는 화장품 냄새에 아찔하기도 했고, 맞선 내내 보여준 따뜻한 미소가 아빠를 현기증 나게 했다. 할머니를 제외하고 지금까지 아빠에게 그렇게 따뜻하게 웃어준 여자는 그녀가 처음이었다. 말은 제대로 통하지 않았지만 적어도 싫어하지 않는 느낌이었다고 아빠는 믿었다.
  열대과일 주스가 담긴 테이블 위 유리잔에 눈을 고정하고 있다가 말을 할 게 있으면 고개를 들어 동그란 눈으로 상대를 보며 입술을 움직이고는, 끝난 후엔 가지런한 치아를 방긋 드러내며 다시 고개를 숙이던 첫 번째 여인의 여운이 너무 컸다. 만약 맞선 순서가 바뀌어 두 번째나 세 번째 여자를 먼저 만났다면 결과가 달라지지 않았을까 하는 생각도 있었지만 아빠의 마음은 이미 첫 번째 여인으로 가득 찼다.

혼사는 일사천리로 진행되었다. 여자의 의사도 싫지 않음이 확인되자, 사흘째에 또 한 번의 데이트와 예비 신부의 건강 검진이 있었고 나흘째 드디어 결혼식과 합방이 이루어졌다. 그리고 다음 날, 먼저 신랑부터 귀국하고 신부는 혼인신고와 귀화를 위한 절차가 완료되는 한 달 뒤쯤 한국으로 출발할 것이다.

두 번째 타는 비행기였지만 모두 일주일 전보다는 조금 자연스러웠다. 일행 중에는 타국에서 상투를 올리고 유부남이 된 이들도 있었고 올 때와 처지가 달라지지 않은 이들도 있었는데 하나같이 얼굴에는 피곤한 기색이 역력했다. 다만, 누구는 얼굴에 웃음기가 떠나지 않는 기분 좋은 나른함이 있었고, 누구는 전날 과음으로 쓰린 속을 달래 숙취에 찌든 모습이었다.

출국장으로 향하는 아빠 곁에는 만난 지 나흘, 결혼한 지 이틀 된 신부가 찰싹 붙어있었는데 팔짱을 낀 것 같기도 했고 부축하는 것처럼 보이기도 했다. 출국수속이 진행되는 동안 아빠의 팔에 얹힌 작은 손에 크고 두툼한 손을 포갠 아빠는 벌써부터 한 달이 무척 길게 느껴졌다. 일주일 전 덥고 습했던 베트남의 날씨가 맑고 화창하게 다가왔다.

이듬해에 내가 태어났다. 아빠는 완전히 다른 사람이 되었다. 아빠는 자신이 아버지가 된 게 믿기지 않았고 갑자기 이렇게 행복해도 되나 싶기도 했다. 그 좋아하던 술도 끊고 종일 일을 해도 피곤한 줄 몰랐을뿐더러 자신의 몸이 불편하다는 사실조차 잊어버렸다.

엄마도 작은 체구지만 큰 탈 없이 아이를 가지고 순산을 할 정도로 건강했고, 무엇보다 상냥하고 성실하여 거친 환경과 힘든 갯일에 빨리 적응했다. 할머니도 엄마를 복덩이로 여겼다. 수더분한 시어머니 성격 덕분에 고부갈등을 몰랐고 오히려 딸이 없는 할머니는 엄마를 딸처럼 아끼고 예뻐했다. 아이는 무럭무럭 자랐고 마당에는 언제나 고기가 가득 말려있었으며 농번기 때 광으로 들어가는 쌀자루가 경운기로 꼬박 두 대나 되었다.

가을걷이가 끝나고 처마에는 추석에 쓸 고기들이 말라가고 있을 때 두 명의 외지인이 집으로 찾아왔다. 한 명은 왜소한 키에 나이가 좀 있어 보이고 다른 이는 젊었는데 뚱뚱한 몸 때문인지 손수건으로 얼굴의 땀을 자주 닦았다.

자기들은 무슨 연구 기관 소속인데 고엽제 피해에 관한 사례를 조사한다고 서울 말씨로 이야기했다. 그러고는 할아버지의 돌아가시기 전 상태에 대해 이것저것을 물었고 베트남에서의 일에 관해 얘기한 것이 있는지, 그때 사진이 남아있는지도 물었다. 질문은 주로 나이 많은 사람이 했고 젊은 사람은 녹음을 하면서 틈틈이 적기도 했다. 그들의 질문은 아주 오래전 일에 관한 것도 있어서 할머니는 멀리까지 기억을 되돌리려 자주 미간을 찌푸려야 했다.

그들은 아빠의 몸 상태에 관해서도 많은 관심을 보였는데 이따금 알아듣지 못할 어려운 단어를 써가며 자기들끼리 이야기를 주고받았다. 엄마는 그들을 위해 집에서 담근 매실액과 미역귀 말린 것을 내왔다.

그들이 왔다 간 지 일 년이 좀 지나서 아빠 앞으로 우편물 하나가 날아왔다. 보내는 사람에는 국가보훈처라고 적혀있었다.

…… 외부 기관에 의뢰하여 故 박원득 님의 베트남에서의 행적과 생전 진료기록 등을 면밀히 검토한 결과, 베트남전 당시 광범위하게 살포되었던 고엽제(제품명: Agent Orange)가 발병 및 사망원인일 가능성이 충분히 입증되었음을 알려드립니다. …… 아울러 박동근 님의 선천적 장애 또한 고엽제와 인과관계가 있을 가능성이 농후하나, 2세대 유전에 대한 명확한 의학적 근거가 부족하고, 고엽제 제조사가 이를 부정……

아빠의 몸을 칭칭 감아 똬리를 틀고 있던 지독한 수수께끼가 산산조각으로 부서지더니 가루가 되어 허공에 흩어졌다.

세 번째 꼬챙이

엄마의 이름은 쯔엉 티 미엔이다. 귀화 후 정지민이라는 한국식 이름으로 개명을 했지만, 사람들은 지민이라 부르면 자랑스러운 단일민족에 흠집이라도 생기는 듯 꼭 미엔이라 불렀다.

엄마의 고향은 하노이와 호치민의 중간쯤에 있는 꽝응아이성이다. 꽝응아이는 동쪽 해안을 따라 넓은 평야를 끼고 있고 서쪽으로는 산과 언덕이 펼쳐져 바다에서 뜬 해가 산으로 지는 곳이다. 그래서 엄마는 베트남을 떠나 이곳에 처음 왔을 때 언뜻 다시 고향으로 돌아온 착각이 들었고 이후에도 가끔 이곳이 베트남의 고향 마을과 헷갈릴 때가 있었다. 엄마는 꽝응아이성의 빈호아라는 마을에서 나고 자랐는데 그곳 마을의 아녀자들은 예전부터 아이들에게 이런 자장가를 불러주었다.

"아가야, 이 말을 기억하거라. 한국군들이 우리를 폭탄 구덩이에 몰아넣고 다 쏘아 죽였단다. 아가야, 너는 커서도 이 말을 꼭 기억하거라."

나도 어릴 때 이 자장가를 들으며 잠이 들곤 했지만 가사의 의미는 한참 뒤에야 알게 되었다. 그러나 자장가는 우울한 내용과는 상관없이 그저 엄마의 따스한 품으로만 기억될 뿐이었다. 엄마도 그 시절을 직접 겪지 않았기에 자기와는 다른 세상의 이야기 같다고 했다.

　예전에 학교에서 베트남에 우리 군인들이 가서 나쁜 사람들과 싸우고 평화를 지키기 위해 노력했다는 것을 배운 적이 있었다. 우리 할아버지도 거기 가서 나쁜 놈들과 싸웠다고 손을 들고 발표했다고 집에 와서 엄마에게 자랑스럽게 얘기했을 때, 엄마는 자신이 알던 진실과는 전혀 다른 내용이 아들의 입에서 나와 놀랐다고 했다. 그리고 조금 슬펐다고 했다. '원래부터 거기에는 나쁜 사람들이 없었단다. 순진하고 불쌍한 사람들만 있었지.' 엄마의 말과 표정을 이해할 수 없었다.

　엄마는 집집마다 가득 쌓여있는 가난 빼고는 뭐든지 부족한 고향을 떠나 어떻게 해서라도 한국의 도시로 갈 꿈을 키웠는데, 국제결혼은 엄마의 꿈을 이루기에 딱 좋은 방법이었다. 꿈의 반만 이루어졌지만 말이다.

　엄마는 본인이 부지런하고 어떠한 상황에서도 긍정적인 면을 발견할 수 있는 강하고 현명한 여자라고 스스로 생각하는 것 같았다. 그래서 아빠를 만났다고. 언젠가 엄마한테 많은 맞선남

중에 하필 장애인인 아빠를 선택했는지 물어본 적이 있었다.

"눈!"

"눈?"

"눈에 쌍꺼풀이 있는 남자는 아빠밖에 없었어. 제일 젊기도 했고."

내 생각에는 긍정과 현명보다는 그냥 쌍꺼풀 있는 부리부리한 얼굴을 좋아하고 장애인보다 늙은 남자가 더 싫은 엄마의 특이한 취향 때문인 것 같았다. 엄마한테 굳이 내 의견을 얘기하진 않았다.

아빠의 고향에 신혼살림을 차렸을 때 엄마는 잠깐 실망도 했지만, 시간이 좀 지나고 아이가 태어나면 도시로 나가도록 남편을 설득하면 될 일이라고 자신을 달랬다. 바닷일과 농사는 고향에서의 생활과 비슷해서 금방 적응할 수 있었다. 남편의 어머니도 좋으신 분 같고 무엇보다 친정과 달리 궁핍하지 않은 게 마음에 들었다.

배 속에 내가 생겼을 때 아빠처럼 불구로 태어나지 않을까 온식구가 노심초사였다. 작은 부정이라도 집 안에 들일까 싶어 엄마를 갯가에는 얼씬도 못하게 했다. 과일도 제일 실하고 예쁜 것은 항상 엄마 차지였다.

당시 엄마가 제일 좋았던 것은 근처 큰 도시로 산부인과 검사를 겸한 나들이를 달마다 가는 일이었다. 병원에서 볼일이 끝나면 맛있는 점심을 먹은 뒤, 돌아가는 차 시간 전까지 예쁜 옷과 아기용품을 사러 이곳저곳을 돌아다녔다. 팔짱을 끼거나 손을 잡고 아빠의 속도에 맞춰 천천히 도시를 걷노라면 장애인 남편과 외국인 아내를 바라보는 따가운 시선과 수군거림 따위는 아무렇지도 않게 무시할 수 있었다. 아빠도 어렸을 때부터 이러한 상황에 익숙했기에 온전히 행복한 기분만 즐겼다.

분만실에서 아이의 팔다리가 온전하게 갖춰진 것을 확인한 엄마는 결혼 후 처음으로 울었다. 갑자기 고향이 그리웠고 외할머니가 사무치게 보고 싶었다. 그동안 누르고 눌러 왔던 울음이라 그 소리는 깊었고 눈물의 농도는 진했다. 그런 마음을 아는지 할머니는 엄마의 등을 쓰다듬어 주었다. 엄마는 할머니의 품에 안겨 한참 동안 조그만 등을 들썩거렸다. 할머니의 앞섶이 축축해졌다.

나는 식구들의 바람대로 건강하게 자랐다. 울음소리는 우렁찼고 젖을 빠는 힘이 셌다. 먹은 만큼 기저귀를 버려냈고 배가 부르면 잠을 잤다. 엄마의 얼굴을 눈동자에 가득 담고서 젖꼭지를 오물거리며 빠는 아기를 보며 생명의 경이로움을 느낀 엄마는 자신의 모든 인생을 이 아이에게 바치리라 다짐을 했다.

그러나 지금 그 다짐은 어디로 갔는지 나만 보면 못 잡아먹어서 안달이다. 아기 때처럼 눈동자에 엄마를 담으려 했다가는 어른을 빤히 쳐다보며 눈을 부라린다고 등짝에 손바닥 자국이 새겨지기 일쑤다. 하루빨리 여기를 떠나 엄마의 잔소리에서 벗어나기만을 바란다. 그러면 엄마도 예전 다짐이 다시 생각날 것이다.

바닷가 마을에서는 종종 원인이 확실치 않은 죽음이 일어났다. 소주를 사러 구판장에 간다고 집을 나선 아빠가 포구 옆 방파제 아래에서 죽은 채로 발견되었을 때 엄마의 나이는 스물여덟이었다.

설 다음 날 새벽, 명절을 개의치 않고 조업을 나가는 부지런한 배에 의해 발견된 아빠는 부표를 건져 올리는 갈고리에 뒷덜미가 낚여 배 위로 올려졌다. 위태롭게 뛰어가는 엄마와 할머니를 따라 영문도 모른 채 포구에 다다랐을 때, 아빠는 축축한 콘크리트에 누워있었다.

흐릿한 그때의 기억 중에서 엄마 바짓자락 뒤에서 본 하얀 천만 또렷한데 그 색감이 너무 밝아서 눈이 부셨다. 하얀 천을 머리끝까지 덮어쓰고 누운 아빠는 희한하게 장애가 있는 사람 같지 않았다. 아빠를 발견하고 건져 올린 뱃사람들은 조업을 나가는 대신 소주 한 병을 들고 찾아와 아빠 곁에 잔을 두고 두 번 절을 올렸다. 그것이 바다에 명줄을 맡긴 사람들의 법도라 했다.

며칠 뒤 마을을 품에 안은 검푸른 산에 계절과 어울리지 않는 꽃으로 치장된 상여가 올라갔다. 나와 엄마는 상여 뒤를 따랐다. 엄마는 내 손을 놓지 않았는데 따뜻해서 빼기가 싫었다. 내 코에는 누런 콧물이 숨을 따라 들락날락했다.

이듬해에도 설은 찾아왔다. 집집이 고소한 기름 냄새가 담을 넘어 흩어졌다. 골목은 타지로 나갔다가 고향을 찾은 이들의 낯선 차들로 한쪽이 채워졌다. 우리 집도 준비하는 음식은 차이가 나지 않았다.

며칠 전부터 처마에 매달아 놓은 도미, 참가자미, 고등어, 돔베기를 손질하는 엄마의 얼굴에는 표정이 없었다. 할머니는 아들의 제사상을 준비해야 하는 처지를 완전히 받아들이지 못하는지 전을 부치다가도, 탕국을 끓이다가도, 나물을 덖다가도 주먹으로 가슴을 두드리며 어금니 사이로 울음을 뱉었다.

아빠가 돌아가시기 전해 설에는 아빠와 엄마와 함께 베트남의 외갓집에 갔었다. 베트남에도 설을 쇠는데 '뗏'이라고 부른다. 자정 무렵에 눈을 비비며 일어나 하늘에서 터지던 폭죽을 구경하던 것과 아침에 하얀 아오자이를 곱게 차려입고 가족들끼리 나눠 먹던 '반쯩'이라는 떡 그리고 외할아버지에게 세뱃돈이 담긴 빨간 봉투를 받았던 게 생각난다.

외할머니는 엄마와 웃으며 얘기하다가도 무시로 눈물을 찍어냈다. 외할아버지는 틈만 나면 나를 안아서 무릎 위에 앉히려 했고, 어찌할 바를 몰라 연신 땀을 훔치는 아빠의 등을 조용히 쓸어주었다. 외가에는 아직 아빠의 죽음을 알리지 않은 것 같다.

설날 밤, 아침부터 술에 취한 사람들의 목청 좋은 소리로 동네가 왁자지껄했다. 설인데도 사람들의 왕래가 없는 우리 집은 훈훈하고 들뜬 바다에 갇힌 어둡고 추운 무인도 같았다. 자정 무렵이 되자 엄마와 할머니는 조용히 제사상을 차렸다. 여덟 살 상주였던 나는, 아홉 살에는 제주가 되어 아빠를 위해 차린 상에 술잔을 올렸다. 멀리서 술 취한 남자의 고함과 앙칼진 여자의 대거리가 엉켜서 들렸고 놀란 개가 짖는 소리도 덩달아 울렸다.

어느 때부턴가 마을에서 젊은 사람들을 찾아보기 힘들었다. 늙은 부부가 함께 배를 타고 바다로 나가는 집이 점점 늘어났다. 비교적 크기가 큰 배에는 생김새와 말이 다른 외지인들이 선원들의 자리를 차지하게 되어 포구에는 이방인들의 모습을 어렵지 않게 볼 수 있었다.

엄마가 호안을 만난 것도 이 무렵이었다. 응 우엔 호안은 하노이에서 중학생들을 가르치다 산업연수생으로 한국에 들어왔다. 채낚이 오징어 배를 타는 호안에게 먼저 말을 건넨 것은 엄마였다. 공판장에 물건을 떼러 갔다가 한국 선장에게 혼나는 중에 웃는 얼굴로 굽신거리며 입으로는 베트남어로 욕을 하는 호안을 보고 처음에는 모국어가 반가웠다. 호안 또한 전혀 생각지도 못한 곳에서 고국의 여자가 살고 있다는 사실이 신기했다. 그 뒤로 둘은 간간이 공판장에서 포구에서 마주쳤고 인사를 주고받았다. 그러다가 호안이 엄마에게 데이트 신청 비슷한 것을 한 모양이다.

마을은 수족관처럼 좁았고 비밀은 통발의 그물처럼 허술했다. 그리고 소문은 바닷바람처럼 빨랐다. 며느리가 베트남에서 온 남자와 몰래 만난다는 이야기는 할머니의 귀에도 걸렸다.

엄마가 이전하고 좀 다르다는 것은 나도 어렴풋이 눈치채고 있었는데 잠결에 엄마의 자리를 더듬으면 비어있을 때가 더러 있었다. 그리고 엄마가 새벽 공기를 뒤집어쓰고 이불 속으로 들어와 잠이 잠깐 깼다가 다시 잠들어 꿈인지 현실인지 헷갈렸던 경우가 잦았던 것이다.

할머니는 망측한 소문에 얼굴이 붉어졌다가 곰곰이 생각할수록 마음속이 복잡해졌다. 어린 아들을 키우며 촌구석에서 수절하기에 며느리는 아직 젊고 예뻤다. 엄마같이 딸같이 서로 의지하며 한평생 보내면 된다고 생각했으나 며느리의 생각을 물어본 것은 아니었다. 청상과부의 삶이 얼마나 험한 것인가도 본인의 인생을 통해 잘 알았다. 그래도 섭섭하고 화가 나는 것은 어쩔 수 없었다.

배신감이 바닥에 깔리고 그 위에 겹겹이 쌓인 온갖 감정 때문에 심사가 복잡한 할머니는 며칠 동안 엄마와 눈도 제대로 마주치지 않고 필요할 때가 아니면 말도 섞지 않았다. 엄마도 할머니가 왜 그러는지 대충 감을 잡고 있어서 할머니의 차가워진 행동에 머리만 조아렸다. 할머니와 엄마의 한숨이 천장에 달라붙어 잔뜩 무거워진 집 안 공기 사이에서 눈치를 보느라 내 눈은 생선 눈알이 될 지경이었다. 며칠 뒤, 집을 나선 할머니의 발걸음은 채낚이 배들이 모여있는 곳으로 향했다.

등대의 빨간 조명이 규칙적으로 반짝였다. 구판장 옆 전봇대에 매달린 주황빛 가로등 아래에 뿌연 안개비가 비스듬히 분무되었다. 마을의 조명은 그게 다였다. 이런 날은 물색없이 짖어대던 개들도 털이 젖어 체온을 잃을까 봐 개집 안에서 꼬리를 말고 잠을 청한다. 포구에 쉬고 있는 나이 많은 어선들이 삐그덕삐그덕 신음 소리를 내었다.

거실의 시계가 두 번이 울리고 얼마 뒤 현관문이 조심스럽게 열리는 소리가 났다. 모로 누워 잠을 쉬이 이루지 못한 할머니는 조용히 깊은숨을 쉬었다. 베갯잇에 얼룩이 점점 번졌다.

방문을 열고 밖으로 나왔을 때, 감자를 써는 칼질에 맞춰 들썩이는 작은 어깨를 보고선 할머니는 울음을 터트리며 다가가서 등짝을 때렸다.

"아이고, 모질아. 왜 아직 여기 있노. 멍석을 깔아줬는데도…… 왜 니 인생 찾아가지를 못하노. 아이고 이 천치 같은 것아."

"……"

"내가 니를 엮더나, 철수가 니 눈을 찌르더나. 니 팔자도 꼬챙이에 꽂혀가 죽을 때까지 얼었다 녹았다 하다가 끝나겠고마. 이 불쌍한 것아."

"어머니, 죄송해요. 씬 로이, 씬 로이……."

일어나자마자 할머니와 엄마가 부둥켜안은 채 울고 있는 벼락같은 상황에서 내가 할 수 있는 일은 둘 사이를 파고들어 그저 따라 우는 것뿐이었다. 영문은 몰랐지만 그래도 내 울음소리가 제일 크고 우렁찼다.

볕과 바람

손질이 끝난 것들을 깨끗한 바닷물과 수돗물에 번갈아 헹군 다음 일정한 간격으로 기다란 막대에 걸었다. 꽁치들이 가지런히 걸린 건조대를 조심스럽게 끌고 작업장 밖으로 나오니 해의 가장자리가 수평선에 걸려 이글거렸다. 막 올라오고 있는 해는 바다에 농도가 진한 황금 물을 풀고 있었다. 어릴 때부터 수없이 봐온 장면이지만 여전히 넋을 놓고 보게 된다.

마침내 해가 완전히 올라왔을 때 바람이 잘 통하는 양지바른 곳에 자리를 잡고 건조대 바퀴를 고정한다. 날씨가 잘 받쳐준다면 오늘 내놓은 꽁치들은 사나흘 후엔 적당히 기름을 품어 먹기 딱 좋은 과메기가 되어있을 것이다. 그러면 한 번 더 할머니와 엄마의 손을 거쳐 전국 곳곳으로 팔려 간다. 이로써 오늘 내가 할 일은 끝이 났다.

아침을 먹은 후 할머니는 동네 할머니들과 어울려 물질을 나갈 것이다. 요즘은 앞바다에 말똥성게가 많이 나는 철인데 값을 비싸게 받을 수 있어 제법 짭짤한 모양이다. 엄마는 바닷가를 돌아다니며 과메기에 곁들여 갈 미역을 긴 대나무 쪽대로 딸 것이다. 나는 부족한 잠을 늘어지게 잔 후, 점심을 차려 먹고 읍내 피시방이나 갈 생각이다.

다음 주는 설날이자 아버지 제사이다. 그다음 주엔 중학교 졸업식이 있고 다음 달에는 옆 도시에 있는 실업계 고등학교에 입학하게 된다. 엄마가 대학은 무조건 가야 한다고 읍내 인문계 고등학교에 보내려는 것을, 요새는 실업계 학교에서 특별전형으로 대학 가는 게 훨씬 유리하다 설득하여 겨우 얻어낸 독립이다. 이미 자취할 방도 학교 근처에 새로 지은 원룸으로 구해놓았고 이불과 필요한 세간살이도 벌써 들어놨다.

제일 가까운 거리에 있는 이종격투기 체육관의 위치도 카카오맵으로 확인해두었다. 스승께서 창시하신 극진가라테 도장은 아쉽게도 찾을 수 없었지만, 소나무를 상대로 하던 근본 없는 수련에 비하면 이것으로도 충분히 만족한다. 아직 아무에게도 말하지 않은 인생의 목표가 두 가지 있는데 첫 번째는 어떻게든 오래 살아서 미래의 내 색시는 절대 과부로 만들지 않는 것이고, 두 번째는 이종격투기 선수가 되어 UFC에 진출하는 것이다. 그래서 할머니와 엄마를 호강시켜 드리는 게 소박하지만 원대한 나의 꿈이다.

오삼불고기와 물곰국으로 밥 두 그릇을 후딱 비우고 빵빵해진 배로 이불 속으로 들어왔다. 온몸이 뜨뜻해지면서 얼어있던 팔다리가 흐물흐물해졌다. 주방에서 달그락거리는 소리가 살짝 열린 방문 사이로 들렸다.

"엄마!"

"응?"

"꽁치는 베트남말로 뭐라 하노?"

"까 투 다오."

"엄마!"

"왜?"

"내 시내로 나갈 때 엄마는 안 따라가고 싶나? 엄마도 도시로 나가 사는 게 꿈이었잖아."

"그라면 할매는? 덕장하고 농사는 누가 짓고? 엄마는 이제 꿈 접었다."

"엄마! 우리 베트남에 가서 과메기 장사할까?"

"……"

"엄마!"

"또 왜?"

"어릴 때 불러주던 자장가 좀 불러도."

"이놈의 새끼, 엄마 일하는데 귀찮게! 잠 안 오면 엄마하고 미역이나 따러 가든가."

오늘도 선을 못 지켜 한 소리 듣고 말았다. 요즘 덕장에서 작업을 너무 많이 해서 감이 무뎌진 탓이었다. 이러다 꽁치 떼에게 포위되어 살점을 마구 뜯기는 악몽을 꾸는 건 아닌지 모르겠다. 눈꺼풀이 무대 위 커튼처럼 고요하게 내려왔다. 눈앞이 까맸다가 빨갰다가 다시 까매졌다.

장기
농가

1

우우웅

며칠째 내리던 비가 잦아들었지만 바람은 여전히 호시탐탐 방문을 노렸다. 빗물을 머금은 천장에서 떨어지는 작은 물줄기는 방바닥에 놓인 바가지를 찾아 들어갔다. 애벌레처럼 웅크려야 겨우 잠자리 구실을 하는 아래채 골방에서 빗물받이와의 동침은 약용의 등을 더 구부정하게 만들었다. 어차피 불면의 밤인 것을 아무려면 어떤가? 오히려 뚜둑뚜둑 낙수 소리가 가슴속에 뭉쳐 있는 덩어리를 조금이나마 식혀주는 것 같았다.

상한 육신은 달포 정도의 시간이 흐르자 회복되어 거동하는데 불편이 없었다. 그러나 마음속에 뭉쳐 돌처럼 굳어진 것은 날이 갈수록 불덩이가 되어 지금은 약용을 집어삼킬 듯 이글거렸기에 이곳 장기현에 온 이후로 밤마다 이를 달래느라 잠을 잊고 지냈다. 어느 때에는 차라리 그 덩어리를 안고 시커먼 바다에 몸을 던져버릴 생각도 하였지만 직전에 이르러서는 차마 실행하지 못한 구차함에 불덩이를 더 키우는 꼴만 되었다.

좌우로 번갈아 가며 몸을 누이다 결국엔 일어나 앉았다. 문을 열고 넘칠 듯이 찰랑이는 바가지의 물을 마당에 뿌렸다. 잠시 문을 여닫는 사이 한 평이 채 되지 않는 골방은 바람이 차지하였다. 약용은 눅눅한 멍석에 다시 등을 대기를 포기하고 비에 안 젖게 하려 방 안 구석에 놓아둔 짚신에 발을 꿰었다. 축대에 내려 심호흡을 하니 차가운 공기가 어둠과 함께 폐부를 타고 내려와 가슴을 채웠다. 영원할 것만 같던 어두운 하늘에서 푸른빛이 연약하게 비쳤다.

바람에 쓰러져 뒹구는 죽장을 챙겨 마당에 발을 디뎠다. 금세 짚신 사이로 흙탕물이 스며들더니 이내 발바닥을 더럽혔다. 발바닥에서 시작된 한기가 종아리와 오금을 지나 척추를 타고 올라 목뒤에 소름을 일으켰다. 사립문을 나서 방향을 동쪽으로 잡았다. 몇몇 인가가 옹기종기 모여있는 골목을 나와 왼쪽으로 길을 틀어 스무 걸음 남짓 움직이니 며칠 동안의 비에 제법 수위를 불린 장기천이 위세를 떨며 굽이치고 휘몰아치고 있었다. 저 소용돌이를 향해 뛰어들면, 저 사나운 물길에 몸을 맡기기만 하면, 그러면 모든 게 그만인 것을. 정신이 아련해졌다.

임금의 갑작스럽고 석연치 않은 죽음에 조정이 혼란스러운 사이 열한 살의 어린 세자가 왕의 자리에 올랐다. 호시탐탐 임금과 시파에 반격의 기회를 노리던 벽파와 외척은 새 왕이 어리단 이유로 대왕대비의 수렴청정을 일사천리로 진행하였다. 겉으로는 유지를 받든다고 하였으나 선왕의 그늘에서 실사구시를 추구하던 조정 관료들의 앞날은 짙은 안갯속이었다. 어린 나이에 중전이 되어 구중궁궐의 권력 다툼 한가운데서 일생을 보내다 선왕에 의해 친정의 몰락을 지켜본 대비의 한은 약용이 예상했던 것보다 훨씬 집요하고 독했다.

신유년, 조정이 진산사건을 빌미로 천주교도들에게 행한 박해의 칼끝은 선왕의 최측근이던 약용의 목을 정확하게 겨누었다. 저들에겐 천주교의 탄압과 함께 선왕의 사람들을 제거할 수 있는 일거양득의 기회였던 것이다. 숨이 턱턱 막히는 의금부의 공기 아래 이루어진 고신은 상상을 초월했다. 매일 십수 명의 연루자가 끌려 나갔다가 실려 들어왔고 몇몇은 영영 돌아오지 못하였다. 정강이 살을 삐져나온 허연 뼈, 쇠붙이를 달구는 열기, 벌건 인두에 살이 지져지는 냄새, 단단한 몽둥이가 허약한 육신을 짓이겨 단단함의 기세가 피부를 뚫고 근육을 지나 뼈에 닿는 소리, 비명과 흐느낌.

　일찍이 젊은 호기로 서학과 함께 천주교를 접한 적이 있으나 이는 단지 서양의 사상과 문물에 대한 호기심일 뿐이었다. 허나, 약용은 이것이 평생 떼지 못하는 꼬리표가 되어 자신을 괴롭힐 줄은 예상하지 못했다. 이상과 맞지 않아 젊은 시절 이후 서양 귀신을 멀리했다는 것을 증명할 수 있었던 덕분에 둘째 형님 약전과 약용은 죽음을 면할 수 있었다.

　죽음을 면한 것이 과연 다행인 것일까? 얼굴은 부어서 형체를 알아볼 수 없고 몸뚱이 절반 이상이 인두에 지져진 채 사대문 밖으로 질질 끌려 나가 망나니의 칼춤에 목이 떨어진 약종 형님과 자형 승훈은 목숨이 다하기 전 먼 하늘을 응시하며 희미하지만 평화로운 웃음을 지었다고 하였다. 그리고 그 사나흘 사이에 이백이 넘는 천주교도들이 배교를 거부한 채 도성 밖에서 숨이 끊어졌다. 그들은 생명을 내려놓음으로써 항상 이야기하던 구원이라는 것을 얻었을까? 죽어서 천주 곁에 간 사람들은 정말로 이승에서 감당해야 할 굴레에서 벗어났을까?

늘어난 물이 옆길마저 침범하려 하는 장기천을 따라 신창리로 발길을 향했다. 장기에 도착하여 꼬박 닷새를 곡기를 끊은 상태로 반 혼수상태로 누워 지냈다. 이후 고신과 여독의 후유증에서 벗어나 어느 정도 움직임이 가능해지자 약용은 현감의 허락을 얻어 거처에서 바다 입구까지 산책하는 것을 일과로 삼고 있었다. 비는 그쳤지만 바람은 아직 세고 찼다. 눅눅해진 저고리 사이로 바람이 스며들었다. 아랫도리에서 시큼한 냄새가 올라왔다. 목욕을 한 지가 언제였던가. 습했던 피부가 오싹해지면서 소름이 돋았다. 개구리 한 마리가 수풀에서 튀어나와 발등에 앉았다가 식겁하고 반대편으로 뛰었다. 태양은 아직 보이지 않았다.

"약용은 고개를 들어 과인을 보라."

"망극하옵니다."

"미안하구나. 법도가 아닌 줄은 알겠으나 내 너의 재주가 긴히 필요하여 한양으로 올렸느니라. 정 자식의 도리를 하고자 한다면 여기 서책들이라도 가지고 내려가거라. 네 어깨에 과인 일생의 숙원이 달렸으니 비록 상중이나 성심을 다하여라."

"전하, 성은이 망극하옵니다."

부친이 죽고 시묘살이 중에도 임금은 약용을 마음으로 아꼈다. 친히 궁으로 불러 화성의 설계도와 거중기의 원리를 소개한 청나라의 서책을 내려 약용이 마냥 아비 잃은 슬픔에 빠져 삼 년의 시간 동안 은둔해있는 것을 막았다. 임금은 넓은 들과 바다에서부터 작은 쥐구멍까지 어느 한 군데 빠지지 않고 비추는 진정 태양이었다.

그런 태양이 갑자기 추락하자 세상이 뒤집혔다. 주군만 바라보며 그것이 사는 유일한 이유라 여겼던 약용은 방향을 잃었다. 견고할 줄 알았던 주군의 기틀은 중심을 잃자 너무나 쉽게 무너졌다. 그동안 최고라 여겼던 이상과 가치들이 순식간에 뒤집혀 시궁창에 버려졌다. 아니 시궁창에 버려진 건 가치가 아니라 길을 잃어버린 약용 자신이었다. 학문을 하여 무엇하는가? 개혁을 하여서는 또 무엇하는가? 먹구름이 세상을 덮어버리면 다 부질없는 것이거늘. 태어나서 학문을 한답시고 읽어왔던 머릿속의 온갖 것들을 끄집어내어 저기 굽이치는 물에 던져버렸으면…… 그리하여 들짐승처럼 한세상 살다 가면 좋을 것을.

유배를 온 후 하루도 걸러지지 않는 잡스러운 생각들이었지만 생각이 여기까지 미치자 또다시 가슴이 답답해지고 숨이 가빠지면서 다리에 힘이 풀렸다. 서둘러 주위에 앉을 만한 곳을 찾았다. 근처에 작은 바위 하나가 눈에 띄었다. 얼른 죽장을 내팽개

치고 그 위에 털썩 몸을 얹었다. 어느새 이마가 식은땀으로 축축하게 젖었다. 뒤통수에 솟은 땀이 등줄기를 타고 흘렀다. 오한이 들었다. 몇 차례 숨을 크게 들이쉬었다가 내뿜어도 진정이 되지 않아 주먹으로 가슴을 쳐댔다. 폭발할 것만 같았다.

한참을 바위에 앉아 심란해진 몸과 마음을 진정시키려 애를 쓰고 있는 동안 노파와 젊은 아낙이 길 한 귀퉁이를 차지하고 있는 약용의 앞을 지나가지 못하고 머뭇거리고 있었다. 두려움과 걱정이 섞인 눈으로 약용을 바라보다 인기척을 느낀 그가 몸을 옆으로 틀어 좁은 길을 내어주자 연신 고개를 조아리면서 재빨리 그 앞을 지나갔다. 무척이나 남루한 차림이다. 노파는 작은 발에 비해 너무나 큰 짚신에 아무렇게나 발을 얹다시피 하였고 저고리 아래로 젖가슴이 훤히 드러나 덜렁거렸다. 며느리인 듯 보이는 젊은 아낙은 다행히 가슴 간수는 겨우 하였다고 하나 그녀의 의복 또한 노파보다 낫다고 할 수는 없는 행색이었다. 이 시간에 저리 바삐 집을 나선 것을 보면 아마 간밤의 비에 며칠 전 모를 낸 논이 잠기지 않았는지 보러 가는 것이리라.

그러고 보니 늙은 아낙의 낯이 익다. 장기현은 현감이 업무를 보는 동헌마저 방 두어 칸의 작은 기와집일 정도로 벽지였다. 이곳에 도착하여 묵을 곳이 여의치 않아 곤란해하다 겨우 관아 아전인 성선봉의 집 아래채에 거처를 마련했을 때쯤 바느질 자국이 선명한 바가지에 보리쌀을 담아 성 포교의 아낙에게 전하며 얼굴을 붉히던 아낙이었다.

한양에서 압송되어 열하루 만에 도착한 이 고을의 첫인상이란 그저 소금기 가득 머금은 악독한 기운이 서려 건강한 이도 병이 날 듯하고 곳곳에 잡초가 우거진 척박한 곳일 뿐이었다. 다른 주민들의 행색 또한 이 여인들보다 형편이 낫다고 할 수 없었다. 그들은 바닷일을 하며 땅도 일군다고 하나 늘 굶주렸고 쪼들렸다.

한편, 여기는 곳간에서 인심 난다는 옛말이 예외가 되는 곳이기도 했다. 자기 소유의 땅이라고는 바늘 하나 꽂을 곳 없는 살림에도 한양에서 압송된 폐족을 위해 생명과 같은 양식 한 귀퉁이를 말없이 내어주는 넉넉한 인심의 사람들이었다. 하긴 인심 고약하기로는 온갖 부정으로 부를 축적하여 배에 기름기가 가득 낀 한양 양반들이 조선 최고 악질일 것인데 사는 행색과 마음 씀씀이가 꼭 비례한다고는 할 수 없는 일이다.

생각은 이 고을 인심으로 흘러 자연스레 고향 생각으로 이어졌다. 약용의 고향 경기도 양주목 마재는 마을 앞 남한강 위로 미곡과 잡화를 한양으로 실어 나르는 나룻배가 하루에도 수십 척씩 떠다니고 강변 너른 들판에서 나는 쌀은 예로부터 밥맛 좋기로 유명한 곳이었다. 작은 마을이었지만 집집마다 쌀독은 바닥을 드러낼 줄 몰랐고 마음 씀씀이가 여유로운 사람들이 모여 사는 동네였다. 지금도 여전히 강은 넉넉하게 흐르고 서당을 파하고 즐겨 찾았던 나루터의 모래들은 고운 입자로 발목을 감싸고 해 질 녘의 강물은 황금색 석양을 튕겨내고 있으려나. 약용은 문득 마재가 사무치게 그리웠다. 어린 시절을 함께 보내던 형제들도 그리웠다. 약전 형님은 어떻게 되었을까? 서쪽 바다 작은 섬으로 끌려가는 여정 동안 변을 당하진 않았을까? 지금까지 관군의 손에 잡히지 않은 조카사위 황사영은 어디에서 누구에게 몸을 의지하고 있을까?

　무릎에 손을 짚고 일어서서 바닥에 떨어진 죽장을 주웠다. 어둠은 집을 나설 때보다 많이 엷어져서 고을의 형세가 눈에 들어왔고 산마루와 하늘의 경계가 점점 또렷해지기 시작하였다. 장기천을 차지한 누런 흙탕물은 바다를 향해 여전히 성난 기세로 흘러가고 있었다. 사방의 소리를 다 잡아먹은 채 시끄럽게 흐르는 물줄기를 따라 다시 걷기 시작하였다.
　얼마나 걸었을까? 장기천과 바다가 만나는 물골 한가운데에 두 개의 키 큰 바위가 나란히 서 있는 게 보였다. 여기 사람들은 이 두 바위를 일컬어 날물치生水岩라 불렀다. 바위에서 마실 수 있는 샘물이 나오기 때문이었다. 목을 축이려 날물치에 다가가려 하였지만 장기천의 누렇고 거센 물살 때문에 불가능하였다. 아뿔싸, 며칠 동안의 비를 헤아리지 못한 자신의 어리석음을 탄식하였다. 물을 마실 수 없게 되자 목이 더 말라왔다. 여기까지 걸어온 거리가 제법 되었다. 할 수 없이 백사장을 좀 더 걸어 바닷가 인근 마을에 다다르기로 생각하였다. 제일 가까운 집에 들어가서 물 한 바가지를 얻어 마실 요량이었다.

마을을 향하던 약용의 눈에 작지만 가파른 바위 절벽을 품고 있는 산 하나가 들어왔다. 뇌록이 많이 난다는 뇌성산이었다. 뇌록은 궁전이나 사찰의 단청을 칠할 때 녹색을 내는 염료인데 예로부터 이곳 뇌록의 질이 좋아 궐의 진상품으로 정해져 있었다. 뇌록 채취의 노동력은 당연히 고을 백성의 몫이었다. 어딜 가나 백성들에게 짊어 씌운 세금과 공역의 무게는 고달프고 혹독하였다. 하루하루 끼니를 잇기도 힘든 백성들에게서 쥐어짠 고통 위에 칠해진 화려한 단청은 이 나라 백성의 핏빛처럼 처절한 색깔이었다.

백성을 자식처럼 사랑한 임금은 이 폐해를 바로잡으려 애썼다. 그러나 뿌리 깊은 기득권의 저항은 조직적이고 단단하였다. 그에 반해 임금의 힘은 미약했고 외로웠다. 하지만 임금은 기다릴 줄 아는 지혜를 가지고 있었다. 아비를 죽인 무리와 겉으로는 아무렇지도 않은 듯 관계를 유지하였고 저들의 노골적인 무시와 핍박을 견뎠으며 세 번의 암살 기도를 버텼다. 할아버지의 보살핌과 어미인 세자빈의 보호가 없었더라면 일찍이 임금 자신의 운명도 목숨을 잃은 세자와 다르지 않을지도 몰랐다.

"과인은 사도세자의 아들이다."

즉위식 날, 세상을 향한 일갈은 저들의 간담을 서늘하게 했다. 그러나 임금은 그 후로도 오랫동안 기다리고 기다렸다. 마치 호랑이가 덩치 큰 먹이를 사냥할 때처럼 신중하고도 무거웠다. 마침내 때가 되자 임금은 기득과 수구의 무리를 사방에서 옥죄어 갔다.

그러나 저들의 저항도 만만치 않았다. 하긴 수백 년 조선왕조가 이어오는 동안 저들의 뜻에 따라 왕좌의 주인이 바뀐 적이 여러 번이니……. 저들에게 왕의 자리란 그들의 권력과 욕망을 실현하고 유지하기 위한 수단이자 명분을 위해 조정에 세워둔 허수아비일 뿐이었다.

임금은 겉으로 저들과 싸우려 들지 않았다. 그게 오히려 그들을 더 불안하게 만들었을지 몰랐다. 왕은 시간을 느긋하게 가지면서 누구도 반박할 수 없는 명분을 만들어 외척과 벽파 무리의 세를 약화시켰다. 동시에 자신과 함께할 인재들을 발탁하여 키우고 군을 장악하여 갔다. 임금과 함께 일을 도모하던 때, 이 어둡고 답답한 나라에도 조금씩 빛이 스며든다는 희망으로 모든 것을 임금에게 바치리라 다짐하였으나 갑자기 하늘이 닫혀버린 것이다.

　모래 해안을 따라 몇몇 사람들이 대나무 장대를 들고 파도치는 바다에서 무언가를 끌어내고 있었다. 미역이었다. 사람들은 파도가 제법 셌지만 상관하지 않고 하나라도 더 건지기 위해 바다 가까이에 다가갔다. 허연 거품을 물고 몰려오는 파도에 몸을 제대로 가누지 못한 채 자기 일에 열중인 사람들 곁을 지나서 해안선을 조금 더 걸어가니 모래언덕 한 귀퉁이에 자리를 잡은 노인과 어린아이가 그물을 손질하고 있었다.

　머리가 다 빠져 남은 터럭 몇 올로 겨우 상투 흉내만 낸 노인의 피부는 갈라진 논바닥처럼 거칠었고 얼굴엔 그물만큼 촘촘한 주름이 패어있었다. 등이 굽은 노인은 저래서 일을 제대로 할까 싶을 정도로 기침을 해댔다. 예닐곱 살쯤 되어 보이는 아이는 옷을 껴입지 않은 몸통에 앙상한 뼈가 그대로 드러났고 얼굴엔 땟국물이 흘렀다. 아이는 졸린지 눈곱 낀 눈을 연신 비비고 있었지만 할아버지가 무서워 억지로 앉아있었다. 비바람에 그물이 많이 흐트러져버려 이를 바로 펴서 너는 데에도 한참의 시간이 걸릴 듯하였다.

　노인이 앉은 자리 옆, 박의 속을 긁어서 만든 호리병이 약용의 눈에 들어왔다. 그 안에 든 것이 물인지 술인지는 모를 일이다. 약용이 다가갔지만 노인은 인기척을 못 느낀 건지 모른 척하는 건지 잠자코 그물과 씨름만 하고 있었다.

"여보게."

노인이 고개를 들어 약용을 보았다.

"혹 물이 있으면 한 모금 얻어 마실 수 있겠는가?"

고개를 다시 그물로 향한 노인은 아무 대답 없이 병을 약용에게 건넸다. 약용은 호리병을 받아 입술에 대고 한 모금 들이켰다. 누렇고 탁한 액체가 약용의 입에 고였다가 목구멍을 타고 흘러내려 갔다. 시큼한 첫맛이 쓴맛으로 변하였다. 술이었다. 한양에 있을 때 술을 아예 안 마신 것은 아니나 즐기지는 않았다. 그래서 술이 센 임금과의 술자리는 고역이었다. 임금은 술이 한 잔만 들어가도 얼굴이 검붉어지는 약용에게 상으로도 술을 내리고 벌로도 술을 내렸다. 유배를 와서는 처음 맛보는 뜨뜻한 기운이 목구멍을 타고 흘렀다. 물을 청하니 말도 없이 술을 주는 노인에게 은근히 부아가 났다. 그렇다고 노인을 나무라기에도 속 좁은 짓이었다. 더구나 죄인의 신분으로 이 고을 사람들에게 빌붙어 먹고 사는 신세 아니던가.

"술이구먼. 하여튼 잘 마셨네."

"화를 누르는 데 도움이 될 끼시더."

순간 속으로 뜨끔하였다. 이 자가 내 속을 어떻게 안단 말인가? 바다에 의지해 겨우 생명을 이어가는 이가 여기에 온 이래 밤마다 가슴을 치며 불면을 밤을 보내고 있는 내 복잡한 속을 헤아린단 말인가? 더구나 일면식도 없는 자가······.

"여는 동네가 좁아가 소문이 금방 도니더. 저기 읍내 성 포교 집 아래채 나리 맞제요?"

죄인 주제에 나리 호칭이 부담스러웠다. 부질없는 신분의 굴레였다.

"인상을 보아하이 나쁜 일을 할 양반은 아인 것 같은데······ 먼 일을 그리 크게 잘못해가 한양서 이까지 내려왔는동······. 하기사 사람이 나빠가 죄를 짓나? 세상이 나빠가 죄인이 되는 기지."

모든 걸 다 안다는 듯 내뱉는 말에 놀람과 동시에 네가 뭘 아느냐는 반항심이 생겼다.

"노인장은 세상 이치에 밝은가 보이."

"바닷가 촌구석에서 고기 창자나 따는 노인네가 세상 이치에 뭐가 밝겠는교. 다만 이제껏 오래 살아보이 이래 사는 기나 저래 사는 기나 매한가지 같아서 주제넘게 한마디 해봤니더. 너무 언짢게 생각지 마소."

문득 이 노인에 대한 궁금증이 생겼다. 아주 무지렁이는 아닐 듯한 말투며, 일을 놓고 뒷방에서 손주 재롱이나 보며 늙어갈 나이에 어린것을 데리고 새벽부터 그물을 손질하는 이유에 대해 흥미가 일었던 것이다. 약용은 저도 모르게 노인의 옆에 자리를 잡고 엉덩이를 바닥에 붙였다.

"노인은 왜 이 시간에 여기에서 그물을 손질하는가? 보아하니 일할 나이는 한참이나 지난 듯한데?"

"배 타는데 나이가 따로 있겠냐마는…… 당연히 이제 기력이 다 돼가 배는 몬 타지요. 탈 배도 없고요."

"그럼 이 그물은 누구 것인가? 탈 배도 없다면서."

"그냥 일손 귀한 동네 사람들 그물을 대신 손질해주고 손자 놈이랑 입에 풀칠이나 하고 있니더."

대답을 마친 노인은 약용을 한참 쳐다보더니 손질하던 그물을 내려놓고 허리춤에 꽂혀있던 곰방대를 뽑아 부싯돌로 불을 붙였다. 깊게 빨아들인 노인의 입과 코에서 한숨 섞인 연기가 뿜어져 나왔다. 그 사이 아이는 그물을 벗어나서 작대기로 모래밭에 그림을 그리다 파도가 오면 도망가며 장난을 치고 있었다. 노인은 깊은 눈으로 바다를 응시하였다.

"저 아 아바이는 작년에 배 끌고 나갔다가 배만 부서져가 발견됐지요. 시신은 찾도 몬하고…… 아마 고기밥 안 됐겠는교?"

노인의 대답에서 서글픔과 회한이 묻어났다. 노인은 술병을 열고 크게 한 모금 들이켠 후 크 소리를 내며 약용에게 건넸다.

자연스레 병을 받아 든 약용도 목구멍에 또다시 한 모금을 흘려보냈다. 간만에 마신 술이라 약간의 양에도 얼굴이 달아올랐다.

"그라고 아 어마이는 지 서방 그래 되고 며칠을 미쳐 가지고 허재비같이 바닷가를 돌아댕기다 어느 날 아침에 물에 떠 있는 거를 건져냈니더. 아들 며느리 잃어뿐 내도 내지만…… 며칠 상간에 애비애미 없는 고아 자슥 되뿐 손자 놈 불쌍해가 이 술에 기대서 내라도 억지로 정신 줄 붙들고 있는 겁니더. 그라고 나도 이제 살날이 얼마 안 남았는데 죽기 전에 어린것한테 하나라도 더 갈쳐놔야 이 세상 하직해도 저눔아 어디 가서 밥이라도 얻어먹고 살 거 아인교. 그래서 새벽 댓바람부터 자는 아 들쳐메고 이래 나와 앉아있니더."

약용은 노인의 말이 의아하였다. 아들과 며느리를 앗아간 바다에 어린 손자를 가르쳐 또 내보내려 하다니. 노인은 목숨과 같은 자식을 집어삼킨 바다가 원망스럽지도 않은가? 약용이 만약 노인의 입장이라면 어찌하였을까. 당장 이곳을 떠나지 않았을까?

"노인장은 이 바다가 원망스럽지 않은가 보이. 어찌 손자에게까지 물일을 가르친단 말인가? 여기를 떠날 생각은 해보지 않았는가?"

곰방대를 빨며 희끄무레한 바다를 보던 노인이 곁눈질로 약용을 보고는 이내 다시 바다로 시선을 주며 콧방귀를 뀌며 격앙된 목소리로 말을 이었다.

"참 나! 나리, 세상 모르는 말씀을 하고 계시니더. 저희 같은 상것들이 어디 나리님들처럼 마음대로 살 곳을 옮길 수 있다고 생각하시니껴? 저희들은 여기를 뜨는 순간부터 죄인이 되니더. 그뿐인 줄 아는교? 도망가버린다고 부락마다 할당된 부역이며 공물이 줄어드는 게 아이니께 남아있는 사람들한테 할 짓이 아니지요……. 하기사 요새는 관아에서 하도 사람들 쥐어짜 내는 게 무서워 차라리 산속으로 숨어버릴라 카는 사람들도 많더구만."

양반의 입장에서만 생각했던 게 민망하여 안 그래도 달아오른 얼굴이 더 달아올랐다. 백성들에게 짐 지워진 노역과 세금의 무서움이야 약용도 익히 잘 알고 있는 바였다. 하나가 도망가면 이웃에게 부담을 지우는 인징, 일가에게 지우는 족징, 황구첨정, 백골징포……. 한때는 뜻 맞는 이들과 이 폐단을 성토하며 해결책을 찾기 위해 밤을 새우길 마다하지 않았던가? 그러나 결국에는 신분의 틀에 매여 있음이었다. 그 허울만 좋은 양반의 테두리 안에…….

벌겋게 얼굴이 더 달아오르는 약용을 보며 양반 앞에서 말을 함부로 하였나 싶었는지 아까보다는 한층 부드러운 목소리로 말을 이었다.

"나리, 제가 여기서 태어나서 기억나는 모든 거에는 항상 바다가 있었니더. 그거는 우리 아버지도, 아들놈도 마찬가지였을 거라요. 왜 여기를 안 떠나느냐고 물었지요? 바다에 기대서 밥 먹고사는 집치고 바다에 피붙이 안 묻은 집이 있겠는교? 시신이라도 찾으면 아이고 고맙십니데이 하지요. 그래도 사람들은 초상 치르기가 무섭게 악착같이 바다로 나가니더. 바다에는 죽음도 있지만 삶도 있는 기라요. 바다를 밭으로 알고, 무덤으로 알고 사는 거는 물가 사람들 숙명 아인교."

숙명. 숙명이라고 했다. 평생 글만 읽은 선비는 책을 밭 삼아, 무덤 삼아 사는 게 숙명이다. 너무나 당연한 이치지만 바닷가 노인의 입에서 듣는 말은 더욱 가슴에 와닿았다. 결국 지혜라는 것은 책을 파고드는 선비의 것이든, 물질을 하는 무지렁이의 것이든 하나로 귀결되는 것이던가? 바른길이란 책에만 있는 것이 아니라 바다에도 있었다. 다만 어리석은 이는 보지 못할 뿐.

"그래도 나는 희망이라는 것이 있니더. 아들 내외 허망하게 갔어도 다행히 저 아는 남겨놓고 갔으니까요. 내가 이제 살아 봐야 몇 년을 더 살겠는교? 하지만 내 핏줄 이어받은 손자 놈이 장성해서 한 일가를 이루고 대를 잇고 산다면, 그기 자 아바이, 어마이가 살고 내가 사는 거나 한 가지라 여기니더. 그리고 보이 우리 손자도 바다가 아니었으면 태어날 수 있었겠는교? 보소!
바다는 이래 여기 살아있는 모든 것들의 뿌리인 거라요. 원망하
면 벌 받니더.”

　이 나라의 근원은 백성이다. 백성이 뿌리이자 바다이다. 임금
은 태양이요, 외척과 세도가들은 태양을 가리고 있는 구름일 뿐
이다. 바다는 여전히 서로 부대끼며 삶을 이어가고 생명을 잉태
한다. 태양은 항상 그 자리에 있으며 구름은 언젠가 걷히게 마
련이다. 그렇다면 지금까지 나는 무엇을 그리 힘들어하였던가?
누구를 원망하며 괴로워하였던가? 오히려 여기는 이 나라 생명
의 근원이자 바다인 백성들의 삶 속이 아닌가? 절대 마르지 않
는 생명의 바닷속에서 지금껏 괴로워하고만 있었으니 나는 얼마
나 어리석은 자인가?
　여기에서 다시 시작하리라. 백성들 속에서 그들과 같이 숨 쉬
고 땀 흘리며 온 정신을 생명의 기운으로 가득 채우리라. 이제
부터 진정 이들을 위한 학문, 이들을 노래하는 시를 지으리라.
그리하여 언젠가 구름이 걷히고 태양이 이 바다를 비출 때 백성
들의 염원을 가득 싣고 돛을 올리리라. 노를 저으리라. 약용은
갑자기 자리를 박차고 일어나더니 노인을 향하여 넙죽 절을 하
였다. 당황은 노인이 황급히 맞절을 하며 어찌할 바를 몰라 하

였다.

"아이고 나리! 제가 너무 주제넘게 주둥이를 놀려서 이리 저를 욕 보이시는교?"

"아닐세, 아니야! 노인장이 진정 내 스승일세. 내 절을 백 번, 천 번 해도 아깝지 않으이!"

허리를 편 약용은 노인의 술병을 잡아채어 크게 한 모금 들이켜고는 덩실덩실 춤을 추며 소리 내어 웃었다. 노인과 아이는 물론 미역을 채취하던 이들까지 이런 약용을 이상하다는 듯이 쳐다봤으나 그는 아랑곳하지 않았다.

한참을 그러던 약용은 지팡이를 주워 거처가 있는 마을로 향하였다. 그사이 해는 수면 위로 벌건 모습을 드러내었다. 약용의 발걸음에 괜스레 조급함이 묻어나 자꾸만 돌부리가 차였다. 일출이 주는 싱싱한 그림자가 그런 약용을 앞장서며 같이 갔다.

2

가을밤이 꽤 깊어 달은 벌써 모습을 감추고 구름 사이로 별만 몇 개 반짝이고 있지만 약용의 처소에는 불이 꺼질 줄 몰랐다. 약용이 장기에 온 지도 이 백여 일이 지났다. 그날 신창 바다에서 노인을 만난 이후 최대한 이곳 주민들과 밀착하려 하였다.

약용은 가장 먼저 병이 났을 때 주변의 식물을 이용한 간단한 치료법을 정리하였다. 이전의 이곳 풍속엔 약제나 의서라는 것이 없었다. 병이 들면 무당에게 의탁하거나 그냥 죽어갈 뿐이었다. 약용이 알려준 치료법은 비록 특별하지 않은 것들이었지만 장기 사람들에게는 새 생명을 불어넣어 주는 기적이었다. 이후 주민들은 약용을 진심으로 존경하였고 덕분에 약용도 이들과 허물없이 지낼 수 있었다.

내일 오전에는 어부들을 모아놓고 소나무 삶은 물을 이용하여 그물의 부식을 방지하는 법을 알려주기로 약조하였다. 몇 날 며칠 동안 온갖 시도를 해보아서 시행착오 끝에 최근에야 겨우 방법을 알아내었다. 이제 어부들이 잊지 말아야 할 몇 가지 사항들을 기록하고 빠진 게 없는지 검토하기만 하면 되었다. 그런데 마무리를 앞두고 이유 모를 심란함이 자꾸만 약용을 괴롭혔다. 종이 위에 옮겨 적는 글씨가 자꾸만 궤도를 벗어나고 까닭 없이 가슴이 두근거렸다. 결국 약용은 새벽에 마무리할 요량으로 탁자를 물리고 자리에 누웠다.

한참을 뒤척이다 얼핏 선잠이 들었을까? 본말 연결이 도무지 안 되는 꿈으로 머릿속이 어지럽혀진 채 눈을 떴다. 닭이 우는 소리에 덩달아 놀란 개가 짖는 소리가 멀리서 들렸다. 주민들과 여러 가지 일들을 해온 이후로 이렇게 잠자리가 불편한 적이 없었는데 이상한 일이었다. 자리에 앉아 그 까닭을 곰곰이 궁리하고 있는데,

"나리, 일어나셨는교?"

밖에서 성 포교의 목소리가 들렸다. 어젯밤 관아에서 번을 서고 이제 퇴청하는 모양이었다. 약용은 이불을 한구석으로 밀고 옷매무새를 점검한 후 방문을 열었다. 아무리 이들과 가까워졌다 하여도 흐트러진 모습은 왠지 보이기가 싫었다.

"이제 퇴청하신 겐가?"

"예…… 저 나리, 한양에서 누가 오셨습니다요."

그의 뒤를 보니 옅은 어둠 속에 세 사람이 서 있었다. 복색을 보아하니 의금부 군관들이었다. 순간 머릿속이 하얘졌다. 아! 이것 때문에 어젯밤 그리 정신이 사나웠던가? 한동안 이곳 사람들과 어울려 지낸다고 잊고 있었을 뿐, 나라를 어지럽히고 귀양살이 온 죄인 신분은 변하지 않은 것이었다.

"죄인 정약용은 어명을 받들라."

약용은 북쪽을 향해 절을 한 후에 무릎을 꿇고 머리를 조아렸다. 온몸의 신경이 군관의 입술에 집중되었다. 과연 사약이 내려질 것인가?

천주교인에 대한 대대적인 박해가 시작된 후 행방을 감췄던 조카사위 황사영이 잡혔다. 충청도 제천의 산중에서 토기 굽는 가마에 은거하며, 핍박받는 이 나라 교인들의 상황을 청나라에 머물고 있는 신부에게 적어 보내려다 발각되었다고 한다. 두 자 남짓한 흰 비단 천에 깨알같이 적은 글자 수가 만 삼천 자를 넘겼다고 하니 사영에겐 이 방법이 그가 믿는 하느님을 향해 돛을 올리는 길이라고 여겼을 것이다.

다행히 사약은 면하였다. 하지만 어명의 내용은 추가적인 조사를 위하여 의금부로 압송하라는 것이었다. 목숨 줄을 연장할 수 있음에 다행이라 생각하면서도 의금부 압송이라는 말에 약용은 살이 타는 냄새와 처절한 비명이 느껴졌다. 열흘 남짓을 걸어 의금부에 다다르면 기다리고 있을 이루 말할 수 없는 고통, 그리고 생사를 알 수 없는 결말…… . 일련의 과정을 짚어보자니 아련한 현기증이 일어 다리가 휘청거렸다. 아니 그보다도 오늘 어부들과 한 약조를 지키지 못함에 안타까움을 넘어 서글픔이 일었다. 이 일만, 이것만 마무리 지을 수 있다면…… .

오랏줄에 몸이 결박된 채 북쪽으로 향하였다. 행색은 여기에 왔을 때와 별반 달라진 게 없었다. 짐이라고 해봐야 어깨에 멘 괴나리봇짐 하나에 성 포교가 달아준 짚신 두 켤레가 다였다.

봄의 가운데 어느 날 이곳에 도착하여 겨울의 초입에 떠나니 네 계절을 모두 겪고 떠남을 위안으로 삼아야 할 것인가? 자꾸만 고개를 돌려 멀어지는 바다를 바라보았다. 바람에 상투가 풀려 머리카락이 눈을 찔렀다. 따가웠다. 눈물이 났다. 작별 인사라도 제대로 하고 떠났으면 좋았을 것을. 어디선가 아련히 노랫가락 소리가 환청처럼 들렸다.

보릿고개 험한 고개 태산같이 험한 고개
단오명절 지나야만 가을이 시작되지
풋보리죽 한 사발을 그 누가 들고 가서
주사의 대감도 좀 맛보라고 나눠줄까

노래의 가사가 왠지 익숙하다 싶었는데 이건 약용이 지은 〈장기 농가〉의 한 부분이 아니던가. 이게 어찌하여 노래로 불려진단 말인가? 그리고 이것을 부르고 있는 이들은 누구란 말인가? 당황하여 어지러이 사방을 살피던 차에 언덕 너머 수십 명의 사람들이 보였다. 그 무리의 맨 앞에는 노인이 어린 손자의 손을 잡고 있었다. 그 뒤로는 성 포교 내외, 늙은 아낙과 며느리도 보였다. 노래는 예전 약용이 해안에서 종종 노인을 만나 이런저런 이야기를 나누다가 혼잣말로 지은 시를 읊었을 때 노인도 가르

처달라 청하여 몇 수 알려준 것이었다. 아무리 그렇지만 이것을 기억해서 가락을 붙여 여럿이 돌려가며 부를 줄이야. 노래는 계속되고 있었다.

상추쌈에 보리밥을 둘둘 싸서 삼키고는
고추장에 파 뿌리를 곁들여서 먹는다
금년에는 넙치마저 구하기가 어려운데
잡는 족족 말려서 관가에다 바친다네

노래를 듣는 이나 부르는 이들의 얼굴에는 아쉬움의 눈물이 흘렀다.

'이보다 더 극적인 작별 인사를 할 수 있을까? 그래도 저들의 가슴 한구석에 조그맣게 자리를 잡고 떠날 수 있게 되었구나. 나는 저들의 생활에 작은 편리를 주었을 뿐이지만 저들은 나에게 삶의 전환점을 주었다. 비록 지금 한양으로 끌려가 생을 마감한다 하여도 후회하지 않는다. 선왕이 살아계실 적엔 충성을 다하여 임금을 모셨고, 유배 와서는 성심을 다하여 백성들과 함께하였으니 후회 없는 삶이었다. 하지만 만약, 하늘이 내가 아직 세상에서 할 수 있는 일이 있음을 헤아려 덤으로 생을 더 준다면 내 진정 민초가 되어 저들과 같이 밟히고 뜯기어지며 다시

일어서는 삶을 살리라.'

  호박 심어 토실토실 떡잎이 나더니만
  밤사이에 덩굴 뻗어 사립문에 얽혀있다
  평생토록 수박을 심지 않은 까닭은
  아전 놈들 트집 잡고 시비 걸까 무서워서라네

  문득 압송 길이 그리 고달프지만은 않을 듯 여겨졌다. 푸른 하늘에 걸린 태양이 그런 약용의 등 뒤를 비추고 있었다. 모포리 보리밭을 지나 처음 유배 올 때, 신창리 모래밭에서 울분을 토해낼 때, 읍내리 주민들과 모내기를 할 때 약용을 변함없이 지켜보던 동해의 태양이었다.

불꽃 지다

공중에 매달린 녹색 표지판이 2킬로미터 앞에 분기점이 있음을 알려주었다. 현섭은 거울로 뒤를 힐끔거리며 핸들을 서서히 오른쪽으로 꺾었다. 차선 가장자리에 자리 잡은 은색 승용차는 잠시 후에 영동고속도로에 합류했다. 동과 서를 가로지르며 인천과 강릉을 잇는 도로는 전국에서 가장 막히는 고속도로라는 악명답게 이른 아침부터 온갖 종류와 형태의 차들이 매연을 뿜어대는 앞차의 꽁무니를 쫓고 있었다.

차들은 많았으나 속도는 그리 나쁘지 않았다. 그러나 용인 나들목이 가까워지자 브레이크 등이 켜지는 횟수가 잦아들더니 이윽고 고속도로는 '고속'이라는 낱말의 뜻이 무색해져 버렸다.

하늘은 조울증 환자처럼 낮고 무거웠다가 갑자기 태양이 나오기를 반복했다. 독이 바짝 오른 열기가 아스팔트와 차 지붕을 끊임없이 달구었다. 에어컨 바람에 목구멍이 쩍 하고 붙는 기분이었다.

현섭은 얼음이 녹아 밍밍해진 아메리카노를 빨대로 한 모금 머금은 후 창문을 조금 열었다. 농밀한 공기가 소음을 덕지덕지 묻힌 채 유리와 창틀 사이를 비집고 파고들었다. 옆자리에 얌전하게 가라앉아 있던 긴 머리카락이 예상치 않은 소동에 화들짝 놀라 펄럭거렸다. 일찍 일어난 탓에 서울 요금소를 나오면서 잠이 들었던 정윤이 조수석에서 뒤척였다. 얼굴의 반을 덮는 선글라스를 작고 뾰족한 코가 받치고 있었다. 유난히 길고 흰 목선에서 복숭아 향 향수 냄새가 옅게 났다.

방학을 맞이한 학교 분위기는 가라앉은 먼지처럼 뻑뻑하고 푸석거렸다. 진녹색의 인공 호수에서 나는 비린내도 학기 중보다 헛헛했고 벚나무 아래 벤치도 어색함에 어쩔 줄을 몰랐다. 책상 위의 휴대폰이 경련을 일으키며 각도를 튼 건 현섭이 주머니에 손을 넣은 채 창문 건너편의 풍경에 시선을 주며 의식을 잠시 정지하고 있을 때였다. 액정 화면에는 대학 동창인 주원의 이름과 번호가 떠 있었다.

"어, 웬일이야?"

"어디야?"

"학교, 연구실에."

"잘 지내? 휴가는?"

"학교에서 방을 빼라고 하지 않으니 나쁘지 않게 지낸다고 봐야겠지. 휴가는 아직…… 넌 어떠냐?"

현섭의 물음엔 아랑곳하지 않으며 주원이 급하게 용건을 꺼냈다.

"그래? 그럼 잘됐네. 너 포항에 좀 다녀와 줘야겠다. 우리 회사에서 기획 연재물 다루고 있는 거 알지? 전국에 유배지 찾아다니며 인물과 유배 문학을 재조명하고 있는 거 말이야. 이번이 포항 차례인데 담당하던 선생이 부친상을 당했지 뭐냐."

"이보쇼, 윤 편집장! 너는 학교가 방학하면 교수들도 방학하는 줄 알지? 써야 할 논문이 한 개에 받아놓은 원고 청탁이 두 개다. 그리고 전공 분야가 다른 데…… 취재만 다녀오면 글은 누가 대신 써주냐? 너 그거 엄연한 독자 모독이다?"

"에이, 그러지 말고 사정 좀 봐줘라. 주위에 아무리 뒤져봐도 너만 한 적임자가 없어서 그래. 너 우리 책이 국내 최고 수준을 표방하는 문학지인 거 알지? 신고 싶어도 내 선에서 잘리는 글들이 부지기수야. 내가 아무나 섭외하겠냐?"

"아 글쎄, 안 된데도."

"야, 너무 야박하게 그러지 말고 한 번만 도와줘. 휴가도 안 갔다며? 휴가라 생각하고 갔다 와주라. 취재비와 원고료는 넉넉하게 챙겨줄게. 너 군 생활도 거기서 했겠다, 이래저래 너랑은 인연이 깊은 곳 아니냐. 어때? 제수씨만 괜찮으면 이번 기회에 추억도 되새길 겸."

주원의 말에 아내의 존재가 등장하자 갑자기 피곤이 현섭의 어깨를 짓눌렀다. 현섭이 왼손은 여전히 주머니에 천천히 넣은 채 몸을 돌렸다.

"휴가라고? 휴가라⋯⋯."

마주 보고 있는 테이블에서 자료를 정리하던 정윤이 휴가라는 말에 고개를 들어 호기심 가득한 눈으로 현섭을 쳐다봤다. 에어컨을 보조하던 벽걸이 선풍기가 규칙적으로 탈탈거렸다.

현섭은 밖에서 저녁을 대충 때우고 주차장에 차를 댄 후 단지 앞 편의점에서 캔맥주 두 개를 비닐에 담아 나왔다. 시계는 일곱 시가 훨씬 넘었음을 알리는데 아직 어둠이 완전히 아파트 단지를 장악하지는 못했다. 서쪽으로 떨어진 해가 산꼭대기 바위에 부딪혀 연약한 껍질이 깨져버린 듯했다. 똑같은 건물들 너머의 하늘은 온통 홍시 빛이었다. 현섭은 동 입구에 있는 벤치에 앉아 고개를 들어 위를 바라봤다.

질서정연하게 쌓인 사각형의 베란다에서 주인의 취향에 따라 조금씩 다른 빛이 흘러나왔다. 현섭은 눈동자만 움직여 자신에게 허락된 사각형을 헤아렸다. 그의 베란다는 이빨이 빠진 것처럼 어둡게 푹 꺼져있어 쓸쓸하게 보였다. 시선은 그대로 둔 채 비닐에서 맥주 하나를 꺼내 고리를 당겼다. 치익! 벌어진 틈 사이로 거품이 작은 알들을 낳았다. 현섭은 목젖을 위아래로 움직이며 한입에 감당하기에 약간 버거운 양을 털어 넣었다. 목구멍이 심하게 따갑다가 곧 가슴팍이 시렸다. 집에 들어가기 위해선 맥주 한 캔만큼의 용기와 인내와 체념이 필요했다.

신발장의 자동 점멸등이 주인을 맞았다. 거실은 어두웠다. 현섭은 스위치가 있는 곳을 그냥 지나쳐 안방 문을 열었다. 컴컴한 방에 들어서자 가라앉아있던 시큼한 땀 냄새가 발자국을 따라 일어났다. 그리고 땀 냄새는 다시 침대와 가구에 묻어 잠자고 있던 약 냄새를 깨웠다. 수연이 하루 세 번 먹어야 하는 각기 다른 모양의 약들이 섞이기를 거부한 채 저마다의 독한 냄새를 뿜어댔다. 천장 조명 대신 스탠드 등의 스위치에 손을 댔다. 연약한 빛이 등갓 주위의 어둠을 몰아냈다. 벽을 향해 모로 누워 있던 나뭇가지 같은 수연이 몸을 이리로 돌렸다.

"어, 당신이구나. 저녁은?"

수연의 목소리가 갈라 터진 입술을 지나 그 골들의 모양대로 현섭의 고막에 맺혔다.

"응, 오다가…… 처형은?"

"아마 잘 때 갔나 봐. 나 저녁이랑 약 먹는 거 보고 간다 그랬으니까. 좀 일으켜줘."

심하게 헐렁해진 등 밑으로 한 손을 넣자 다른 손목에 수연이 두 손을 깍지 껴서 매달렸다. 등을 받친 손바닥에 엷은 가죽에 덮여있는 등과 갈비뼈의 굴곡이 그대로 전달되었다. 현섭은 동물의 왕국에서 본 초원 위에서 죽은 물소의 허연 갈비뼈를 떠올렸다. 사자와 하이에나까지 볼 일을 마친 후 뼈끝에 앉은 독수리 한 마리에게 힘줄을 뜯기고 있는…… 현섭은 자신이 수연에게 사자였을까, 하이에나였을까, 독수리였을까를 생각했다.

수연의 피부가 까매지고 갑자기 살이 빠진 건 작년 봄이었다. 그전부터 음식을 소화하기가 힘겹다며 활명수를 박스째 사다 놓고 먹었으므로 아마 오랜 시간에 걸쳐 그것들은 수연의 몸 안에 터를 잡았을 것이다. 샤워 후 거울 앞에서 벌거벗은 몸을 이리저리 돌려보며 살이 자꾸 빠져 걱정이라는 말을 현섭은 심각하게 듣지 않았다. 남들은 살쪄서 걱정이라는데 당신은 좋겠다고 심드렁하게 대꾸를 하고만 이틀 뒤, 수연은 검붉은 피를 토하고 하얀 변기를 안은 채 쓰러졌다. 변기 안쪽의 빨간 테두리는 락

스를 부어 솔로 한참을 문지를 때까지 그날의 수위를 선명하게 그리고 있었다.

"나 출장 좀 다녀올게."

"언제?"

"내일. 갑자기 취재가 필요한 원고 청탁이 들어와서."

"그렇구나, 오래 걸려?"

"한 이틀쯤? 그보다 더 걸릴 수도 있고…… 가봐야 알 거 같아. 이따 처형한테 전화해서 부탁 좀 해놓을게."

"그래, 알았어. 근데 어디로 가?"

"응, 군산."

둘은 휴게소에 들러 화장실 앞에서 잠시 헤어졌다. 현섭은 골프공같이 생긴 변기 안의 방향제 냄새를 맡으며 아랫배에 힘을 적당히 줬다. 방광에 압축되어 있던 물줄기가 말라붙은 요도를 벌리고 나와 방향제 위에 떨어졌다. 현섭이 내뿜는 온도에 벽에 붙은 센서가 반응했다.

음악 CD를 비롯한 온갖 잡화들을 파는 트럭 앞에서 아직 나오지 않은 정윤을 기다리고 있자니 주원에게 전화가 왔다. 그는 자신의 곤란을 해결해준 데에 대한 고마움을 다시 한번 과장을 섞어 표현한 후 무사히 다녀오라고 당부했다. 글을 쓰기 위한 자료는 담당자에게 받기만 하면 되고 사진만 몇 장 찍으면 원고를 채우는 데 부족함이 없을 테니 정말 휴가라 생각하라는 말도 빼놓지 않았다.

통화를 끝내고 나니 어느새 정윤이 곁에 와 있었다. 길고 가는 손이 빨간색과 노란색 소스가 동시에 뿌려진 어묵을 내밀었다. 흰 피부 아래로 푸른 정맥이 비쳤다. 소매 없는 와인색 원피스가 정윤의 좁은 어깨에 지탱하고 있었다. 과하게 파인 앞섶 위로 가지런히 자리 잡은 쇄골에 연약한 그림자가 드리웠다. 거기에다 코를 대고 있으면 복숭아 냄새가 끝없이 나고 아무리 맡아도 질리지 않을 것 같았다.

정윤과 비밀스러운 관계를 유지하기 시작한 건 수연이 위암 3기 진단을 받고 수술을 받은 후 항암치료에 들어간 지 두 달쯤 되었을 때였다. 항암치료는 수연을 야금야금 무너뜨렸다. 매몰찬 치료와 악랄한 약들이 수연의 머리카락을 한 움큼씩 빼앗아갔다.

이윽고 하얀 박 같은 두상에 힘없는 머리카락이 몇 올밖에 남지 않았을 때는 수연의 히스테리도 예리하게 날이 벼려져 있었다. 낮에는 간병인을 쓰고 밤에는 수연의 유일한 혈육인 처형과 교대로 병상을 지켰다. 수연의 무리한 요구와 짜증은 그녀의 고통을 지켜보는 것과 더불어 현섭을 점점 갉아먹었다.

현섭이 보호자 침대에 점점 기를 빨려갈 때쯤 학교에서는 종 강 파티가 있었다. 평소 술을 즐기지 않는 현섭이 그날따라 주위에서 권하는 술잔들을 마다하지 않았다. 술이 현섭의 의식을 지배하기 시작하자 조교로 있는 대학원생 정윤의 모습이 그의 흐릿한 동공에 자꾸 맺히게 되었다. 현섭은 이날 그의 감정을 정윤에게 적나라하게 드러냈다. 늦은 나이에 공부를 다시 시작했다고 하지만 아직 이십 대 후반인 정윤은 자유연애를 추구하는 독신주의자였다.

그 후 둘은 일주일에 한 번꼴로 비밀스러운 만남을 가졌다. 주로 정윤의 오피스텔에서, 두부와 청양고추를 넣은 된장찌개나 제육볶음 같은 소박한 저녁을 만들어 먹고 가정용 에스프레소 머신으로 내린 커피를 마신 후 일인용 침대에서 섹스를 했다. 현섭은 잊고 있었던 포근한 안식처에서의 눌러 왔던 욕망의 해소를 정윤을 통해 이루었다.

생선구이에 화이트와인을 곁들인 어느 날, 한 사람을 위한 공간 위에서 두 사람의 절정이 꺾이고 아직 떨림이 가시지 않은 숨을 고르고 있을 때였다. 모로 누운 현섭이 손가락으로 엎드려 있는 정윤의 등을 쓸며 그녀가 그에게서 찾고자 하는 것과 둘의 관계는 어떤 의미인지 물었다.

"서로에 대한 의미요? 부여해야 할 의미가 있어야 하나요? 그동안 곁에서 지내다 보니 교수님 같은 남자와 사귀어 보는 것도 괜찮겠다 싶었어요. 이삼십 대처럼 유치하거나 불안정하지 않으면서 촌스럽거나 쓸데없이 무겁지 않고, 유머 감각도 있으니 대화도 잘 통하고 말이에요.

평소에 교수님과 이런 관계를 바라왔던 건 아니지만 지금 같은 비밀스러운 만남에 죄책감 같은 것은 없어요. 또 그날 밤 교수님이 다가왔을 때 싫지는 않았어요. 교수님이 힘들어하고 있다는 걸 알고 있었으니 일종의 모성애도 작용했겠죠. 나란 여자에게도 그런 게 있는지 모르겠지만요. 교수님은요?'

현섭은 자기가 그때 무슨 말을 했는지 생각나지 않았다.

오후 두 시가 지나서야 차는 겨우 고속도로를 빠져나왔다. 요금소를 지나자마자 영일만항으로 가는 갈림길과 곧이어 구룡포를 가리키는 이정표가 보였다. 서울을 떠날 때부터 사무적인 투로 지시와 지적을 해대던 내비게이션 속 여인이 지친 기색 없이 구룡포 방면으로 우회전하라고 일러주었다. 15년 만에 찾아 도무지 방향을 알 수 없는 현섭은 내비게이션이 시키는 대로 갈 수밖에 없었다.

시원하게 뚫린 4차선 도로를 한참 달린 후 현섭이 모는 차는 왕복 2차선 도로로 빠졌다. 야트막한 산과 복잡한 해안선 사이에 난 좁은 도로에 들어서면서 현섭은 위치에 대해 대충 감을 잡을 수 있었다. CD에서 〈Drive my car〉와 〈Norwegian wood〉가 끝나고 〈You won't see me〉의 도입부가 막 시작될 때 낮고 오래된 어촌 마을과 어울리지 않는 커다랗고 하얀 건물이 나타났다. '청룡회관'이라는 이름을 가진, 인근 군부대에서 관리하는 숙박 시설이었다.

휴가철에 바다를 끼고 있는 도시에서 묵을 곳을 구하는 것은 불가능에 가까운 것임을 현섭은 잘 알고 있었다. 이런저런 궁리를 하다 현역에 남아 포항에서 근무하고 있는 군 동기에게 전화를 걸어 아쉬운 부탁을 했다. 다행히 동기는 현섭의 전화를 반갑게 받아주었고 사정을 들은 후에는 바로 해결을 해주었다. 가장 푸르렀던 시절, 같은 해에 똑같은 군복을 입고 똑같은 계급장을 달았다는 이유만으로 이런 수고를 해준 그가 진심으로 고마웠다.

현섭이 처음 포항에 발을 디딘 것은 대학을 졸업하고 해병 간부후보생으로 군에 입대하고 나서였다. 진해에서 7주간의 전반기 훈련을 마친 후 현섭을 포함한 백서른세 명의 빡빡머리 청춘들은 경화역에서 괴동역으로 가는 통일호 열차에 훈련 물자들과 함께 실렸다.

태어나 처음으로 세상과 단절된 시간을 경험한 장정들은 민간

156

인들로 북적대는 역을 통과할 때마다 들뜬 탄성을 내뱉었다. 찰나의 머뭇거림과 한 치의 어긋남에도 가차 없이 주먹과 발길질을 날리던 훈련관들도 이때는 그렇게 닦달하지 않았다. 다만 자기네들도 겪어봐서 그 심정을 안다는 선배로서의 입장만 취한 채였다.

기차가 동대구역에 잠시 정차했을 때였다. 진녹색 가방을 등에 메고 흰 이어폰을 귀에 꽂은 여인이 유리창 밖 풍경을 감상하던 현섭의 눈에 들어왔다. 옅은 청바지 차림에 흰 운동화를 신은 대학생쯤으로 보이는 여자가 경쾌한 걸음으로 대합실을 빠져나가는 모습을 물끄러미 바라보던 현섭의 눈에 물이 고였다. 그녀에게는 기억조차 나지 않을 먼지 같은 일상이었을 것이다. 그러나 그날 유리창 이편의 현섭에게 여자의 의미는 한때 그도 가졌으나 지금은 상실된, 앞으로 언제 다시 찾을지 모르는 자유 그 자체였다.

50여 일 만에 맛보는 탄산음료의 청량감과 크림빵의 달달함에 와자지껄해진 동기들에게 눈물을 들킬까 얼른 커튼을 치고 팔각모를 눌러썼지만 걸음에 따라 좌우로 흔들리던 하얀 이어폰의 끈과 긴 생머리는 오랫동안 기억에 박혀있었다.

해 질 녘의 괴동역은 세상의 끝처럼 삭막했다. 허허로운 벌판은 철로가 아무런 방해도 받지 않고 소실점을 향해 가도록 내버려 두었다. 군데군데 산처럼 쌓여있는 석탄 무더기들은 반나절 동안 기차 안에서 허용되었던 보잘것없는 자유의 무덤 같았다. 시커먼 무덤들 사이로 노을이 졌다. 그 광경에 넋을 잠시 놓은 현섭의 양쪽 뺨에 불이 일었다. 순간 현섭은 지금의 상황이 제대로 파악되지 않아 어버버 거리다가 정강이에 또 한 번 송곳으로 찔리는 고통을 느끼고서야 겨우 제자리를 찾을 수 있었다. 그에게 포항의 처음은 그랬다.

바다가 보이는 주차장의 하얀 사각형 안에 차를 멈추고 나서야 현섭은 운전석에서 벗어날 수 있었다. 오는 내내 에어컨을 작동했다지만 등과 바지 뒤는 축축해져서 젖은 부분이 뚜렷했다.

"와!"

정윤이 자신의 트렁크를 꺼낸 후 주차장과 바로 접해있는 바다를 보고는 탄성을 지르며 뛰어갔다. 그녀에게 끌려가는 바퀴 소리가 거친 아스팔트에 튕겼다.

"예전에 바다를 보러 인천에 간 적이 있어요. 되게 슬픈 일이 있었고 여차하면 바다에 뛰어내릴 생각도 했었죠. 한밤중에 무작정 차를 몰았는데 인천공항 근처의 을왕리해수욕장이었어요. 아마 전에 가본 기억이 있어서일 거예요. 바다에 가긴 갔는데 뭔가 이상한 거예요. 사방이 시커먼 게 파도 소리도 들리지 않고 헤드라이트로 비춰보니 바닷물은 다 빠지고 온통 갯벌뿐이었어요. 서해안 조수간만의 차이를 잊고 있었던 거죠.

만약 그때 바닷물이 차 있었다면 지금 교수님과 이렇게 얘기도 못했을지 모르죠. 호호! 아까 오면서 느낀 건데 동해는 서해랑 뭔가 좀 다른 것 같아요. 색깔부터요. 푸른색이 강도가 훨씬 진해요. 서해가 인간의 바다라면 여긴 뭐랄까. 인간이 감히 접근할 수 없는 그런 기운이 느껴져요. 한편으로는 내 가슴 아래를 지나 땅을 뚫고 지구 중심까지 다다르는 해방감이 드는 것 같기도 하고요."

현섭은 바닷바람에 등을 말리며 정윤의 한껏 달뜬 목소리를 들었다. 생을 포기할 만큼 그녀를 버겁게 한 일은 무엇이었을까?

본격적인 취재는 내일 하기로 하고 체크인을 한 후 열쇠를 받아 객실로 올라갔다. 5층에 위치한 방은 깨끗했다. 가구와 집기들은 갖추어야 할 것만 제자리에 절도 있게 자리 잡고 있었다. 밋밋한 벽지에 어떠한 장식도 허락되지 않은 방의 인테리어에서 현섭은 예전의 괴동역이 떠올랐다. 녹두색 커튼을 양쪽으로 벌렸다. 영일만 전부를 담은 통유리 밖에서 기울어 가는 해가 정면으로 빛을 쏘아댔다. 호미곶 안쪽에서 시작되는 영일만 우측

해안선은 동해면서 서쪽에 바다를 끼고 있었다. 현섭은 양미간을 찡그린 채 기억을 더듬어 저편 육지의 위치와 지명을 가늠해보았다. 그의 미간과 저편의 육지 사이로 커다란 배 한 척이 거대한 제철공장을 향해 느릿느릿 움직였다.

근처 마을에서 물회로 저녁을 먹고 방으로 돌아오니 아까는 없었던 와인과 잔이 조그만 테이블에 놓여있었다. 포도가 많이 난다는 충청도 어느 지방에서 생산한 국산 와인이었다. 병에 붙은 노란 메모지에는 동기의 계급과 이름이 있었다. 정윤이 씻으러 들어간 사이 와인을 잔에 따랐다. 그리고 전화기를 들어 단축번호를 눌렀다.

"응, 그래…… 저녁 먹고 막 들어와서 씻었어. 당신은? 밥 먹었어? 약은……? 처형한테 하루만 더 고생해달라 그래. 갯벌을 마주 보고 있는 호텔인데, 얼마 전까진 철새 떼들이 장관을 이뤘다는데 이젠 안 온다네. 나중에 같이 한번 오자…… 응…… 그래…… 들어가."

아내에게 애초 군산이라 말해버린 걸 지금껏 바로 잡지 못했다. 어쩌다 보니 늙은 감독이 만든 어느 영화에서 주인공이 읊은 것 같은 대사로 거짓말의 완성도를 높여버렸다. 끝맛이 쓰고 텁텁한 와인 한 모금을 머금은 채 현섭은 왜 아내에게 선뜻 포항이 행선지라 말하지 못했을까 생각했다. 창밖은 해안선을 따라 화려한 조명들이 알록달록하게 박혀있었다. 달은 수면 바로 아래에서 출렁거렸다. 현섭의 술잔에도 붉은 달이 일렁였다. 하얀 달과 붉은 달을 번갈아 바라보던 그의 기억에도 작은 일렁임이 일어났다.

  3월이라지만 뺨에 닿는 바람은 여전히 차고 전투화 안의 발가락은 아렸다. 공장지대와 시내를 잇는 다리 밑 공터에서 달집태우기 행사를 한다고 붐볐던 게 일주일 전이니 음력으로 따진다면 아직 정월일 것이다. 현섭이 탄 군용 지프가 다리 건너 죽도시장 앞에 이르자 차들의 감옥에 갇혀버린 듯했다. 밤새 상황근무를 서고 지금쯤 관사 침대 속에 있어야 할 현섭의 얼굴에는 피곤과 짜증이 묻어났다. 포탄으로 보이는 물체가 발견되었다는 신고가 들어왔고 거기에 정보분석조로 출동하여 합동심문조가 도착할 때까지 초동 조치를 해야 하는 것이 해안 경계부대 정보장교인 현섭의 임무 중 하나였다.

  관광버스와 활어차들로 뒤엉킨 횟집들의 길을 겨우 벗어나 풍어를 기원하는 별신굿이 벌어지는 어항을 통과하여 도착한 곳은 어느 여고 건물의 보수공사 현장이었다. 운동장 한구석에 차를 대고 내리자 멀리서부터 들려오던 재잘거림이 비명에 가까운 탄성으로 바뀌었다. 현섭은 피가 얼굴로 몰리는 느낌에 괜히 방탄

헬멧을 손바닥으로 눌렀다. 현장은 포탄이 발견되었다는 사실과는 무관하게 보수 작업에 바빴다. 담배를 입에 문 채 자재를 나르고 있는 남자에게 상황에 대해 물어보자 남자는 어깨에 멘 시멘트 포대를 받치던 한 손으로 어느 지점을 가리키고는 현섭의 옆을 지나갔다.

포탄이라고 생각되는 물체는 심하게 녹이 슬고 끝이 문드러진 상태였다. 눈썰미가 없는 사람은 시뻘건 고철로밖에 보이지 않을 원통형의 쇠뭉치는 한때의 무시무시함을 잃어버린 채 공사장 구석의 흙더미에 방치되어 있었다. 작전 상황이란 게 열에 아홉은 과장되게 마련이라 출동 당시의 긴장감은 포탄처럼 문드러져 버려 어떻게 처리해야 할지 난감했다.

"군부대에서 나오셨소?"

감청색 모직 양복에 파란 넥타이를 맨 초로의 사내가 말을 걸어왔다.

"난 이 학교 교장이오. 여기가 한국전쟁 초기에 큰 전투가 있었던 곳이라오. 그때 여기서 학도병으로 나섰던 학생들이 많이 죽었다지. 그래서 운동장을 파거나 공사를 할 때면 저런 게 종종 나온다오."

폭발물처리반 소속의 상사가 포탄을 수거해가면서 상황은 종료되었다. 포탄은 한국전쟁 때 북한군이 쓰던 소련제 대전차포의 불발탄이라고 했다. 교장은 차나 한잔하고 가라며 현섭을 자기 방으로 이끌었다. 역사학 전공자인 현섭은 호기심이 일었다.

"그 당시 상황에 대해서 좀 더 자세히 말씀해주실 수 있겠습니까?"

"아니, 그보다…… 그 분야의 전문가가 우리 학교에 있어요."

교장은 소파 오른쪽 작은 탁자에 놓인 인터폰을 눌렀다. 창가에선 화분에 담긴 난 줄기가 햇빛을 받아 눈이 부셨다.

"아, 정 선생 지금 수업 중인가? 교장실로 좀 오라 그러세요."

잠시 후 단발머리에 청바지를 입은 여자가 교장실로 들어왔다. 하얀 이어폰이 어깨에 매달려 걸을 때마다 좌우로 흔들렸다. 정 선생이라 소개된 여자는 국어를 가르친다 했다. 정 선생을 따라 도서관에 딸린 자료실로 가는 길에 현섭이 말을 걸었다.

"특이하네요."

"국어 교사가 학교 역사에 대해 잘 아는 거요?"

"네."

"사실, 학교 역사에 대해 안다기보다는 어느 시점, 어느 장소에서 일어난 비극적인 사실에 대해서 잘 안다고 해야겠죠. 아버지가 육이오 때 학도병 출신이거든요. 여기에서 살아남은……어릴 때부터 지겹도록 그때 얘기를 들었죠."

옆에서 나란히 걸으며 얘기하는 정 선생의 키는 대충 현섭의 귀 언저리쯤 닿는 듯했다.

"부친에게는 평생 생생하게 기억에 남을 큰 사건이었겠죠. 아마 지금도 얘기하시겠죠?"

"작년에 돌아가셨어요."

"저런, 제가 실례를 했네요. 죄송합니다. 고향은 여기세요?"

무안해진 현섭이 급히 화제를 돌렸다.

"서울에서 태어나서 아주 어릴 때 이곳으로 왔어요. 아버지께서 직장을 관두고 이곳에 자리를 잡으셨죠. 이유를 물어보지는 않았지만 짐작은 할 수 있을 것 같아요. 여기에선 과수원을 하면서 살았어요. 복숭아나무를 키웠었죠."

왠지 마음을 편안하게 하는 목소리였다. 걸음을 옮길 때마다 복숭아 향이 나는 듯했다. 이름이 정수연이라 했다.

그 후로 현섭은 자료를 핑계로 학교를 한 번 더 찾았고 밖에서도 수연을 한 번 더 만났다. 그 후로는 둘 사이에 자료 이야기는 없었으나 만남은 계속 이어졌다.

우암 송시열과 다산 정약용이 유배 생활을 했다는 곳은 바다를 왼쪽에 끼고 31번 국도를 따라 달리다가 오른편 샛길로 접어들어 내륙으로 조금 들어가서 있었다. 현섭은 먼저 면사무소에 들렀다. 관공서 특유의 밋밋한 건물 안으로 들어가 공익요원에게 용건을 이야기하니 곧 담당자를 데리고 왔다.

"안 그래도 구청에서 연락이 왔었어요. 그동안 신문에 난 기사들은 복사해놨고요. 관련 논문들하고 학술지는 컴퓨터에 있어요. 유배 기념비는 길 건너 학교에 우암 선생이 심었다는 은행나무랑 같이 있어요. 거기 갔다 오실 동안 자료는 USB에 담아놓겠습니다."

경상도식 억양에 표준말을 담은 어색한 서울말을 쓰는 담당자의 말대로 길 건너 학교로 가서 비석 사진을 몇 장 찍고 다시 면사무소로 돌아오니 노란 서류 봉투에 자료들이 두툼하게 담겨있었다. 민원인용 소파에 앉아 내용들을 훑어보고 있자니 아까 보았던 공익이 플라스틱 접시에 이쑤시개가 꽂힌 복숭아 몇 조각을 담아서 갖고 왔다. 흰 과육에 끝부분만 손톱 끝만큼 빨갛게 물든 복숭아였다.

현섭이 전역을 하던 날은 임관 때와 마찬가지로 비가 왔다. 습한 날씨에 눅눅해진 정복을 입은 현섭은 전역식을 마치자마자 서울행 버스에 올랐다. 셔츠가 등에 붙어 찝찝한 날이었다. 수업 때문에 그를 배웅하지 못한 수연은 한 달 뒤 학교가 방학을하자 사표를 내고 서울로 올라왔다.

아침저녁 차가운 바람에 복숭아잎이 다 떨어져 잿빛 가지를 드러낼 때 둘은 결혼을 했다. 그리고 붉은 가지가 회색 줄기를 뚫고 나오고 고양이 앞발 같은 새순이 오를 때 현섭은 대학원에, 수연은 어느 국책 연구소 편집부에 자리를 잡았다. 그가 박사과정과 시간강사를 거쳐 전임강사로 자리 잡을 때까지 생계는 온전히 수연의 몫이었다. 그 뒤로 둘은 함께 살림을 일구었고 지금은 서울 한 귀퉁이에 대출 없는 아파트 한 채와 부족하지 않은 통장 잔고를 유지할 수 있었다.

그 시간 동안 수연은 기회가 될 때마다 아버지가 키우던 복숭아에 대한 경험과 찬사를 늘어놓았다. 새벽부터 시작된 일 때문에 과수원에서 엎어놓은 복숭아 상자를 식탁 삼아 먹던 아침, 목이 마를 때 한 입 베어 물면 갈증이 어느새 달아나 버리는 물 많은 노란 복숭아와 냉장고 야채 칸에 가득 채워두고 하루에 하나씩 아껴먹던 아기 머리통만 한 하얀 복숭아, 비 오는 날 나무 아래 서 있으면 들리는 따닥따닥 복숭아잎에 빗물 떨어지는 생명력 충만한 소리까지. 여전히 사람을 편안하게 하는 목소리로 꺼내는 복숭아 얘기는 끝이 없었다. 수연에게 복숭아는 자신의 어린 시절을 추억하고 아버지를 기억하는 방법인 듯했다.

그런 그녀가 복숭아 이야기를 더 이상 꺼내지 않은 건 항암치료를 시작하고부터였다. 분홍색 액체 형태의 항암치료제는 잘

익은 복숭아 색깔을 띠었다. 무취 무미의 약은 수연이 알고 있는 지구상의 모든 물체를 생각하는 것만으로도 구토를 유발하는 존재로 만들었다. 특히 복숭아를 떠올리면 그 정도가 한층 더 심했다. 아마 그 치명적인 분홍에 대한 배신감 때문일 것이라 현섭은 생각했다. 그녀의 어린 시절과 아버지가 노란 위액에 섞여 변기 속으로 사라지는 것에 수연은 몸서리를 쳤다.

자료를 받고 두어 군데 더 들러 사진 몇 장을 찍고 나니 딱히 그곳에 머물러야 할 이유가 없었다. 정윤이 해안도로로 드라이브를 계속하고 싶다 했기에 현섭은 더 남쪽으로 차를 몰아 경주까지 갔다가 7번 국도를 이용하여 숙소로 돌아오는 것으로 경로를 잡았다.

도로는 운행하는 차들과 주차된 차들이 뒤엉켜 붐볐다. 해안선을 따라 형성된 어촌의 색 바랜 낮은 지붕과, 지은 지 얼마 안 된 펜션과 모텔들의 세련됨이 심각한 부조화를 만들어냈다. 바닷가 목 좋은 곳을 점령하여 탁 트인 시야를 방해하는 숙박 시설마다 피서를 즐기러 온 사람들의 차들로 빈틈없이 빼곡했다.

현섭과 정윤을 실은 차는 감포를 지나 경주 방면으로 우회전을 했다. 둘은 석굴암과 불국사에 들렀다가 통유리를 통해 넓은 호수가 보이는 곳에서 늦은 점심을 먹었다. 그리고 차가운 커피를 마시며 물 위에 떠 있는 커다란 오리 배를 감상하다가 다시 포항을 향해 출발했다. 두 사람이 가는 거리만큼 더위는 서서히 식어가는 중이었다.

차가 포항으로 들어오는 터널을 지나자 곧 육교가 나타났다.

"어? 이곳에서 불꽃 축제를 하나 봐요."

육교에 붙은 축제 광고판을 보고 정윤이 한껏 달뜬 목소리로 얘기했다. 어느새 가방에서 스마트폰을 꺼내 검색을 시작했다.

"오늘부터 3일간이래요. 장소는…… 아, 여기 있다. 형산강과 영일대 해수욕장에서 번갈아 가며 한다는데 오늘은 형산강에서 하겠네요."

정윤은 당연히 축제에 가는 것이 기정사실인 듯 이것저것 찾아보며 아기 새처럼 쫑알거렸다.

"형산강에서 하면 우리 숙소에서도 볼 수 있지 않을까 싶은데. 조금 멀기는 하겠지만……."

붐비는 사람들 사이에 섞이고 싶지 않은 현섭이 회의적인 반응을 보였다.

"아이참, 멀리서 유리창을 사이에 두고 보는 거랑 텔레비전으로 보는 거랑 뭐가 달라요? 그리고 축제를 즐긴다는 건요. 멀리서 눈으로 감상하는 게 아니라 그 안에 들어가서 축제의 일부가 되는 거라고요. 교수님 어제부터 좀 이상한 거 알아요? 평소답지 않게 농담도 잘 안 하시고. 왠지 정신이 다른 곳에 빠져있는 기분이 들어요. 제가 알고 좋아하던 그 교수님이 아닌 것 같아요."

현섭은 달리 반박할 말이 없었다. 여자의 감각은 참 예리하고 무서운 것이라는 걸 실감하면서 온전히 정윤의 의사에 맡기기로 했다. 포항으로의 동행을 제안한 것도 그였기에 그동안의 무신경에 대한 미안함도 한몫으로 작용했다.

축제장이 다가올수록 차량의 숫자가 늘어났다. 교통경찰의 수신호에 따라 차는 시민운동장에 딸린 주차장에 댔다. 축제장까지는 한참 걸리는 곳이었다. 머리 뒤로 지는 태양이 차들의 유리에 반사되어 현섭을 괴롭혔다. 현섭은 눈을 잔뜩 찡그리고 손으로 이마 위에 그늘을 만든 채 축제장으로 걸었다. 여전히 얼굴의 반을 잠자리 눈 같은 색안경으로 덮은 정윤이 무표정하게 현섭을 바라봤다.

행사가 시작되기까지 세 시간이나 더 남았지만 벌써 골목골목에서 사람들이 나와 인간 물길을 만들어가고 있었다. 저마다 손에는 돗자리와 음식들이 담긴 가방이 들려있었다. 갑작스러운 일정에 아무것도 준비 못 한 현섭이 약간 불안해질 때쯤 저 앞에 상인이 은박으로 된 자리를 팔고 있는 게 보였다. 셈을 치르고 자리를 받아 든 현섭은 자리가 든 비닐 가방 하나 달랑 들고 다시 사람들의 물결에 합류했다.

행렬을 따라 되는대로 가다 보니 성질이 급하거나 스스로 눈치가 빠르다고 생각하는 사람들은 각자 잘 보인다고 생각되는 곳에 벌써 자리를 잡고 맥주에 기름진 음식들을 즐기고 있었다. 그러나 아직 대부분의 발걸음은 다리 아래를 지나, 강 옆 둔치로 향했다. 길목 양쪽에 길게 늘어선 노점에서는 수백 마리의 닭들을 포함한 온갖 재료들이 튀겨지고 있었다. 습한 기후와 뜨거운 기름 온도에 니글거리는 역겨운 냄새까지 더해져 현섭은 살짝 구토감을 느꼈다.

헤아릴 수 없이 많은 사람들이 너른 잔디밭에 자리를 잡고 있었다. 잔디밭 옆 야시장에는 노래자랑을 하는지 반주와 노래가 엇박자를 내며 소음을 만들어냈다. 두 사람도 적당한 곳에 은빛 자리를 깔았다. 현섭이 정윤을 남겨두고 얼음물에 담긴 캔 맥주와 물을 사 오는 사이 사람들은 아까보다 훨씬 더 불어나 있었다. 잔디밭 옆 간이 화장실에는 차례를 기다리는 사람들로 끝이 보이지 않았다.

해는 완전히 자취를 감추고 날은 서서히 어두워지기 시작했다. 강을 사이에 두고 건너편에 있는 공장 건물과 굴뚝에 조명이 켜졌다. 거대한 공장의 삭막함을 가릴 만큼 조명은 화려했다. 대형 스크린에는 지역의 관광 명소를 홍보하는 동영상이 반복적으로 재생되고 있었고 그 아래 전광판에는 지자체에서 알리는 문구가 왼쪽에서 오른쪽으로 느릿느릿 걸어가고 있었다.

강을 가로지르는 다리에도 상판을 따라 형형색색이 불이 켜졌다. 다리의 조명과 조명 사이 어느 지점에 상체를 난간에 맡긴 채 불꽃이 올라올 만한 지점을 바라보고 있는 두 사람이 보였다. 그 다리는 현섭이 수연을 처음 만난 날 건넜던 형산교였다. 그 뒤로도 수없이 건넜던, 수연과 자신을 이어주던 유일하고 넉넉한 통로이자 고리였다.

축제를 위한 기다림에는 아무런 의미도 붙일 수 없었다. 야시장의 소음은 계속되었고 사람들의 밀도는 잔디밭을 지나 저 끝 언덕까지 여유가 없었다. 좀 전까지 알이 굵은 렌즈를 이리저리 돌리며 셔터를 눌러대던 정윤은 지루해졌는지 지금은 음악을 얕게 틀어놓고 고개를 좌우로 조금씩 까딱거리며 작은 액정 화면에 눈길을 주고 있었다. 현섭은 맥주를 조금씩 목구멍에 흘려보내며 전방의 굴뚝들만 하염없이 바라보았다. 멀리 조그마하게 보이는 굴뚝 하나에서 파란 불길이 행사용 풍선처럼 쉼 없이 몸을 흔들어댔다. 강물은 시커먼 표면에 공장의 정지된 형상을 생동감 있게 비추고 있었다.

오랜 기다림에 지친 사람들의 목소리 톤이 높아질 때쯤 웅장한 음악이 켜졌다. 순간 모든 소리는 거짓말처럼 잦아들고 사방은 거대한 스피커에서 나오는 타악기 소리에 압도되었다. 그때 굴뚝 위로 노란 점 몇 개가 '쉭' 소리를 내며 하늘로 날아오른다 싶더니 곧 폭발음과 함께 공중에 꽃을 피웠다. 건너편 공장 울타리의 촘촘한 그물모양이 보일 정도로 사방이 환해졌다.

노랑에서 시작된 꽃은 파랑, 빨강, 자주, 보라, 초록으로 바뀌었고 넓고 동그란 꽃잎은 작은 조각으로 쪼개졌다가 이내 옆으로 퍼진다 싶더니 뾰족한 가시가 삐죽 뚫고 올라와 하늘로 승천했다. 만개하는 꽃잎들 사이로 벌과 나비가 술래잡기하듯 하얀 소용돌이를 만들며 노닐 때마다 사람들은 연신 전화기를 갖다 대며 탄성을 내지르기 바빴다. 불꽃은 화려하고 자극적이었다.

현섭의 시선이 밑으로 내려왔다. 하늘에 불꽃이 퍼짐과 동시에 수면에 비추어지던 공장은 사라졌다. 어둠이 빛으로 덮일 때마다 땅 위의 무질서와 더러움도 환하게 드러났지만 공중에 매달린 쾌락을 좇기에 바쁜 사람들이 관심을 둘 사항이 아니었다.

강렬한 빛 때문에 형산교 위의 두 사람의 모습이 선명하게 보였다. 현섭은 연인으로 보이는 두 사람이 하늘과 지상 중간에 떠 있는 부평초 같다는 생각이 들었다. 그들의 모습은 불꽃이 점멸함에 따라 보였다 사라지기를 반복했다. 이유 없이 그곳에서 시선을 거두지 않던 현섭은 두 사람이 젊은 시절의 자신과 수연이라는 착각에 빠져들었다. 현섭은 손바닥을 얼굴을 비벼대며 그들의 모습을 급하게 쫓았다. 그것은 분명 착각이었지만 이제 더 이상 불꽃은 그의 안중에 없었다.

　"연애하는 건 불꽃놀이와 같은 게 아닐까. 하늘에 피는 불꽃의 화려함에 취해 그 아래를 보지 않으려 하는 것처럼. 자기도 내가 불꽃만 봐주길 바랐을지도 모르지. 하지만 결혼은 연애와 다른 거잖아. 한 번 화려하게 피었다가 꺼져버리는 불꽃이 아니라고. 어둠에 가려진 현실을 정면으로 바라보아야 하는 대낮 같은 게 결혼이잖아.

　둘이서 화약 뭉치들을 심으며 밤이 오길 기다리는 것, 심어야 할 곳이 가시밭일 수도 있고 진흙탕일 수도 있는 것 그리고 밤이 되었다 해서 백 퍼센트 불꽃이 피리라는 보장도 없는 것……거기엔 불꽃의 화려함도, 뜨거운 축제도 없을지 몰라. 그래서 자기가 결혼하자고 했을 때 선뜻 대답을 못 했던 거야. 생각할 시간이 필요했고."

　전역을 몇 달 앞둔 어느 날, 현섭의 방에서 시간을 보낸 뒤 버스 정류장까지 걷자고 한 걸음이 형산교까지 이르렀을 때였다. 다리 위에서 강 중간에 떠 있는 달을 보다 대뜸 현섭은 수연에게 청혼을 했다. 그리고 며칠 뒤 두 사람은 같은 자리에 있었다. 현섭은 수연의 입술만 뚫어지게 쳐다보았다. 주머니 속의 꽉 쥐어진 주먹은 쥐가 날 것만 같았다. 수연이 깊은 한숨을 쉬었다.

"그래, 같이 한번 심어보자. 화약 뭉치 말이야. 불발탄이든 중간에 터지든 일단 심어봐야 아는 거니까. 자기는 공부를 계속해. 마칠 때까지 내가 어떻게든 해볼게. 대신 내 마음속에 불꽃이 꺼지지 않게 해줘야 해. 지금처럼……."

수연이 청혼을 허락한 날은 비가 왔다. 우산을 썼지만 발은 젖어 불편했다. 까만 하늘이 들어앉은 물웅덩이에 빗줄기가 동그란 불꽃을 쉼 없이 터뜨렸다. 지금 하늘을 점령한 불꽃은 크고 화려하지만 현섭의 머릿속에는 15년 전 웅덩이 속에서 터지던 동그라미들로 가득했다. 문득 오늘은 수연에게 전화를 하지 않았다는 생각이 들었다.

현실감각을 잃어버릴 만큼 환상적인 시간이 끝나자 사방은 거짓말같이 고요해졌다. 허무함이 실린 얕은 강바람이 사람들의 이마를 때리고 지나갔다. 곧 두 번째 장이 펼쳐질 거라는 기대에 대부분은 자리를 뜨지 못했다. 현섭이 갑자기 일어섰다.

"우리 이제…… 돌아가자."

눈을 동그랗게 뜬 정윤이 현섭을 올려보았다. 현섭은 정윤의 손목을 잡아 일으켰다. 행사장을 빠져나가기도 쉽지 않았다. 오늘 분량의 축제가 끝난 거라 성급히 여겨 자리를 뜨려는 행렬이 긴 역류를 만들었다. 속도를 내려 해도 앞을 가로막고 있는 민

소매를 입은 청년과 몸집 좋은 아주머니의 어깨 사이를 뚫을 수가 없었다.

그들의 등짝에 현섭의 가슴이 반강제로 밀착되고 있을 때 다시 사방이 환해지면서 머리 뒤로 불꽃이 터지는 소리가 들렸다. 그나마 천천히 흐르던 걸음들이 일제히 돌아서서 멈춰버렸다. 현섭의 마음이 점점 급해졌다. 그에게 잡힌 정윤의 손이 점점 핏기를 잃어갔다.

피로

반장의 호출이 있은 건 막 태양이 공장 지붕을 벗어났을 때였다.

성난 태양이 쏘아보자 바닥에 드러누운 거대한 그림자가 머쓱해져 공장 안으로 들어가 버렸다. 건물 그늘 안에서 겨우 견디고 있던 영훈이 하늘에 걸린 불덩이와 꼼짝없이 직접 마주했다. 영훈은 달궈진 아스팔트 위에 방치되어 흐물거리고 썩은 내가 나는 순두부가 되어버린 기분이었다.

머리 위로 쏟아지는 태양열과 얇은 구두창으로 전해오는 지열, 공장 정문을 오가는 대형 트레일러에 실린 쇳덩이가 내는 열에 대항하여 인간이 할 수 있는 것이란 움직임을 최소화한 채

견디는 것뿐이었다. 피부를 뚫고 올라온 물방울이 등골을 타고 흘러내려 속옷과 근무복을 적셨다.

"정문 강영훈 씨, 지금 바로 본부로 오세요."

어깨에 매달린 무전기에서 반장의 목소리가 현장의 먹먹한 소음을 뚫고 고막을 찔렀다. 호출이 있고 잠시 후, 막 근무 교대를 하고 사무실과 휴식 공간이 딸린 건물로 들어갔던 종모가 다시 나왔다. 영훈으로부터 무전기와 가스총을 넘겨받은 그의 얼굴에는 열도 식히기 전에 다시 불려나온 것에 대한 짜증과 또 무슨 사고를 쳤냐는 경멸이 반반씩 묻어났다.

종모의 불편한 시선을 외면하면서 본관 건물로 향하는 영훈의 머리가 복잡했다. 갈대가 무성한 모래벌판에 우리나라 최초의 제철공장을 만들 당시 대통령이 '제철보국製鐵保國'이라는 휘호를 내려주었다는 '주식회사 보국제철'의 경비업무 협력회사 '삼천리안전'의 말단직원이 본부라는 곳에 불려 간다는 것은 좋은 일보다는 그 반대일 경우가 많았던 것이다.

본관에 들어서자 시원한 공기가 영훈의 젖은 옷에 닿았다. 건물 안에는 후줄근하게 젖은 영훈과 달리 하얗고 빳빳한 와이셔츠와 얇고 보드라운 블라우스를 입은 본사 직원들이 번쩍번쩍 광이 나는 복도를 지나다니고 있었다. 영훈은 괜히 주눅이 들어 코에 맺힌 땀방울들을 손바닥으로 훔쳤다. 엘리베이터를 타고 5

층을 눌렀다. 시원한 스킨로션 냄새와 코끝을 자극하는 향수 냄새에 눌려 영훈은 자꾸만 구석으로 밀려났다.

굳게 닫힌 문 앞은 인터폰과 '관계자 외 출입 금지'라는 푯말이 단단히 지키고 있었다. 손바닥만 한 수화기와 붉은색 여덟 글자의 권위가 정문을 포함한 다섯 곳의 공장 출입문에 배치되어있는 영훈의 동료들보다 훨씬 강력하고 당당해 보였다. 입사 후 견학 때 한 번 온 적이 있는 본부 겸 상황실은 전자 장비들의 온도 유지 때문에 시원하다 못해 서늘한 공기로 가득 차 있었다. 한쪽 벽면 전체를 차지하고 있는 모니터는 영훈이 좀 전까지 근무를 서고 있던 정문을 포함해 공장 곳곳의 모습들을 비추고 있었다. 점퍼를 하나씩 걸친 사람들은 영훈의 등장에 누구도 관심을 두지 않고 자기 일에 열중했다. 눈으로 사무실을 헤맨 끝에 한쪽 구석에서 심각한 표정으로 본부장 책상 앞에 상체를 30도로 유지하고 있는 반장을 겨우 발견하고 곁으로 갔다. 심각한 분위기에 압도되어 근처에서 어정쩡하게 서 있는 영훈의 팔에 닭살이 점점 도드라졌다. 한참을 기다린 끝에 이윽고 반장의 시선이 영훈에게로 향했다.

"강영훈 씨, 어제 14시에서 15시 사이에 정문 근무였지?"

"네, 그런데 무슨 일이신지……?"

"혹시 그 시간에 들어온 검은색 소나타 2737 기억나?"

갑작스러운 질문에 영훈의 머릿속이 하얗게 탈색되었다. 어제 14시, 검은색 소나타, 차량번호 2737. 반장의 입에서 나온 단어들을 잡으려 기억력을 뻗었지만 손가락 사이를 빠져나가는 작은 물고기처럼 단어의 실마리는 좀처럼 잡히지 않았다. 반장은 안 되겠는지 모니터가 있는 곳으로 데려가 새로운 화면을 띄웠다. 거기엔 경비모를 눌러 쓴 어제의 영훈이 들어오는 차를 하나하나 지켜보고 있었다. 그러다 어느 한 부분에서 화면이 멈췄다. 근무를 서던 영훈도 검은 승용차의 운전자를 향해 허리를 굽힌 채 굳어있었다.

"지금 이 차 말이야. 기억이 안 나?"

순간, 어제의 기억이 모니터의 화질만큼이나 선명하게 형상화되기 시작했다. 좀 전에 손가락 사이로 빠져나간 단어들이 촘촘한 그물에 걸려 머릿속에서 펄떡였다.

"네, 기억이 납니다. 교대한 지 얼마 안 됐을 때 본사 출하과 김 대리가 들어오면서 차량번호와 차종을 알려줬습니다. 좀 있다 들어올 예정인 거래처 손님인데 그냥 통과 좀 시켜달라고요. 저 차는 김 대리가 말한 그 차량으로 기억합니다."

갑자기 반장의 언성이 높아졌다.

"이 사람아, 그런 일이 있으면 미리 보고를 해야지. 입사한 지 얼마나 되었다고 자네 임의로 판단하고 행동하나?"

영훈의 얼굴에 당혹감이 묻어났다. 입사하여 얼마 되지 않았을 때의 일이었다. 본사의 누군가가 한 차량의 출입을 부탁했고 근무를 교대하면서 그 사실을 제대로 인계받지 못했던 영훈은 규정대로 출입 절차를 밟을 것을 요구했다. 얼마 후 얼굴이 붉다 못해 검은빛을 띠며 정문으로 온 본사 직원이 한바탕 난리를 쳤을 때 정문 책임자인 조장은 허리를 연방 굽신거리며 그의 낯빛이 원래대로 돌아오기만 바랐다.

"하…… 강영훈 씨, 당신 융통성이란 거 몰라? 아무리 신입이지만 똥인지 된장인지 구별은 해야 할 거 아니야! 엉? 대학교에선 이런 거 안 가르쳐? 쓸데없이 책만 읽으면 뭐 해, 융통성을 가르치는 책을 읽어야지!"

단지 오래 근무했다는 이유만으로 경비 감독자가 되어 위아래로 휘둘리는 허수아비 조장 대신, 반장의 비호를 등에 업고 앞에서 설치길 좋아하는 종모의 말을 들었을 때 영훈은 억울함에 가슴을 두드렸다. 그러나 늦은 나이에 입사한 죄, 직원들의 평균 가방끈보다 몇 센티미터 더 긴 죄를 탓하는 것으로 애써 치부하고는 애꿎은 어금니에 화풀이를 했었다.

"하지만, 전에는……."

"전에는 뭐?"

"아, 아닙니다."

괜히 과거의 일을 들췄다가 직원들끼리의 관계만 꼬일 것 같아서 그냥 입을 닫았다. '갑'의 사람들로부터 출입 절차에 관한 협조 요구를 받는 일은 드문 일이 아니었기에 그게 무슨 문제가 되었는지 이해가 가지 않았다.

"어제 들어온 차가 전무님의 차에 기스를 내고 그냥 나가버렸는데 전무님이 블랙박스에 찍힌 번호로 차적 조회를 아무리 해도 나오지 않잖아. 전무님이 노발대발하셨어. 회사 보안에 구멍이 뚫렸다고 말이야. 강영훈 씨 이 일을 어떻게 할 거야, 엉? 삼천리 직원들 근무 태도가 아주 불량하다는 보고까지 올라가 있는 모양인데 이러다가 내년에 계약이 해지되면 당신이 책임질 거야?"

"하지만 반장님, 본사 직원들의 요청에 의해 출입을 협조해주는 건 이전부터 관례로 있었던 일 아닙니까?"

"뭐가 관례라는 거야? 내가 당신한테 보내주라 지시한 적 있어? 아니면 문서를 본 적이 있어? 이 사람이 지금 누구 죽이려고 하는 거야 뭐야? 강영훈 씨! 지금 당장 시말서 써서 갖고 와. 그리고 이 일은 징계위원회에 올라갈 거니까 그리 알아!"

시말서와 징계위원회라는 말이 연달아 가슴팍을 세게 때렸다. 숨을 들이쉴 땐 쓰리고 내쉴 땐 아렸다. 뒤통수에서 목덜미로 떨어진 땀이 허리에 이르는 길을 따라 털들이 일어나는 기분이었다.

"아, 아. 삼천리 전 직원은 주목하세요. 현 시간부로 근무를 강화합니다. 30분 근무 후 30분 휴식을 1시간 근무 후 30분 휴식으로 변경합니다. 그리고 각 출입문을 통과하는 모든 차량과 인원에 대한 확인과 검문검색을 철저히 하세요. 왜 그런지 이유는 강영훈 씨한테 물어보고. 이상!"

해는 산마루에 추락하며 허공에 붉은 혈흔을 남겼다. 그러나 아스팔트의 지열은 여전히 발바닥을 괴롭혔다. 영훈은 아주 긴 하루가 끝나감에 안도의 한숨을 쉬었다. 오늘 근무는 유난히 힘들었다. 더위와 매연의 한가운데서 평소보다 까다로워진 출입 절차에 대한 사람들의 짜증을 받아내기란 보통 고역이 아니었다.

그러나 이런 것들보다도 영훈을 더 힘들게 하는 것은 동료들의 외면과 차가운 시선이었다. 한 시간의 고행을 견딘 후 땀을 식히려 에어컨이 있는 휴게실로 들어가면 원망 어린 눈길만 보낼 뿐, 아무도 영훈에게 말을 붙이지 않았다. 사람들은 누구라도 어제 그 자리에 있었으면 같은 처지였을 거라는 사실은 외면한 채 영훈을 적대시하는 것으로 자신의 결백을 보장받고 불운의 화살이 자신을 비껴간 것에 안도했다. 그리고 공공의 적을 만들어 비난함으로써 육체의 고단함을 씻으려 했다. 그래도 대부분은 노골적으로 적의를 드러내지 않았으나 종모만은 결국 가시 돋친 말을 삼가지 않았다.

"하, 씨발! 사람 하나 잘못 들여 이게 무슨 개고생이야? 나이는 똥구멍으로 처먹고 학교는 뒷구멍으로 나왔나?"

땀에 전 제복을 벗어 던지고 출근 때의 복장으로 갈아입던 사람들의 시선이 일제히 종모에게로 쏠렸다. 막 바지에 한쪽 다리를 꽂아 넣으려던 영훈의 이마 가장자리가 꿈틀거리고 눈에 핏발이 섰다. 탈의실의 공기가 무겁게 가라앉았고 긴장의 농도는 점점 짙어졌다. 영훈은 한쪽 다리를 마저 끼우고 종모에게로 천천히 몸을 돌렸다. 영훈의 이글거리는 눈빛과 종모의 희번덕이는 눈동자가 교차하는 지점을 눈치 빠른 반장이 재빨리 가로막았다.

"이 사람아, 동료끼리 감싸주는 맛이 있어야지. 무슨 말을 그리 심하게 하나? 자자, 그러지 말고 오늘 시간들 어때? 고생했는데 별일 없으면 다 같이 소주나 한잔하자고. 못 가는 사람 없겠지?"

반장의 제안에 사람들은 명확한 대답을 하지 못하고 서로의 눈치만 봤다. 반장은 이러한 반응을 수긍의 의미로 받아들이고 흡족해했다.

"좋았어. 조직이 잘 돌아가려면 이렇게 단결이 잘돼야지, 안 그래? 며칠 전에 고향 친구가 시내에 갈빗집을 열었다는구면. 장소는 거기로 하지 뭐. 안 그래도 조만간 한번 팔아주려 했는데 잘됐네."

제안에서부터 장소 섭외까지 그의 바람대로 신속하게 결정되었다. 그는 부하들을 이용하여 자신의 위신을 세우려는 의도를 조금도 숨기려 하지 않았다. 회식비는 월급날마다 2만 원씩 떼는 공금과 당일 갹출한 돈에서 나갈 것이다. 그나마 반장은 여기에서도 열외였다. 오늘 아침 아내와의 약속을 떠올린 영훈의 얼굴에 당혹감이 어렸다.

햇살이 조금씩 방 안을 점령해가고 있었지만 침대가 놓여있는 구석은 아직 안전지대였다. 포화 상태가 되어가는 방광이 서서히 아랫배를 압박했지만 아직 푹신한 매트리스의 인력에는 미치지 못했다. 성욕과 배설욕이 섞인 팬티 속이 단단히 화가 나 바로 눕기가 불편했기에 영훈은 옆으로 몸을 돌려 구부린 무릎 사이에 양손을 끼운 채 달콤한 수면의 끝을 탐하고 있었다.

주방에서 기상을 재촉하는 아내의 목소리가 아련하게 들렸지만 아직은 무시해도 좋을 단계임을 알았다. 아내의 재촉이 두세 번 반복되더니 이윽고 목소리는 안방으로 들어와 있었다. 가늘

게 뜬 실눈에 여인의 형상이 가득 찼다. 머리카락을 아무렇게나 하나로 묶어 올린 얼굴에는 화장기가 없어 푸석푸석하고 군데군데 기미도 보였다. 하지만 목이 늘어난 회색 임부복으로 가려진, 엎어놓은 바가지 같은 복부의 매끄러운 곡선을 제외한다면 아직 대학생이라 해도 좋을 앳된 얼굴이었다.

영훈은 동그란 눈을 하고 남편의 어깨를 흔드는 아내를 지긋이 보다 얇은 손목을 잡아채어 당겼다. 아내는 입으로는 '어머 어머' 하면서도 순순히 당겨와 그 옆에 모로 누웠다. 영훈은 텁텁한 입술로 아내의 입술을 덮치면서 한 손은 치마를 헤치며 무릎에서 허벅지로 점차 자리를 옮겼다. 아내는 한참 동안 그대로 가만히 내버려 두다 이윽고 손이 둔덕에 이르자 완강히 그의 손목을 잡았다. 갑작스러운 저항에 부딪힌 영훈은 입술을 떼고 아내를 보았다. 아내는 안타까움을 가득 채운 눈으로 고개를 저었다. 아내의 눈빛을 외면한 채 남편의 손은 집요하게 아내의 다리 사이를 파고들었지만 아내도 만만치 않게 완고하고 단호했다. 힘으로 점령할라치면 연약한 여자 하나 당해내기야 그리 어려운 일이 아니다. 그러나 출산이 임박한 여인의 배, 자기 씨앗에 대한 부성애가 그의 기운을 틀어막았다. 원대로 힘을 써보지 못하고 아내의 저항에 막힌 영훈은 아내보다 몇 곱절이나 더 안타까운 표정으로 아내를 한참 보다가 안 되겠던지 두 손으로 머리를 쥐어뜯으며 일어나 화장실로 향했다. 방광을 비우는 것으로 성욕을 해소해볼 요량이었다.

영훈은 침대에서 묻었던 땀과 욕망의 찌꺼기들을 찬물로 말끔히 씻어내고 식탁에 앉았다.

"오늘 몇 시까지 올 수 있어?"

비슷한 크기로 썬 무와 오뎅 건더기가 가득한 국그릇을 영훈 앞에 놓은 후 2인용 식탁에 마주 앉으며 아내가 물었다.

"뭐, 퇴근하고 바로 온다면 여덟 시 전에 오지 않겠어? 차가 막히지 않는다면 말이야."

젓가락으로 가자미조림을 깨작대다 국이 앞에 놓이자 오뎅 하나를 건져 우물거리며 영훈이 대답했다.

"그래? 그럼 집에 올 때 세탁소에 들러서 자기 양복 좀 찾아와. 그리고 슈퍼에 들러 술도 한 병 사 오고. 아, 그리고 초도 좀 사다 줘. 저번 제사 때 보니까 다 녹은 거 같던데."

"알았어. 그런데 그 몸으로 음식 장만은 할 수 있겠어? 전 같은 건 시장에 가서 사면 안 될까?"

"아냐, 괜찮아. 일 년에 한 번 아빠께 상 차려드리는 건데. 그러면 내 맘이 편치 않을 거 같아. 쉬엄쉬엄 천천히 할 테니까 자긴 걱정 안 해도 돼."

"그래, 알았어. 아버님도 하나밖에 없는 딸이 남산만 한 배로 당신 제사상 차리는 걸 그리 안 반기실 거야. 그러니까 너무 무리하진 말고. 나도 일 년 만에 아버님 뵙는데 일찍 와서 준비할 테니까 힘든 건 나 올 때까지 미뤄놔. 그리고 조금이라도 배가 이상하면 바로 전화해, 바로 달려올 테니까. 병원에 갈 가방은 잘 싸놨지?"

갈빗집은 시내 큰길이 가지 치고 있는 어느 일방통행 골목에 있었다. 리본을 두른 화분들이 카운터 한 귀퉁이로도 모자라 창틀마다 놓여있는 것이 개업한 지 얼마 안 된 곳임을 말해주었지만 개업발이 다 되었는지 가게는 한산했다. 반장을 포함한 열두 명의 직원들이 불판이 달린 탁자에 나란히 붙어 고기의 변색 과정을 지켜보며 술잔을 채웠다. 밑반찬을 안주 삼아 소주와 맥주가 섞인 잔이 몇 순배 돌자 낮 동안 아스팔트 위에서 더위에 무장해제당한 채 흐물흐물해졌던 이들이 금방 만들어져 찬물에 담가진 모두부처럼 탱글탱글해졌다. 노릇해진 고기에 가위질이 한결 수월해질 무렵에 반장의 건배사가 있었다.

"에…… 지금까지 저를 믿고 잘 따라와 줘서 고맙게 생각합니다. 내 경비 인생 삼십 년에 비추어봤을 때 조직이 잘 굴러가려면 반장을 중심으로 해서 조장은 반장을 잘 보좌하고 또 반원들은 조장의 지시에 잘 따르면 됩니다. 내가 누누이 말하는 거지만 기본만 하자 이겁니다. 많은 걸 바라지 않아요. 그래도 지금은 근무하기 얼마나 좋은 환경입니까? 내가 여기 처음 들어올 때만 하더라도……."

앉아서 반장의 말을 듣고 있는 직원들은 건배사를 듣는 건지 꾸중을 듣는 건지 애매한 표정으로 잔을 들고 고개를 숙이고 있었다. 영훈의 소주잔에 고기에서 튄 기름이 둥둥 떠 있다가 잔이 움직일 때마다 면적을 넓혀갔다.

"끝으로 여러분의 건강과 우리 조직의 안녕을 위하여 건배를 제의하겠습니다. 이 모든 것들을 위하여!"

일제히 '위하여'를 따라 한 뒤 식어버린 소주를 목구멍에 털어넣었다. 그리고 잠깐의 틈을 두고 박수가 시작되더니 곧 전체로 퍼졌다. 반장은 자신의 건배사에 스스로 도취한 듯 소주잔을 비우고 흡족한 표정으로 자리에 앉았다. 그리고 번들거리는 웃음을 지은 채 옆자리의 조장이 따라주는 잔을 받았다. 반장은 회식과 건배사가 관리자의 권위를 유지하는 유일한 방법인 줄 아는 듯했다. 그리고 '위하여'와 이어지는 박수 소리로 부하들의 충성과 자신의 위상이 이상 없이 견고한 것으로 판단하고 안심하는 듯했다. 뒤이어 등 떠밀린 조장의 건배 제의와 서로에게 잔을 권하는 행위로 탁자 위가 분주해졌다. 맞은편에 앉은 종모가 눈짓으로 영훈과 반장을 번갈아 가리켰다. 반장에게 가서 술한 잔 따라주고 오라는 뜻이었다. 영훈은 일부러 종모의 눈길을 피하면서 상추에 고기를 올렸다.

"어이 강영훈 씨 윗분들한테 술도 좀 권하고 그래. 어떻게 배운 사람이 자기 배 채우기에만 급해?"

종모가 반장에게 들릴 정도로 크게 얘기했으므로 영훈은 떨어지지 않는 엉덩이를 세워야 했다.

"그래 영훈 씨, 오늘 일은 내가 알아서 잘 처리해줄 테니까 너무 걱정하지 말고 한 잔 쭉 마셔. 그리고 조장부터 해서 종모 씨까지 한 잔씩 따라주고 또 받아먹고 그래. 그래도 오늘 당신 때문에 모두 고생한 사람들 아닌가?"

열한 잔을 따라주고 이어 그만큼의 술을 받아 마시고 난 후 원래 자리로 돌아와 올라오는 욕지기를 애써 누르고 있을 때 바지속에서 진동이 울렸다. 영훈은 흐릿하게 보이는 액정 화면 위의 확인 단추를 눌렀다.

'자기야, 왜 아직 안 와? 밥만 먹고 온다며? 자기 양복도 내가 찾아다 놓고 술과 초도 내가 사다 놨어. 자기 오면 바로 지낼 수 있게 지금 제사상 차릴 테니까 빨리 와요.'

"사람들은 대부분 인생의 거리가 백 미터쯤 되는 줄 알아. 그래서 남보다 먼저 결승점에 다다르려 전력으로 질주하지. 인생은 사실 42.195킬로미터인데 말이야. 그렇게 냅다 달리다간 얼마 못 가 퍼지고 말지. 그러고는 주저앉아서 거기가 도착점이라고 자기최면을 거는 거야.

많은 이들이 천천히 가면 더 멀리 갈 수 있다는 사실을 잊고 사는 것 같아. 중요한 건 내 페이스를 잃지 않는 거네. 사람들이 나를 앞질러 간다고 해서 거기에 동요가 일어나면 안 돼. 앞으로 자네가 품고 있는 꿈과 전혀 상관없는 일을 하게 되더라도 자네 꿈의 형태는 전력 질주가 아니라 완주로 이뤄진다는 것을 항상 명심하게."

영훈이 글 쓰는 일을 그만두고 다시 서울로 가겠다고 말했을 때 소주병을 기울이며 장인이 말했다. 장인의 술김에 스치듯 내뱉은 그 말이 영훈에게는 큰 울림이 되어 지금까지도 틈만 나면 모니터 앞에 앉아 자판을 두드리는 일을 그만두지 않고 있었다. 그렇기에 영훈에게 장인이란 존재는 아내의 아버지라는 관계를 떠나 진심으로 존경하고 우러러보는 대상이었다.

영훈이 아내를, 아니 장인을 처음 만난 것은 휴학과 복학을 반복하다 겨우 대학을 졸업한 뒤 신춘문예에 도전한답시고 어느 어촌 마을에 흘러들면서였다. 작은 포구를 중앙에 두고 부채꼴로 형성된 바닷가 부락에서 참소주 열 병과 에쎄 담배 한 보루를 주고 이장으로부터 기거할 곳을 소개받았다.

집은 마을에서 뭍으로 더 들어가 산등성이가 시작되는 외진 곳에 있었다. 넉넉한 마당이 커다란 감나무 한 그루를 덩그러니 품고 있는 집이었다. 주인은 아주 옛날, 태어나고 자란 곳을 등지고 상경하여 성공한 기업가로 이름을 날리다 무슨 영문인지 빈손으로 고향으로 다시 내려와 홀로 기거하고 있었다.

주인은 영훈이 글을 쓴다는 사실에 호감을 보였다. 한 번씩 마을에서 좋은 횟감을 얻어오면 술자리를 마련하여 영훈을 초대하기도 했다. 둘 사이에 소주잔이 몇 번 돌아가면서 서로의 과거에 대해서도 조금씩 털어놓기 시작했다.

자식들 학교는커녕 초가집 지붕의 쥐새끼에게게라도 삶을 의탁해야 할 정도로 가난한 집의 가장이지만, 매일 술에 취해 폭력을 휘두르기 일쑤인 아버지와 허옇게 눈알이 뒤집어지도록 맞아도 반항할 줄 모르는 벙어리 어머니. 품팔이를 가서 돌아오지 않다가 며칠이 지나 저수지 복판에서 퉁퉁 불은 어머니가 발견되고, 장례를 치른 후 새벽어둠을 틈타 아비를 벗어났던 영훈의 이야기를 주인은 자기 일인 듯 아파하고 안타까워했다.

"자네의 얘기를 들으니 젊었을 때 나를 보는 듯허이. 자네와 비슷한 일로 나도 고향을 버렸다네. 물론 내 어머니는 그렇게 돌아가시지는 않고 외지에서 온 머구리 잠수꾼과 눈이 맞아 도망을 갔지만 말이야. 그 이후의 고달픈 삶은 자네의 그것과 같지 않을까 싶어.

홀몸으로 아무 연고도 없는 서울에 가서 참 열심히 살았다네. 열심히 살았다는 말 안에 그 고생을 어떻게 다 담을 수 있겠나 싶을 정도로 치열하게 살았지. 죽을 고비도 숱하게 넘겼고 말이야. 그렇게 시간이 흘러 어느 순간 아래를 보니 아주 높은 곳까지 올라와 있더구먼.

이렇게 높이 올라와도 되나 하는 걱정도 잠시, 한동안은 그 분위기에 취해 살았었네. 넓은 집과 외제 차, 귀국하기 바쁘게 짐을 싸는 외국 출장과 고급 요정에서 이뤄지는 접대. 그리고 예쁘고 어린 아내와 귀엽고 사랑스러운 딸까지……. 나는 내가 쌓았던 높은 성이 영원토록 견고한 줄 알았다네. 그러나 그건 완벽한 착오이자 오만이었어.

IMF가 닥치자 모든 게 한순간에 무너지더군. 단단한 기초라고 믿었던 바닥이 사실은 바닷가 모래밭이었어. 하긴 그 당시에는 나라 전체가 모래밭 위에서 휘청거리고 있었으니 나라고 별수 있었겠나. 물질적인 것들이 떨어져 나간 것은 그래도 견딜 수 있었네. 한데 내 사정이 어려워지자 한때는 입속의 혀 마냥 나에게 맞춰주고 챙겨주던 이들이 하루아침에 얼굴을 바꾸는 건 참 견딜 수 없더구먼.

매일 밤 양주잔을 치켜들며 평생 의리를 외치던 관계들이 모두 부질없었네. 무엇보다 가장 큰 충격은 가족의 배신이었어. 딸아이가 초등학교 2, 3학년 무렵 마누라가 그나마 있던 돈을 가지고 집을 나간 게야. 내 모친도 가족들을 버리고 떠났는데…… 이것도 대물림되나 싶더구먼.

　모든 게 끝이라 생각했지. 외진 곳에 들어가 차 안에서 연탄도 피워보고 빌딩 옥상에 올라가서 뛰어내릴까 마음도 먹었었다네. 그러나 하나뿐인 피붙이를 두고 그러면 안 되는 것 아닌가. 정신을 차리고 하나하나 주위를 정리했지. 다행히 고향에 집 한 채는 남더구먼. 아이를 데리고 고향을 찾아왔다네. 그리고 지금껏 읍내 수협 공판장 경비 일을 보거나 마을 일손을 돕고 몇 푼 벌어서 살고 말이야."

　어쩐지 주인은 시골 촌부와는 어울리지 않게 다양한 지식과 깊은 통찰력을 지니고 있었다. 한때 다른 나라들을 이웃집 마실 다니듯이 누비며 체득한 지혜가 영훈과의 대화 속에서 고스란히 드러났다.

　반주를 겸한 식사 자리에서 이뤄지는 둘의 대화는 서로의 신상에 대한 주제를 넘어 정치와 경제, 문학과 예술에까지 영역을 넓혔는데 대부분 주인이 대화를 주도하고 영훈은 집중하는 학생 역할을 했다.

이런 형태의 식사 빈도가 점점 많아지더니 어느 때부턴가 둘은 아예 매 끼니를 같이 해결하기에 이르렀다. 말없이 영훈의 반찬을 챙기는 주인의 모습에서 영훈은 지금껏 겪어보지 못했으나 항상 가슴 깊은 곳에 간직하고 있던 이상형의 아버지를 느꼈다. 영훈은 점점 주인을 존경하게 되었으며 그에게서 늘 그리워하던 부성애를 더듬었다.

　서울에서 대학을 다니는 주인의 딸은 한 달에 한 번씩 아버지의 집에 왔다. 눈에 확 띄는 미인은 아니지만 동그란 얼굴에 넓은 이마와 송아지같이 슬픈 눈을 가진 여인이었다. 셋이 함께하는 어색한 저녁을 마친 뒤 정리를 하는 여인의 뒷모습이 왠지 추워 보였다.

　"그래, 자네에게도 피치 못할 사정이 있겠지. 그러나 무엇을 하던 자네 가슴에 꿈은 항상 간직하게. 꿈을 버리지만 않는다면 길은 어디에서든 있는 법이니까. 그리고 언젠가 그 꿈을 이루길 바라겠네. 꿈꾸는 대로 살지 않으면 사는 대로 꿈꾸고 만다는 사실을 새기게."

　응모하는 곳에서의 무소식이 계속되자 인내심과 통장의 잔고가 바닥을 드러내어 2년을 못 버티고 짐을 싸는 영훈에게 주인은 이 말로 이별의 아쉬움을 대신했다.

　서울로 올라온 지 얼마 안 되어 영훈은 주인의 딸이 다닌다는 여학교 앞을 찾아가 서성이다 우연을 가장하여 놀란 송아지 눈을 가진 여인과 재회했다. 그 만남이 다시 몇 번의 만남이 되고 여자가 졸업할 무렵에는 여자의 원룸에 함께 살았으며 딸의 졸업식을 참석하기 위해 상경한 주인에게 교제 사실을 고할 때까지 영훈은 백수였다.

"윤이도 이제 성인이고 지금껏 애비라는 사람이 변변히 해준 것도 없으니 둘 사이에 왈가왈부할 자격이야 있겠냐마는…… 그래도 아버지의 입장에서 자네에게 두 가지만 당부하겠네.

첫째, 이제 둘이 가정을 이루게 되면 자네도 가장이 될 터인데 집에서 빈둥거리기만 해서야 가장의 면이 서겠나? 지금이야 서로에게 콩깍지가 쓰여 극복한다지만 서로 지칠 때가 올 걸세. 일자리를 구하게. 내 자네의 꿈을 모르지는 않지만 그 꿈은 일을 하면서도 얼마든지 진행할 수가 있을 걸세. 남을 해코지 않는 일만 아니라면 무슨 일이든 개의치 않겠네.

두 번째는…… 자네나 나나 크면서 가족의 사랑과는 거리가 먼 사람들이네. 내 경험상 이런 사람 중 열의 아홉은 내가 못 받았으니 남에게 사랑을 베푸는 것에 인색한 게 당연한 사람이 되고, 나머지 하나는 자기가 못 받은 것만큼 남에게 사랑을 베푸는 사람이 된다네. 부디 그 하나가 되어주게."

당부의 말로 허락을 대신하고 시외버스에 오르는 주인의 소갈

이 헛헛한 눈과 깡마른 어깨가 여인의 그것과 서로 닮았음을 영훈은 새삼 깨달았다.

1차를 마친 일행은 근처 주점에 들어섰다. 테이블이 길게 늘어선 넓은 홀에서 진한 화장으로 나이를 가늠할 수 없는 짧은 치마의 여인이 테이블에서 앉아 허벅지를 손님에게 맡긴 채 술 시중을 들고 있었다. 노래방 기기와 전자피아노가 놓인 무대에는 손님이 선곡한 노래의 번호와 건반을 담당하는 중년의 오부리가 무표정한 얼굴로 자꾸 엇박자를 내는 손님의 노래를 쫓아가느라 바빴다.

과일 접시의 종이우산처럼 카운터에 꽂혀있던 여사장이 반장을 보고는 튕기듯이 일어나 아는 체를 했고 반장도 음흉한 웃음과 질펀한 농으로 화답을 했다. 머리가 벗겨진 사내의 못된 손에 안 그래도 짧은 치마가 거의 허리까지 말려 올라갔던 아가씨도 얼른 입구로 나와 새로운 손님을 맞았다. 축축한 손바닥으로 더듬던 허벅지를 빼앗긴 대머리가 일행을 원망스러운 눈빛으로 흘겼다.

재빨리 테이블 세 개를 붙여 모두가 앉을 수 있도록 자리가 재배치되었다. 바닥에 깔린 카펫에서 술에 지린 퀴퀴한 냄새가 올라왔다. 눈과 의식이 흐릿해진 영훈 앞에 미지근한 소맥 잔이 놓였다. 견딜 수 있는 주량을 벌써 넘어서서 위장이 거부하고 밀어 올리려는 것을 목젖이 억지로 틀어막고 있는 기분이었지만 권하는 술을 거부할 수 있는 처지가 아니었다. 직원들은 낮 동안의 소심함과 비겁함을 술을 통해 망각하고 사내다운 호탕함을 과시하려는 듯 따르고 마시고 권했다. 어쩌면 이 행위가 불로장생과 부귀영화에 막대한 영향을 미치는 덕업을 쌓는 것이라고 믿고 있는지도 모를 일이었다.

역류하는 기운이 목젖의 능력치를 넘자 영훈은 입술을 잔뜩 오므리고 화장실로 뛰어가서 속의 것들을 변기 속으로 흘려보냈다. 세면대에서 입을 헹구고 눈에 맺힌 물기를 수습했다. 속은 한결 편안해졌지만 눈동자는 더 탁해졌다.

주머니에서 전화를 꺼내 화면을 확인했다. 시간은 아홉 시 반, 부재중 전화가 한 건 표시되어 있었다. 집에서 온 것이겠지. 단축 버튼을 눌러 아내에게 전화하려다 관두었다. 한 시간 정도 뒤쯤 여길 빠져나올 수 있다면 열한 시쯤 귀가하여 장인의 제사에 늦지 않을 것이라 생각했다. 술에 취해 흐릿해진 정신 속에도, 뭉툭한 발음과 달뜬 목소리로 통화하여 괜히 아내에게 걱정을 안겨주고 싶지 않다는 마음이 든 것도 이유였다.

입으로의 배설 행위를 끝내고 자리로 돌아오니 일행들은 홀 중앙의 무대를 장악하고 있었다. 직원 하나가 마이크를 잡고 고래고래 소리를 지르고 있었고 다른 사람들은 그를 둘러싸고 박수를 치며 몸을 흔들었다. 딴에는 춤을 추고 있었지만 몸과 의지의 간극이 너무나 큰 괴상한 몸동작을 반복할 뿐인 무리 사이를 반장과 종모는 여사장과 짧은 치마를 품에 안은 채 엉덩이를 주무르며 무대를 누비고 있었다. 영훈은 혼자 자리에 앉아있기 뭐하여 어설픈 박수와 약간의 몸짓으로 무리에 합류했다.

누군가가 노래책을 건넸다. 영훈은 몇 번을 사양하다 계속되는 강요에 못 이겨 번호를 쪽지에 적어 오부리에게 전했다. 몇 곡의 노래가 지나자 영훈에게 마이크가 넘어오고 몇 소절이나 지났을까 사람들은 하나둘 자리로 돌아가 건조해진 성대를 술로 적셨다. 영훈은 머쓱했지만 중간에 노래를 끊기도 곤란한 상황이었다. 관자놀이 부근의 맥박을 느끼며 화면 속의 가사를 죽여나가고 있는데 바지 속에서 진동이 몇 차례 울렸다. 겨우 노래를 끝내고 자리로 돌아와 누군가가 주는 술을 받고 마시고 되돌려주었다. 그사이 허벅지에서 한 번 더 진동을 느꼈다.

테두리가 갈색으로 변하기 시작한 사과 한 조각을 입에 넣으려는데 다른 누군가가 또 술을 권했고, 마시고 따라주는 사이 위장으로부터 강력한 거부의 기운이 느껴졌다. 급하게 화장실로 뛰어가는 사이 허벅지의 진동도 같이 뛰어왔다. 목구멍 깊은 곳의 시큼한 기분은 어찌하지 못한 채 물을 내리고 밖을 나오니 소변기에 종모가 붙어있었다. 콧소리를 흥얼거리며 볼일을 보는 동안에도 휘청휘청 몸 가누기가 위태로운 종모를 등지고 영훈은 세면대에서 입 주위를 추슬렀다. 거울 안의 영훈이 현실의 영훈을 불쌍하게 쳐다보고 있었다. '지금 이게 뭐 하는 짓이야? 너는 지금 왜 여기 있는 거야? 이 상황이 정말 웃기지 않아?' 영훈이 영훈을 질책했다. 그런 영훈에게 영훈은 코웃음을 쳐줄 뿐이었다. 다시 허벅지에 진동이 느껴졌다. 주머니에 손을 넣어 전화기를 꺼내려는데 종모의 목소리가 뒤통수를 때렸다.

"어이 강영훈이, 나이 많고 배웠다고 개기냐? 너 이 새끼 내일부터 각오해! 확실하게 갈궈줄⋯⋯."

종모는 말을 끝맺지 못했다. 메시지를 확인하려던 영훈의 손이 주머니에서 딱딱하게 굳어졌다. 모기처럼 귀에 붙어 앵앵거리는 소리가 참을 수 없이 성가셨다. 그리고 종모를 향해 전화기를 던졌다. 그것은 정확히 저주의 소리를 생산해내는 곳에 명중하였다. 얼굴을 감싸고 웅크리는 종모의 옆구리가 영훈의 눈에 점점 확대되었다. 영훈의 발이 거기에 꽂혔다. 한 번, 한 번 더, 또 한 번 더.

오늘 하루 중에서 가장 평화로운 얼굴로 화장실 문을 곱게 닫고 나오는 영훈의 입가에 미소가 번졌다. 영훈은 조용히 자리에 앉아 남은 술을 홀짝거렸다. 잠시 후 종모의 목소리가 문을 부수며 들렸다.

"야! 너 이 새끼 오늘 죽었어!"

입 주위가 피범벅인 종모가 한 손은 옆구리를 움켜잡고 다른 한 손엔 깨진 병을 들고 있었다. 영훈도 들고 있던 잔을 움켜잡고 일어섰다. 그 바람에 테이블에 들썩이면서 위에 있던 병들과 접시가 넘어지고 떨어졌다. 사람들은 잠시 어리둥절하다 곧 사태의 심각성을 알았는지 두 패로 나눠 영훈과 종모를 감쌌다.

영훈의 몸이 앞으로 약간 쏠리더니 곧 뒤로 제껴졌다. 그리고 누군가 영훈을 흔들었다.

"저, 손님 다 왔습니다."

반 혼수상태에서 조건반사적으로 셈을 치르고 택시에서 내린 영훈은 온몸이 고통으로 휘감는 것을 느꼈다. 앞섶을 보니 검붉은 얼룩이 져 있었고 손등에도 볼록한 마디를 따라 피가 응고되어가고 있었다. 몇 시나 되었을까? 주머니를 뒤져 핸드폰을 찾았지만 허전했다. 기억을 되감아 자신의 행적을 되짚어보았다. 종모와의 주먹다짐, 영훈을 타박하는 반장, 반장의 면상에 부어버린 술, 홀로 찾은 다른 술집. 사진처럼 단편적인 장면들만 떠오를 뿐 이을 수가 없었다.

초인종을 몇 번 눌렀지만 안은 조용했다. 열쇠도 어디 흘렸는지 갖고 있지 않았다. 혹시나 하는 마음에 돌려보니 손잡이가 저항 없이 돌아갔다. 현관 입구에 놓인 거울은 입술이 터져 부어오르고 눈언저리에 상처가 난 영훈의 모습을 비추고 있었다. 그리고 아내는 안방에, 주방에, 아기방으로 꾸미던 작은방에, 욕실에, 베란다에도 없었다. 하얀 벽에는 까만 남자 양복이 세탁소 비닐에 갇혀 제사상의 음식들이 식어가는 것을 지켜보고 있었다.

집 전화로 아내의 번호를 눌렀다. 잠시 후 주방에서 벨 소리가 났다. 아내는 어디로 간 걸까? 예정일은 아직 한 달이나 남았는데. 영훈은 덜컥 겁이 났다. 정신이 또렷해지는 것과는 다르게 자꾸만 다리에 힘이 빠졌다. 우선 가장 가능성이 높은 병원부터 가봐야 했다. 윗도리만 급하게 갈아입고 집을 나서다가 지방 대신 제사상 위에 놓인 사진 속 장인과 눈을 마주치자 영훈은 그만 맥이 탁 풀려 주저앉고 말았다.

"아버님……."

영훈은 무릎 사이에 머리를 파묻었다. 두 눈이 뜨듯해 왔지만 그것뿐이었다. 한바탕 울고 나면 속이 후련할 것 같았지만 헛바람만 가슴속에서 새어 나왔다. 어른거리는 눈으로 고개를 들었다. 장인이 슬픈 듯, 화난 듯 웃으며 영훈을 보고 있었다.

하루카의
전설

나서다

　의자의 진동이 난기류 속에 들어와 있음을 알려주었다. 사이우는 감았던 눈을 떴다. 곧 잠잠해지리라는 생각을 비웃듯 요동은 집요했다. 사이우는 조금씩 불안해졌다. 얼굴로 손을 뻗어 멋대로 흘러내린 머리카락을 수습했다. 희고 긴 손가락이었다. 잠시 후 스피커에서 착륙 예정을 알리는 기장의 방송이 흘러나왔다. 그제야 조금은 안심이 된 사이우는 소심하게 뒤로 젖혀진 의자를 반듯하게 세우고 고개를 창문으로 돌렸다. 손가락처럼 희고 긴 목선이 슬퍼 보였다.

창밖은 파란 도화지에 묽고 흰 물감을 멋대로 뿌린 듯 근사한 추상화를 선사했다. 그 아래로 육지와 바다의 경계가 어른거렸다. 한참을 좁은 의자에 구속되어 있던 사이우는 자기도 모르게 허리를 비틀어 가라앉은 관절들을 깨우다 옆자리 남자의 신문 모서리를 건드렸다.

"스미마셍."

남자는 슬쩍 한 번 쳐다본 후 다시 활자를 탐하는 데 집중했다.

'무뚝뚝한 사람이군.'

무안해진 사이우는 팔짱을 끼고 다시 바깥 풍경을 감상했다. 추상화는 어느새 박물관의 모형 도시로 입체화되어있었다. 무심코 발아래를 보았다. 가는 발목 끝에 매달린 캔버스화의 왼쪽 끈이 제짝을 놓친 채 바닥에 널브러져 있었다. 당장 서로의 인연을 단단히 동여매 주려 허리를 굽혔으나 앞 의자 등받이의 훼방 탓에 이내 포기했다. 팔을 아래로 뻗어 대충 신발 안으로 구겨 넣어두었지만 계속 신경이 쓰였다. 발목의 움직임에 따라 끈의 끝부분이 다른 한쪽을 보채듯 발등을 쿡쿡 찔러댔다. 단지 신발 끈 하나 풀린 것뿐인데 온통 신경이 거기에 쏠려 활주로를 내딛는 바퀴의 묵직한 충격도 느끼지 못했다.

'넌 너무 생각이 많아 탈이야. 신중한 것도 좋지만 지나친 생각은 행동을 가로막는단다. 가끔은 마음이 시키는 대로 움직여 보렴. 어쩌면 뜻밖의 인연이 기다리고 있을지도 모르잖니.' 사고로 아들 부부를 잃고 어린 손녀와 단둘이 살아온 할머니는 사이우의 소심한 성격을 염려하여 이런 말을 자주 했다. 그런데 이제 손녀에게는 할머니마저 없다. 대학에 입학하면서부터는 줄곧 떨어져 생활해왔지만 할머니의 품은 언제라도 찾아가서 안기면 두툼하고 따뜻한 손으로 등을 쓸어주던 둥지였다. 하지만 이제 사이우는 고아인 것이다. 생각이 할머니에까지 이르자 콧등이 시큰해지면서 눈물이 그렁그렁해졌다. 떨어지지 않으려 바둥거리는 눈물을 위하여 미간에 주름을 새겼다.

'할머니, 이젠 생각에만 빠져 아무것도 하지 않는 어리석고 소심한 사이우로 살지 않을게요.'

공항을 벗어난 녹두색 버스는 4차선 고속도로 위에 무거운 몸뚱이를 올렸다. 낮게 깔린 풍경들이 재빨리 다가왔다가 도망치듯 뒤로 내달렸다. 사이우는 의자에 파묻혀 생각에 잠겼다.

차가운 새벽, 소름 끼치는 전화벨 소리는 요양원으로부터 할머니의 사망 소식을 담고 있었다. 몸 어딘가 한구석이 무너지는 기분이었지만 슬프지는 않았다. 단지 시공간에 대한 감각을 잃어버린 듯 어떤 행동을 먼저 해야 할지 몰라 한참을 정지 상태로 있었다. 그런 그녀를 깨운 것은 두 볼에 흐르는 시린 냉기였다. 감정보다 몸이 먼저 슬픔을 감지하는 게 신기했다.

　장례는 간단했고 조문객은 없었다. 모르는 이에게 위로를 받았을 때 어떤 태도를 취해야 할지 난감했던 사이우에겐 다행이었다. 모든 절차가 끝난 후 사이우가 고등학교를 졸업하면서 떠난 옛집에서 한동안 머물렀다. 며칠 동안 할머니의 냄새가 고스란히 남아있는 이불을 덮고 쓰러진 듯 잠만 자다 일어나서는 목을 축이거나 방광을 비운 후 다시 죽은 듯이 쓰러졌다.

　정신을 차린 뒤에는 버릴 것들은 버리고 쓸 만한 것들은 재활용 센터에 보낸 후 부동산에 집을 내놓았다. 속옷들과 일상복들은 공터에서 조금씩 태웠다. 헤지고 늘어나서 제대로 된 것이 없는 옷들이 슬픈 몸짓으로 일렁거리며 재가 되는 것이 서럽고 불쌍했다. 뾰족한 턱끝에 고여 떨어진 눈물이 퍼석한 땅바닥에 어지러운 흔적을 그렸다. 앞이 뿌옇게 흐렸지만 어깨를 주억거리며 하던 일을 계속했다. 코로 숨쉬기가 곤란했다.

　벽장 안에는 할머니의 정장 한 벌이 주인을 잃어버린 채 처량하게 매달려있었다. 빨간색 겨울 정장은 사이우가 대학에 입학했을 때 꽤 비싼 값을 치르고 산 것이다. 할머니는 유독 빨간색을 좋아했다. 이 옷을 입고 손녀의 입학식에 참석한 할머니는 굳이 사진관에서 기념사진 찍기를 고집하셨다. 촌스럽게 유난을

떤다고 툴툴거렸지만 어린아이처럼 좋아하는 할머니의 바람을 꺾을 수는 없었다. 할머니는 사이우의 졸업식 때도 똑같은 옷을 입고 사진을 찍었고 그 사진들은 지금도 벽 한 중앙을 차지하여 주인 몸에 걸쳐진 의복의 가장 화려한 때를 자랑하고 있었다.

옷의 처리를 고민하며 푸르스름 녹이 낀 옷걸이를 들어 올리니 구석에 작은 상자 하나가 벽장 구석에서 웅크리고 있었다. 귀퉁이가 곱게 문드러진 것이 세월의 흔적을 가늠하게 해주었지만 옻칠이 된 빛깔만은 처음의 붉은색을 간직하고 있는 꽤 고급스러운 나무 상자였다. 사이우가 처음 보는 것이었다. '할머니에게 내가 모르는 물건이 있었던가?' 천천히 덮개를 열었다.

한 권의 노트와 금색 실로 문양이 수놓아진 붉은 비단 조각 그리고 오래된 사진 한 장……. 어느 저택을 배경으로 한 흑백사진 속에는 검은색 세일러 교복 차림의 사이우가 있는 듯했다. 양 갈래로 묶은 풍성한 머리, 열대 과일의 속살 같은 피부, 반듯한 이마와 짙은 눈썹, 사슴의 눈과 새 꼬리 눈매, 봉긋한 코와 굳게 다문 도톰한 입술을 가진 소녀는 물기를 한참 빨아들이는 작은 느티나무 같은 시절의 할머니였다. 그리고 할머니 옆에는 삐딱한 빵모자에 멜빵바지를 입은 남자가 고른 치열을 한껏 드러낸 채 웃고 있었다. 그리 잘생기진 않았지만 웃는 모습이 잔잔한 바다를 연상시켰고 짙은 피부색과 벌어진 어깨, 저택 대문

처마에 닿을 듯한 키는 시골 마을 어귀의 신상을 떠올리게 했다. 누구일까? 사진조차 본 적이 없지만 할아버지가 아님을 직감적으로 알 수 있었다.

사진을 뒤집어 보았다. 누렇게 바랜 사진 뒷면에는 '쇼와 18년 ○월 ○일, 영일군 구룡포읍, 청혼 기념, ○경복이 청혼하다, 하시모토 하루카가 받아들이다'라는 글씨가 군데군데 번져있었는데 글의 마지막 줄은 푸른색이고 필체도 앞의 글씨와 달랐다. 아마 앞부분은 사진 속의 남자가, 마지막 한 줄은 할머니가 쓴 것으로 보였다. 갑자기 심장이 두근거렸다. 사이우보다 앳된 할머니에게 무슨 일이 있었던 걸까? 그리고 이 남자는 도대체 누구지? 비단 조각은? 노트 안에 실마리가 있을까? 미세하게 떨리는 손끝으로 표지를 들추었다. 옅은 커피색의 종이에서 시간이 곰삭은 냄새가 훅 끼쳐왔다.

세상 밖으로 나오려 펌프질하는 가슴을 한 손으로 꾹꾹 누르며 마지막 페이지를 덮었을 때 창문의 빛깔은 푸르스름하게 옅어져 있었다. 잠시 후, 사이우는 작은 트렁크 하나를 끌고 집을 나와 맨 처음 보이는 택시를 세웠다.

"아저씨, 공항으로 가주세요."

버스는 바다가 보이는 정류장에 사이우를 남겨두고 떠났다.

사이우는 한동안 그 자리에 장승처럼 박혀서 사방을 둘러보았다. 큰길 건너 빨간 우체국 표시가 보였다. 숨을 깊게 들였다가 크게 한 번 내쉬고는 건물 안에 들어가 맨 처음 눈이 마주친 창구의 여자에게 다가가 사진을 보여주었다. 말은 통하지 않았지만 여자는 사이우가 사진 속의 저택을 찾고 있는 것을 알아채고 위치를 알려주려 애를 썼다. 그러다 안 되겠는지 사이우의 손목을 잡아채서 밖으로 나왔다. 앉아있을 때는 몰랐는데 임신복으로 개조한 유니폼 안의 배는 풍성하게 부풀어있었다. 길을 가리키는 여자의 손가락이 작고 통통했다. 집은 멀지 않았다.

사이우는 시계의 바늘이 거꾸로 돌아가는 듯한 착각에 빠졌다. 골목 안에는 작은 일본이 있었다. 공원을 올라가는 꽤 높은 돌계단을 중앙에 두고 오른편 골목으로 한참 들어갔다. 빛바랜 사진 속의 집은 '구룡포근대역사관'이라는 이름으로 잘 보존되어있었다. 조심스럽게 한쪽 발을 안으로 떼었다. 평일이라 그런지 관리인을 제외하고는 인적이 없었다. 또다시 곤두박질치는 가슴을 억지로 달래가며 한 걸음 또 한 걸음, 마치 의식을 치르듯 집 안으로 향했다. 안내판이 그녀를 맞이했다.

'이 건물은 1920년대 일본 가가와현에서 이주해온 하시모토 젠기치가 지은 살림집으로……'

'아! 할머니의 아버지 이름이구나. 할머니는 한 번도 얘기해주

지 않으셨어.'

사이우는 미묘한 감정에 둘러싸여 찬찬히 집 안을 둘러보았다. 예전에 보았던 〈마지막 황제〉라는 영화의 마지막 장면이 생각났다. 옛집이 관광 장소가 되어있는 걸 할머니가 보았다면 어떤 표정을 지었을까?

체중을 실을 때마다 삐거덕 소리로 화답을 하는 좁은 계단을 올라 2층으로 향했다. 벽을 떼었다 붙일 수 있는 전통 다다미방을 둘러보던 사이우는 퍼덕거리던 물고기가 얼음을 덮어쓴 듯 그 자리에 굳어버렸다. 거기엔 할머니가 이름을 잃어버린 채 '하시모토의 막내딸 하시모토 히사요'의 옆에서 '하시모토 히사요 씨 언니'로만 설명되어있었다. 머리에서 얼음 알갱이들이 서걱거렸다. 할머니에게 형제가 있었다는 놀라움과 이름 없이 방치된 할머니 사진에 대한 분노가 뒤섞여 복잡한 감정의 화학작용이 일어났다.

'우리 할머니의 이름은 언니가 아니라 하루카라구요. 하시모토 하루카!'

타국에서 만나는 할머니가 반갑고 슬펐다. 얼었던 의식이 갑자기 해동되며 털썩 주저앉으려는 순간, 억센 팔이 사이우의 어깨를 잡아 지탱했다. 2층 입구 옆의 작은 안내 부스에서 사이우의 입장을 멀뚱하게 쳐다보던 남자였다.

"다이죠부데스카?"

"괜찮아요. 감사합니다. 근데 일본분이세요?"

"아, 아니에요. 저는 일본에서 유학 중인 대학원생입니다. 잠시 귀국했다가 임시로 이곳 일을 봐주고 있어요."

커다란 키에 쌍꺼풀 없는 눈이 시원해 보였다. 남자는 그녀가 들어올 때부터 지켜보고 있었는데 걸음걸이와 눈빛이 왠지 일반 관광객들과는 달라 따라 올라와 봤다고 했다.

"트렁크에 붙어있는 수하물표를 보고 일본에서 오신 줄 알았어요. 근데 혼자 오셨나요? 관광 오신 것은 아닌 것 같고. 이곳에 오신 특별한 이유라도 있나요? 아, 실례가 되었나요? 죄송합니다."

쉴 새 없이 질문을 쏟아내는 목소리에서 활엽수를 훑고 지나가는 바람 소리가 쏴 하고 들렸다. '어쩌면 이 남자가 도움을 줄 수 있을지도 몰라.' 사진 속의 여인이 자기 할머님임을 알려주자 남자의 눈과 입이 동시에 벌어졌다. 도저히 믿지 못하겠다는 듯 '사실입니까? 아니죠? 정말요? 에이~!'를 남발하는 모습이 우습기도 하고 귀엽기도 해서 사이우는 자기도 모르게 피식 웃음이 나왔다. 사이우는 품에서 사진을 꺼내 보여주며 말했다.

"사진 속의 남자를 찾아보려고 해요. 가능성이 별로 없고 무모한 일일지도 모르지만 저에겐 중요한 일이라 무작정 이곳에 왔어요. 앞에 글자는 번져서 잘 안 보이지만 이름의 뒷글자는 경복이라는 분입니다. 살아 계시다면 여든을 훌쩍 넘긴 나이겠지요."

남자는 미간에 주름을 만들어 사진을 보았다. 눈빛으로 사진을 뚫을 수 있다고 굳게 믿는 듯 좀 전의 우스운 표정은 사라진 남자의 얼굴은 뭔가 골똘히 생각하는 모습 같기도 했다. 사이우는 갑자기 불안해졌다. 한참 뒤, 남자는 무겁게 입을 열었다.

"사진 속의 남자분, 제가 아는 사람인 듯하군요."

이번에는 사이우의 눈이 동그랗게 커졌다.

"사실입니까? 아니죠? 정말요?"

사이우의 물음에 남자는 무거운 얼굴을 지우고 이내 바람 같은 웃음을 지었다. 둘 사이에 당겨져 있던 팽팽한 긴장이 갑자기 탁하고 끊어졌다.

"놀리시는 겁니까? 한 방 먹었는데요. 하하! 사진 속의 남자는 아직 살아 계세요. 불과 한 달 전까지 아래층 부스에 앉아 계셨죠. 지금은 몸이 편찮으셔서 시내에 있는 병원에 입원하셨지만요. 네, 그래서 제가 그분을 대신하여 방문객들을 안내하고 있는 거예요. 이름 앞에 지워진 글자는 아마 '최'일 겁니다. 그리고 이분은……"

정색을 한 남자의 얼굴에서 당황과 주저가 엿보였다.

"제 할아버지입니다."

펼치다

쇼와 18년 ○월 ○일

학교를 파하고 집으로 왔다. 집 안은 언제나 사람들로 분주하다. 출항을 알리러 온 선장, 소개장을 가지고 온 구직자, 서류 뭉치를 옆구리에 낀 공장 직원, 어구 상회 손님들. 내 눈은 그 사람들을 헤집고 오라버니를 찾느라 분주하다. 상회 구석에서 로프 더미를 정리하고 있는 오라버니를 발견했다.

조선에서는 남매지간이 아니더라도 나이가 많은 남자를 오라버니라 불렀다. 처음에는 얄궂은 풍습이라 여겼지만 왠지 자꾸만 입에서 맴도는 단어이다. 설레는 기분이었다가 때로는 아련한 아픔을 담고 있는 말 오라버니. 오라버니는 아직 나의 등장을 눈치채지 못한 채 일에 몰두하고 있었다. 밧줄 더미가 얹혀진 넓은 어깨, 걷어 올린 소매 아래에 꿈틀대는 핏줄, 햇빛에 반사되어 눈부신 이마. 조급함에 몸이 달아 방문객들에게 높은 목소리로 인사를 해 나의 존재를 알렸다. 그제야 움직임을 멈추고 나를 향해 고개를 돌리는 그의 얼굴엔 함박웃음이 가득하다. 당장 달려가서 그 넓은 가슴에 귀를 대고 심장 소리를 감상하고 싶지만 사람들이 눈치채서는 절대 안 된다.

　나는 일본인이자 하시모토가의 장녀이고 오라버니는 아버지에게 고용된 조선인이다. 신분의 산과 계급의 급류는 넘어서고 건너면 그만이지만 모든 것엔 때가 있다며 기회가 무르익기까지 기다리자는 오라버니의 신중함을 믿고 따르기로 했다. 사모하는 마음과 오늘 밤 신사神寺에서의 만남을 잊지 말라는 당부를 눈빛에 담아 보내는 것을 끝으로 2층으로 올라갔다. 남들 시선을 피해 거의 매일 밤 고양이 만남을 이어온 게 1년이 넘어간다. 처음에는 함께라는 사실만 중요할 뿐 다른 건 아무 문제가 되지 않았는데 여자의 욕심은 바다와 같아 퍼내어도 줄어들지 않는다. 오라버니에 대한 사랑이야 쌓인 눈이 되어 시간의 언덕을 굴러가지만…… 뭔가 변화가 필요하다.

　쇼와 18년 ○월 ○일
　아침부터 시작된 우울한 기분은 밤이 될 때까지 개선될 기미가 보이지 않는다. 아니, 그 우울함은 아침이 아니라 어젯밤 신사에서 잉태되어 가슴에서 자라고 있는 터였다. 오라버니와의 다툼……. 다퉜다기보다는 내가 가해자가 되어 일방적으로 오라버니를 몰아세웠고 사랑하는 피해자는 웃으면서 나의 해코지를 오롯이 받아주었다. 우리의 싸움은 언제나 야행夜行에 대한 나의 투정으로 시작되었고 오라버니가 토라진 연인을 달래는 것으로 진행되었으며 결국은 풀어져서 긴 입맞춤으로 종전을 고했다.

우리의 상황을 받아들이지 못하는 이기적인 여자는 아니다. 오히려, 먼저 마음을 표현해준 용기와 이른 새벽부터 밤늦게까지 일에 시달린 후에 날 만나러 한달음에 달려와 주는 것을 고맙게 생각하고 있다. 그러나 오라버니를 만나면 언제나 내 말과 행동은 마음을 배반하고 제멋대로 나오고 만다. 그럴 때면 나조차도 당혹스럽고 다음 날이면 후회하게 된다. 어제는 그 정도가 심했는지 오라버니 얼굴에도 곤혹과 피로의 그늘이 짙게 배었었다. 평소처럼 어르고 달래지 않은 것에 더욱 화가 나서 뒤돌아서 집으로 와버린 것이다.

경솔함에 대한 후회, 섭섭함이 확대된 배신감 그리고 미안함과 걱정이 뒤섞여 머리가 어지럽고 속이 메스껍다. 오늘은 신사에 나가지 않으리라. 오라버니는 한참을 기다리다 등을 새우같이 구부린 채로 계단을 내려가겠지. 곤란함을 마주할 때 콧소리로 마음대로 가락을 읊어대는 것으로 생각을 정리하는 오라버니의 흥얼거림이 창밖 먼 곳에서 환청이 되어 나를 타박한다.

쇼와 18년 ○월 ○일

오랜만에 만난 오라버니는 얼굴이 무척 까칠해져 있었다. 말로는 일이 많이 바빴다 그랬지만 나로 인한 마음고생이 원인인 것을 내가 왜 모를까? 한없이 미안한 마음에 가슴에 얼굴을 묻고 가만히 있었다. 넉넉한 가슴에는 바다 냄새 같기도 하고 땀 냄새인 듯도 한 짭조름함이 살냄새와 섞여 오라버니만의 냄새가 났다. 그 냄새가 좋아 한참을 그렇게 있던 나를 떼어내며 오라버니가 말했다.

"하루카, 좋은 소식과 나쁜 소식이 있어. 어느 것부터 들을래?"

"조선 속담에 '매도 먼저 맞는 게 낫다'라는 말이 있다면서요. 나쁜 소식부터 들을래요."

"오! 제법이네, 우리 하루카. 좋아 그럼 나쁜 소식부터 말해주지. 하루카, 우리 한동안 만나지 못할 거 같아. 하시모토 상께서 이번에 일본으로 가는 운반선에 나를 부책임자로 임명하셨어. 갔다 오면 한 달 정도 걸릴 거야."

"아버지가 오라버니를 부책임자로요? 오호, 정말 초고속 승진이네요, 오오야마 미노루 상."

"하루카, 미안하지만 우리 둘이 있을 땐 원래 이름을 불러주지 않겠어?"

"아유, 그냥 한번 해봤어요. 오,라,버,니! 그건 그렇고 한 달

동안 보지 못하는 건 괜찮하지만 부책임자로 간다는 건 아버지가 그만큼 신뢰한다는 거잖아요. 좋아요, 이번만 용서해줄게요. 본토에 가서 많은 거 보고 와요. 휴, 무슨 얘긴가 싶어 바짝 긴장했네. 이제 좋은 소식 말해줘요."

오라버니는 빨간 비단 조각과 사진 한 장을 내밀었다. 댕기라는 이름을 가진, 금실로 수가 놓인 비단은 결혼 전의 처녀가 땋은 머리에 달고 다니는 것인데 남자가 사랑하는 여인에게 마음을 전할 때도 건네는 것이라 했다. 며칠 전 일요일에 오라버니가 사진관 조수로 일하는 친구를 반 협박하여 찍은 사진 뒷면에는 날짜, 주소와 함께 '청혼 기념, 최경복이 청혼하다' 라고 적혀 있었다. 웃음이 났다.

"하루카, 우리 이제 같이 살자. 일본에서 돌아오면 하시모토 상께 정식으로 말하겠어.

"누가 오라버니랑 결혼한대요? 그리고 누구 마음대로 청혼 기념이라 적었어요? 거절할지 어떻게 알고."

"거절한다면 찢어버리려고."

"아니, 이건 청혼이 아니라 협박이잖아요. 아마 오라버니는 세상에서 가장 멋없는 청혼을 하는 사람일 거예요."

새초롬한 말과 달리 어느새 다시 오라버니의 품을 파고들었다. 그리고 긴 입맞춤. 이번엔 몸짓이 말을 배신하고 있었다. 수

평선의 불빛들이 무장해제당한 나를 놀려대며 일렁거렸다.

쇼와 18년 ○월 ○일

오라버니가 본토로 출항하는 날이다. 하지만 나는 지금 경성에 있다. 갑작스레 결정된 졸업 여행 일정에 급우들 모두가 당혹스러워한다. 핑계를 만들어 여행을 포기하고 출항을 배웅하려 했지만 오라버니는 한 달 후면 만날 텐데 그러지 말라고 했다. 옛 궁궐과 동물원 따위를 둘러봤지만 별 감흥이 없다. 잘 출발했을까? 지금쯤 어느 깜깜한 바다에서 무서워 떨고 있는 불빛들을 어르고 달래가며 보이지 않는 길을 헤쳐나가고 있겠지? 무사히 돌아와요, 내 사랑!

쇼와 19년 ○월 ○일

새해가 밝았다. 오라버니가 떠난 지 석 달이 넘었다. 하루하루 시간의 조각을 맞춰 서른 조각을 겨우 완성했지만 흘러내리는 가슴은 산산이 부서져 아흔 조각이 되어가고 있다. 배는 돌아오지 않았다. 아버지께 물어봤더니 전쟁에 공출되었다 한다. '그럼 사람들은요?' 다시 물었지만 아버지는 이글거리는 눈빛으로 더 이상 묻지 말라는 대답을 대신했다. 대체 무슨 일이 생긴 걸까? 나의 하루는 매일 신사에 올라가 겨울 바다를 바라보는 것으로 채워졌다. 야트막한 마을이 유난히 잿빛이었다. 오라버니가 들려주던 전설을 기억한다.

"아주 옛날, 여기에 젊은 부부가 살고 있었어. 남자는 잘생기고 여자는 아름다웠지. 부부는 고운 심성으로 인근 사람들의 칭송이 자자했고, 금슬은 얼마나 좋았는지 모두가 그 부부를 부러워했다는군. 근데 어느 날 바다에 나간 남자가 돌아오지 않은 거야. 여자는 몇 날 며칠을 바닷가에 나가 서방님이 언제 오시나 기다렸다. 그런 어느 날 바다에서 갑자기 바위가 솟아올랐는데 여자는 무슨 마법에 걸린 것처럼 바위에 오르게 되었어. 그러자 바위는 여자를 태우고 바다를 건너 어느 육지에 도착했는데 그곳에는 남편이 왕이 되어있었다지.

여자 또한 그곳의 왕비가 되어 행복하게 살았는데 문제는 이 부부가 사라진 후 이곳에는 해와 달이 빛을 잃어버린 거야. 임금이 자초지종을 알고는 남자가 왕으로 있는 나라로 사신을 보내 다시 돌아올 것을 간청했지만 남자는 자기 백성들을 두고 돌아갈 수 없다고 했어. 그러면서 아내가 짠 비단을 주며 이걸 갖고 가서 제사를 지내면 해와 달의 빛이 돌아올 거라 얘기했는데 사신이 돌아와서 남자가 시킨 대로 했더니 해와 달이 원래로 되돌아왔대."

오라버니는 지금 어디에서 누구의 왕이 되어있는 걸까? 나도 전설 속 여인처럼 몇 날 며칠을 바다에 빌면 바위가 나타나 오라버니에게 데려다줄까? 오라버니의 생사조차도 알지 못하는 현실이 너무나 답답하고 아무것도 할 수 없는 나 자신이 한없이 원망스럽다.

며칠 동안 연이어 꿈속에서 오라버니를 만났다. 꿈속의 오라버니는 어느 때는 피투성이가 되어, 어느 때는 사지가 없는 채로 나타났다. 어제는 손 내밀면 닿을 듯한 언덕에 오라버니가 있길래 반가운 마음에 달려갔건만 아무리 달려도 우리의 거리는 좁혀지지 않고 다리는 맥이 풀리고 숨만 자꾸 가빠졌다. 오라버니는 고개를 돌려 나를 조롱하듯 비웃고 나는 목이 터져라 오라버니를 불렀지만 소리는 입 밖으로 나오지 않아 몸만 버둥거리며 흐느끼다 잠에서 깨어났다. 얼마나 괴롭고 슬펐는지 정신을 차려서도 한참 동안 흐느낌을 멈출 수가 없었고 누웠던 자리는 땀에 젖어 축축해져 있었다.

이제 곧 졸업인데……. 오늘도 어머니는 토가와 상의 아들 얘기를 꺼내셨다. 하루하루 결혼에 대한 압박이 슬픈 나를 더욱 옥죈다.

쇼와 19년 ○월 ○일

이 어둠이 옅어지고 달마저 산 아래로 곤두박질치면 이제 다른 남자의 아내가 된다. 우리의 사랑을 곡식처럼 여물게 한 해와 그날 밤의 약속을 묵묵히 증언하던 달이 빛을 잃어버렸다. 오늘로써 님을 노래하는 이 글들도 마지막이 되겠지.

처음 오라버니라는 말을 들었을 때 느낀 이유 모를 슬픔이 점점 구체화되어 나를 괴롭힌다. 내 마음은 아직 온통 오라버니께 뻗어있는데 세상은 그만 이를 거두어라 강요한다. 목숨으로 저항하려 손목에 칼을 갖다댔지만 결정적 순간에 들이닥친 망설임으로 존재의 나약함만 나를 더욱 조롱한다. 오라버니⋯⋯ 운명의 무게에 무릎을 꿇고 마는 저를 부디 용서치 말아요.

세상은 전쟁 소식으로 어지럽고 사람들의 표정은 괴기스럽다. 라디오에서는 연일 승전보를 요란스레 자랑하고 있지만 바람을 타고 오는 흉흉한 소문은 이와 반대되는 것뿐이다. 오라버니는 지금 어느 전장의 하늘 아래서 나를 원망하고 있을는지. 맘껏 원망하고 저주를 퍼부어도 좋으니 부디 성한 몸으로 살아서 고향으로 돌아오길 바랄 뿐이다.

우연히 알게 되었다. 처음엔 믿지 않았다. 그러나 어쩔 수 없는 사실이다. 한없이 인자하고 부드러운 얼굴 뒤에 감춰진 무섭고 추악한 모습. 처음에는 분노가 그러고 나선 슬픔과 허탈과 공포가 차례로 밀려왔다. 눈을 보며 마주하기가 두렵다. 두 집 안의 보험증서가 되듯 토가와 가문의 사람이 되는 것으로 이 집 을 탈출하려 한다.

　…… 평생 아버지를 용서하지 못할 것 같다.

더듬다

"어떤 일이든 시켜주세요."

"……?"

"내가 하시모토 상과 인연을 맺게 된 말이네. 처음에 하시모 토 상은 선어 운반업으로 시작해서 나중엔 정어리 가공공장과 학교까지 세울 정도로 구룡포 일대의 최고 재력가였지. 어린 나 이에 아버지를 잃고 집안 가장 노릇을 해야 했던 나는 대부분의 아이들이 그랬던 것처럼 포구에 나가 허드렛일이라도 구해야 했 어. 근데 그것도 경쟁률이 세고 텃세가 심해서 쉽지가 않더구먼.

　어린 생각에 일본말을 하면 일 구하기가 수월할 거 같아 며칠 동안 머리를 쥐어박히며 조선인 통역을 따라다닌 끝에 주워들은 말이 '어떤 일이든 시켜주세요'였어. 수백 번을 연습한 후 공장 앞에 진을 치고 있다가 일본인으로 보인다 싶으면 붙들고 배운 말을 써먹었지. 그러다 마침 공장에 나와 있던 하시모토 상의 눈에 띄게 된 게야. 그때가 한 열 살쯤 되었나? 밤송이 같은 놈이 똑같은 일본말만 주구장창 읊어대는 게 맹랑하면서도 기특했는지 하시모토 소유의 어구 상회에 취직시켜 주더구먼. 그게 인연의 시작이라네.

내가 배움의 기회는 없었어도 또래에 비해 셈도 빠르고 기운도 센 편이었지. 같이 일하는 어른들을 깜짝 놀라게 하는 일이 자주 있었다네. '하, 저것이 조센징만 아니었다면…….' 하시모토 상이 혼자서 탄식하는 것도 종종 봤고 말이야. 그러다 몇 해 후엔 소학교에 넣어주더구먼. 아무래도 가게에서 잡일만 시키기에는 아까웠던 모양이야.

아가씨 할머니, 하루카라 부르겠네. 하루카는 나보다 서너 살 아래였는데 학년은 같았어. 당시에는 늦은 나이라도 학교 다닌다는 게 대단한 것이라서 같은 학년인데도 나이 차이가 예닐곱 나는 건 흔했었지. 그 나이에 애들이란 게 짓궂기 마련이어서 계집애들은 매번 사내아이들의 희생양이 되곤 했다네. 내가 있으니 하루카에게는 누구도 해코지를 못 하더구먼. 워낙 하루카가 똑 부러지고 애들에게 차갑게 대하기도 했고 말이야.

하루카와 내가 서로 좋아하게 된 계기가 무언지는 기억이 나지 않아. 아마 어릴 때부터 같이 학교 다니면서 오누이처럼 자연스레 정분이 쌓였겠지. 요즘 젊은이들은 첫눈에 반해 불같은 연애를 한다고 하는데 우리는 가을날 단풍처럼 천천히 더디게 서로에게 물들어 갔다네.

내 코밑이 거뭇거뭇해질 때쯤인가? 하루카의 블라우스가 수줍게 망울질 때쯤인가? 왠지 모르게 하루카만 보면 가슴이 뛰고 얼굴이 붉어지더구먼. 근데 그게 나만 그런 게 아니었던 모양이야. 서로가 그리 연정을 품고 있으니 마치 주머니 속의 송곳처럼 서로에게 들키지 않았겠어? 벌써 시간이 칠십여 년이나 흘러 가슴에 불은 꺼진 지 오래지만 머릿속에는 그 설렘이 고스란히 저장되어있다네. 물 한 잔 따라주겠나? 오랜만에 많은 말을 쏟아냈더니 숨이 가쁘고 입이 마르는구먼."

"출항을 앞둔 며칠 전인가, 여느 밤처럼 밀회를 즐기다 집으로 들어서려는데 뒤통수에 뭔가 서늘한 기운이 드는 거야. 고개를 돌려보니 시커먼 그림자 너덧이 어른거리더구먼. 본능적으로 감지되는 위험을 애써 누르고 누군지 알아보려 그림자를 향해 한 발 내딛는 순간, '빡' 하는 소리와 동시에 관자놀이에 불두덩이가 일어났지. 흐물흐물 녹아내리는 의식 너머로 '건방진 조센징'이란 소리가 귀 근처에 웅웅 거리다가 정신을 잃어버렸다네.

얼마나 지났을까? 이놈들이 그사이에 무슨 짓을 했는지 의식이 조금씩 제자리를 찾는 것과 동시에 온몸이 고통으로 뒤틀리더군. 팔은 뒤로 꺾여 결박당한 채 두 눈마저 가려져 내가 널브러져 있다는 것을 인식하는 데 한참 걸렸지. 육신을 칡덩굴 같이 휘감은 고통보다도 전후 사정의 무지에서 오는 두려움이 두꺼운 이불처럼 전신을 덮고 있다는 것이 견디기 힘들었네.

퀴퀴한 냄새와 주위의 소음으로 가늠할 때 부두 한 귀퉁이의 선창 어디쯤인가 생각되더구먼. 퉁퉁 부어 두툼해진 입술엔 피가 계속 흘러 입안에 흥건히 고였지만, 기분엔 입술이 바싹 타들어가고 목구멍이 갈라지는 듯한 갈증도 나를 괴롭히고 있었지. 그러다 다시 무의식의 세계에서 헤매고 있은 지 얼마나 지났을까? 인기척이 들리더니 문을 따는 날카로운 소리가 들렸어. 아깐 혼자라는 사실에 공포가 확대되더니 이제는 그 문소리가 너무나 소름 끼치게 들리더구먼.

얼굴을 압박하던 천 쪼가리가 흘러내리고 한참이 지나니 눈앞에 어른거리던 형상이 점점 제 모습을 찾아갔어. 거기엔 하시모토 상이 장정 몇을 좌우로 거느리고 있었지. 굳은 표정으로 밑을 향해 쏘아대는 시선이 나를 난도질하고 있었네. 평소에 그토록 따뜻하게 잘해주던 그 친절한 주인이 아니었던 거네. 뭔가 느낌이 어슴푸레 왔지만 부정하고픈 감정은 스스로의 예상을 거부하고 있었지. '하, 하시모토 상, 제게 왜, 왜 이러십니까?'

'몰라서 묻나? 이 배은망덕한 새끼! 은혜를 원수로 갚아? 니 재주가 아까워서 귀엽게 봐주었더니 마치 일본인인 양 착각을 하고 건방을 떨어? 개만도 못한 조센징 주제에 감히 내 딸과 놀아나다니…… 죽고 싶어 환장을 한 게로구나.'

불길한 예상은 빗나가지가 않더구먼. 허락을 받기가 쉽지는 않을 거라 생각은 했었네. 하지만 그동안 하시모토 상이 베풀어 준 것과 나를 대하던 것을 미루어 보건대, 이번 일본행을 성공적으로 수행하고 돌아와 열심히 설득하면 불가능하기만 한 것은 아닐 거라 생각했다네. 하지만 어리석은 생각이었지. 평소에 친절한 하시모토 상도 자기 딸이 더러운 하급 인종과 맺어지는 것은 용납이 되지 않는 대일본제국의 충성스런 신민이었던 게야.

하긴, 이제사 생각하니 아무리 개화가 되었다 하지만 같은 조선인끼리도 양반이 상놈이랑 혼인할라치면 난리가 나는 줄 알던 시절이었으니…… 겉으론 아무리 내선일체를 외쳐도 하시모토 상에게는 삼등 인종 조선인이 일등 인종 중에서도 뼈대 있는 가문의 자기 딸과 놀아난다는 걸 용납할 수 있었겠나?

하시모토 상의 지시에 따라 또다시 매타작이 시작되었지. 여러 개의 몽둥이가 부위를 가리지 않고 덤벼들더구먼. 고통 저 안쪽에서 끌어 올라온 끈적한 비명이 벽과 천장에 튕겨 다시 내 귓가로 돌아왔다네. 그러다 어느 곳을 잘못 건드렸는지 '꺼억!'

하는 소리를 내며 주위가 하얗게 뒤집어졌다 이내 컴컴해졌어."

"잠자리와 음식이 낯설었을 텐데, 잘 쉬고 아침도 잘 들었는
가?"

"네, 손자분이 신경 써준 덕분에 편히 쉬었습니다. 음식도 입
에 맞았습니다. 감사합니다."

"다행이구먼. 내 얘기 이어서 계속하지. 음, 정신이 돌아오니
장소가 바뀌었어. 주재소 유치장이었는데 같은 마을에 살던 춘
배 아재가 꾀죄죄한 몰골로 옆에 앉아있더라고. 내가 깨어난 걸
알고는 기뻐하며 물 한 사발과 주먹밥 하나를 건네더구먼. 속이
타 급히 물을 비우고 입이 깔깔하여 주먹밥은 밀어내었지. 그리
고 자초지종을 물었네.

아재는 논둑을 태우다 순사들에게 잡혀 왔다는데 알고 보니
마을마다 징용자 할당이 정해져서 눈에 보이는 장정은 속속 잡
아들여 징용을 보낸다더구먼. 순간 눈앞이 캄캄했다네. 하루카
는 물론이고 행방을 몰라 애타고 있을 어머니와 어린 동생들을
생각하니 답답해 미칠 것만 같았지. 유치장에 있던 스무여 명의
얼굴에도 불안함과 초조함이 묻어났어. 그러나 바깥에 알리는
건 둘째치고 일단은 몸부터 성하게 추슬러야 했네. 고맙게도 아
재가 뒷수발을 다 들어주었지.

이레쯤 지났나, 겨우 거동이 가능할 무렵 트럭에 실려 어디엔가 도착했는데 아주 큰 항구였어. 지금 생각하면 부산이 아닐까 싶은데 떠밀리듯 화물선에 오르고 보니 다른 지역에서 온 사람들까지 합해 한 삼백여 명이 빼곡히 들어차 있더구먼. 북해도라는 곳에 떨어질 것이라는 소문이 불안한 공기를 타고 배 안에 떠돌고 있었네.

창문은커녕 화장실도 제대로 안 갖춰진 격실에서 씻지도 못하고 그 안에서 똥오줌을 해결하며 며칠을 갇혀있다 보니 냄새가 말도 못 했어. 어쩌다 선원들이 들어오면 코를 막고 연신 '칙쇼'를 내뱉었지. 그러면서도 절대 배 위로는 못 올라오게 했네.

날짜 관념도 없이 몇 날 며칠을 아래위로 울렁거리는 바다에서 시달리던 어느 날, 갑자기 내리라 하더군. 징용자들은 탈 때와 마찬가지로 짐짝처럼 부려졌는데 거긴 도저히 사람이 살지 못할 것 같은 동토의 땅이었어. 모르겠지만 구룡포는 눈 구경 한 번 해보지도 못하고 겨울을 날 때가 많아. 그런 곳에서 태어나서 살아오다가 온 천지가 눈으로 덮인 곳에 떨어진 게야. 춥기는 얼마나 추운지 바늘 뭉치로 전신을 문지르는 기분이었어.

아재와 내가 끌려간 곳은 석탄을 캐는 탄광이었네. 가는 동아줄에 매달려 수백 미터를 내려가면 작업장이 나오는데 거긴 무릎으로 기어 다녀야 하는 좁고 답답한 곳이야. 우린 갱도가 무너지지 않게 천장에 각목을 대고 밑을 기둥으로 받치는 고정조에 배치를 받았지.

　일은 새벽에 시작하여 밤늦게 끝났어. 지상에서 올려줘야 바깥으로 나올 수 있었는데 하루 할당량을 채우지 못하면 올려주지 않았지. 식사는 하루 두 끼, 후 불면 날아가는 주먹밥과 소금국이 전부야. 하루에도 몇 명씩 죽어 나갔어. 얼어 죽는 죽음, 굶어 죽는 죽음 그리고 갱도가 무너져 한꺼번에 죽는 죽음……처음에는 슬퍼하고 분노했지.

　그러나 거긴 항상 옆구리에 죽음을 끼고 다니는 곳이다 보니 점점 담담해지다 끝내는 죽은 이의 옷과 음식을 서로 차지하려고 주먹질을 하게 되더군. 지옥이 있다 해도 그보다 지독하지 않을 게야. 결국엔 춘배 아재도 갱도가 무너지는 바람에 땅속에 묻혀 시신도 못 찾았어. 북해도만 해도 징용으로 끌려간 조선인이 3만 명 훨씬 넘었는데 살아서 고향 땅을 밟은 사람은 몇 되지 않아. 지금도 거긴 고향을 잃어버린 불쌍한 영혼들이 떠돌고 있을 거네."

　"그래, 귀국은 언제 하려는가?"
　"오늘 저녁 비행기로 갈까 합니다."
　"아쉽구면. 돌아가면 이모할머니를 꼭 찾아보게. 나와 같은 피가 섞인 가족이 있다는 게 앞으로 아가씨가 홀로 사는 데 많은 위로가 될 걸세.

해방이 되고 한참이 지나서야 우린 그 소식을 알게 됐어. 그리고 고향에 돌아온 것은 또 그 한참 뒤고 말이야. 돌고 돌아 우여곡절 끝에 고향으로 돌아오니 넘쳐나던 일본인은 하나도 없이 일본으로 돌아갔더구먼. 하루카가 살던 집은 폐가가 되어있었고 우리가 매일 밤 만나던 신사는 불타서 무너졌어.

하루카 행방을 여기저기 닥치는 대로 수소문하고 다녔다네. 내가 끌려간 이듬해에 결혼식을 올렸다더구먼. 당시 재력으로는 하시모토 상과 쌍벽을 이루는 토가와 상이 있었는데 아들 중 하나가 해군 장교였던 걸로 기억하네. 토가와 유이치로가 자네 조부 맞는가? 결혼식은 아주 성대하고 화려하게 치러졌다 하더군. 이제껏 그렇게 많은 사람들이 모인 적이 없었다고 말이야. 쟁쟁한 두 집안끼리의 결합이었으니 왜 안 그랬겠어? 결혼식이 끝나자마자 도망가듯 남편을 따라 일본으로 갔다는 게야. 들리는 말로는 신부가 신랑을 졸라 급하게 갔다 했어. 그 후의 행방에 대해선 아무리 알아봐도 알 수가 없었네. 마치 들키지 않으려고 숨어버린 사람처럼……. 혹시 할아버지에 대해선 좀 아는 게 있나?"

"할아버지는 결혼 후 얼마 안 있다 태평양전쟁에서 전사했다

들었습니다.”

"그랬구먼. 불쌍한 사람, 한평생 얼마나 외로움에 몸부림쳤을꼬? 상실감이라 해야 하나, 회한이라 해야 하나, 말로 설명할 수 없는 감정이 밀려오더군. 그때부터 가슴에 커다란 구멍이 뚫린 채 몇십 년을 보냈다네.

그러다 그게 언제였나? 옛일을 추억하며 되는대로 발길을 잡다 보니 하루카의 옛집에 이르게 된 거야. 거기엔 젊은 하루카만 있는 게 아니라 풋풋한 나도 있더구먼. 그 후론 드문드문 발걸음을 했네. 그러던 것이 하루는 못과 망치를, 하루는 페인트를 들고 가서 조금씩 집을 손보기 시작했지. 십수 년을 말이야. 그러던 중 이 일대를 복원한다기에 다짜고짜 시청을 찾아가 관리인을 자청했다네. 나와 하루카의 청춘을 남의 손에 맡기긴 싫었거든. 그랬던 것이 지금까지 이어져 온 게야.”

띄우다

戸川細鳥토가와 사이우 씨께

올여름은 유난히 비가 많이 내렸습니다. 흥건하고 눅눅한 기억만 남긴 채 이렇게 내년을 기약하나 싶었던 여름이 느지막이

제 소임을 상기한 듯 태양을 높이 던져보지만 어느새 하늘은 더 높고 푸르러 볕은 뜨거움에서 따가움으로 식어갑니다. 한국의 가을은 색깔로 다가옵니다. 산과 하늘과 바다는 마치 두 손으로 한 움큼 들어내서 쥐어짜면 푸르고, 파랗고, 시퍼런 물들이 후드득하고 떨어질 것만 같습니다. 흙은 더 흙빛을 띠고 길가에 매달린 생선들은 허연 배를 까뒤집고 누렇게 말라갑니다. 그리고 할아버지 무덤에는 보라색 작은 꽃이 피었습니다.

이제야 무사히 귀국하셨는지 안부를 묻습니다. 그리고 할아버지 장례식에 와주신 것에 대해 감사드립니다. 오랜 인연도 아닌데 먼 길을 청하는 것이 폐가 아닐까 망설였지만 할아버지의 바람이 있었기에 무례를 무릅썼습니다. 할아버지는 사이우 씨에게서 예전의 사이우 씨 할머니를 비춰보는 것 같았습니다. 그래서 젊은 시절 연인에게 못 해드렸던 한복을 선물하고 싶어 하셨습니다. 이 또한 본인 의사를 물어보지 않고 부탁드렸는데 흔쾌히 허락하여 주심에 감사드립니다. 저와 같이 치수를 재고 옷감을 골랐던 한복을 어제 찾아와서 고운 비단 보자기로 잘 싸두었습니다.

사이우 씨, 할아버지께 일본이란 나라는 어떤 의미일까요? 그날 병원에서 이야기를 듣기 전에는 오로지 증오의 대상인 줄로

만 알고 있었습니다. 할아버지께서는 과거 강제로 징용을 간 것에 대하여 일본의 사과와 보상을 요구하는 소송을 진행 중이었는데 일본 법원에서 패소를 한 후 가슴을 쥐어뜯으며 탄식하는 것을 보았기 때문입니다. 할아버지께선 개인의 존엄은 내팽개쳐져 짓밟힌 채로 역사의 급류에 휩쓸린 한 많고 억울한 인생에 대한 정당한 평가를 받을 때까지 살아있어야 한다며 자기 관리에 혹독할 만큼 철저하셨습니다.

그러나 그동안 떠받쳐 왔던 희망이 꺾이자 와르르 무너져 내린 세월에 깔려 결국은 병원 신세를 지셨던 거지요. 제가 역사를, 그중에서도 동북아의 근현대사를 전공하게 된 연유도 되짚어보면 어릴 적부터 할아버지의 강력한 권유와 격려가 있었기 때문입니다. 제대로 알고 공부해 당신과 같은 이들의 억울함을 세상에 알려달라는 말씀을 기회가 될 때마다 하셨으니 말입니다.

그날 할아버지의 이야기를 듣고 생각해보니 바윗덩이 같은 증오의 아래에는 사랑이 있었던 것 같습니다. 증오에 깔려 질식하여 죽어가는 사랑에게 사이우 씨의 방문이 바위를 걷어내고 빛과 숨을 불어넣은 것이겠지요. 한평생 분노의 세월을 보내다 그래도 마지막엔 그 사랑으로 인해 조금은 분노가 희석되었다고 생각합니다. 임종하시기 며칠 전 할아버지는 마른 명태 가죽 같은 손으로 제 손을 감으시며 이렇게 말씀하셨습니다.

"그놈들한테 진정한 사과를 받기 전에는 잊어서도 용서해서도 안 돼. 이대로 가면 춘배 아재한테 미안해서 어쩌노? 그래도 못 풀 줄 알았던 숙제 하나는 풀게 되어서 가슴이 조금은 메워진 거 같기도 하구만. 이래 가면 하루카는 뭐라 할까? 한평생 껍데기하고 살다 간 네 할미한테는 뭐라 해야 할까?"

저는 할아버지의 부재로 인한 일련의 일과 과정들이 정리되는 대로 학교로 돌아갈까 합니다. 귀국하여 논문 주제를 어떤 방향으로 잡을지 고민하며 빈둥거리던 중에 동일본 대지진과 후쿠시마 원전 사고가 발생했고 그 때문에 주위에서 만류하는 탓에 일본행을 차일피일 미루고 있었습니다. 따지고 보면 제가 사는 곳 일대가 세계에서 원전 밀집도가 가장 높은 곳이라 여기도 안전한 곳이 아닌데 위험이 직접 눈에 보이지 않아서 그런지 이곳 사람들은 무덤덤할 뿐입니다.

두 나라가 많은 부분에서 공통점을 발견할 수 있는데 방사능의 위험 속에서 살아가는 것까지 비슷한 것을 두고 어떤 입장을 취해야 할지 난감하기 짝이 없습니다. 그리고 논문 주제의 큰 방향은 할아버지와 하루카님이 가리켜준 듯합니다.

한복은 일본에 도착하는 대로 사이우 씨께 들러 전해드리도록 하겠습니다. 처음 할아버지를 뵙던 그날 병원을 나서며 함께 보

았던, 젊은 날의 경복과 하루카의 약속을 기억하는 달과 별이
다시 뵐 날에도 함께했으면 하는 바람입니다.

2000년 0월 0일

崔延烏최연오 드림.

가족의
쓸모

9시 25분에 서울역을 출발한 KTX 산천은 정오를 10여 분 남겨두고 포항역에 도착했다. 문이 열리자 길게 붙여놓은 객차마다 사람들이 쏟아져 나왔다. 나는 플랫폼으로 내려와 출구로 향하는 행렬에 끼었다.

걷는 도중 무언가를 잊어버리고 온 기분이 들었다. 챙겨야 할 무언가를 흘렸거나 해야 할 일을 깜빡해 놓친 듯한 찝찝함이 뒷덜미를 당겼다. 갑자기 느려진 발걸음 때문에 내 뒤를 따르던 사람들과 등을 부딪쳤다. 일부는 눈을 마주치지 않은 채 빠른 사과와 함께 나를 앞질렀고 몇몇은 짜증 섞인 표정으로 어깨를 스쳐 지나갔다. 9월인데도 습기를 머금은 공기가 목과 겨드랑이로 파고들었다.

"더러워도 어쩌겠냐, 칼자루를 쥔 것은 마 교수인데. 우리가 세상에 정의가 있다고 믿을 만큼 순진한 나이도 아니잖아. 그동안 너나 나나 마 교수 더러운 뒤치다꺼리한 게 얼만데. 정의가 별거겠어, 힘 있는 놈이 칼 휘두르는 게 정의지."

어제저녁, 영우 형이 밥을 사는 자리에서 얘기했다.

"그래도 그동안 네가 한 게 있으니까 마 교수가 냉정하게 내치지는 못하고 지방에 자리도 봐주고 추천서까지 써주는 거 아니겠냐. 옛날 같으면 유배 같은 거겠지."

마 교수에게 매달려 내 자리를 부탁한 이가 영우 형이라는 것은 미현을 통해 알고 있었다. 그러나 그는 끝까지 자기 공은 한마디도 하지 않았다. 대학 시절에도 영우 형은 동기들보다 한 살 많다는 이유로 — 개월 수로 치면 나와 불과 석 달 차이다 — 형 노릇을 하느라 주위를 살뜰히 챙기고 온갖 궂은일을 했었다. 같이 대학원에 들어가 석사를 거쳐 박사과정까지 나란히 걷고 있는 지금은 나의 보호자나 다름이 없다. 문득 그의 넓은 마음씀씀이가 새삼스러워 코끝이 찡해졌다.

역 건물에 들어서서 내부를 눈으로 훑었다. 깊은 곳에 웅크리고 있던 기억의 입자들이 망막에 맺힌 상과 결합하여 머릿속에 번지기 시작했다. 창구가 둘인 매표소와 옆에 나란히 붙은 자동

발권기, 메뉴가 빈약한 식당가, 원통 모양의 향토 상품 판매점, 통유리 벽 아래 의자, 관광안내소, 카페…… 입구의 체온 측정 장치를 제외하면 포항역은 7년 전 이맘때와 크게 바뀐 것이 없었다.

　면접은 오후 두 시였다. 역에서 점심을 먹어야 할지 회사 근처로 먼저 가야 할지 결정을 바로 내리지 못하다가 결국 역내 식당가에서 우동으로 점심을 때웠다. 뜨거운 커피 한 잔을 사서 밖으로 나왔다. 역으로 연결된 계단 아래 덩그러니 놓여있는 벤치에 자리 잡고 커피가 적당히 식기를 기다렸다.

　보도블록 사이로 삐져나온 잡초가 바람에 흔들렸다. 푸르고 가녀린 생명체. 그러나 단단한 블록 사이 보잘것없는 흙을 뿌리로 움켜쥐고 묵묵히 하늘로 제 몸집을 키우는 강인한 존재. 태어난 환경에 대한 불만과 자기 연민 따위는 가지지 않을 질긴 생명력. 결국엔 뽑히거나 몸통이 잘릴 운명이지만 결코 미래에 대해 불안해하지 않는 자존감. 어쩌면 나는 저것보다 연약한 존재일지도 모른다는 생각이 들었다. 잡초의 모습에 미현의 얼굴이 겹쳐 보일 때 급한 발자국 하나가 풀을 밟고 지나갔다.

　면접 볼 회사의 위치와 역에서의 거리를 휴대폰으로 검색하고 있는데 카카오톡의 수신음이 울렸다. 미현이었다.

도착했겠네. 점심은? 끼니 거르지 말고. 면접 잘 봐. 자세한 얘기는 나중에 하자.

무슨 자세한 얘기를 한단 말인가? 내 취업에 대해서? 미현의 진로에 대해서? 아니면 우리 둘의 미래에 대해서?

미현과는 대학원에서 만나 같은 공부를 해오면서 자연스럽게 연인이 되었다. 그녀는 지방에서 대학을 마치고 서울로 진학하였다. 처음 그녀를 만났을 때 느낌은 특이함이었다. 내 어깨에 겨우 닿는 키, 참외 같은 동그란 얼굴에 이목구비가 선명하고 입체적으로 자리 잡은 생김새였다.

작은 체구와는 어울리지 않는 우렁차고 또렷한 발성은 멀리서도 목소리의 주인공이 그녀임을 알게 했다. 미현은 옷차림 또한 또래의 여느 여자와는 달랐다. 특별한 경우가 아니면 그녀는 청바지에 똑같은 티셔츠 몇 벌을 교복처럼 입고 다녔다. 여름에는 반팔, 봄과 가을에는 긴팔, 겨울에는 기모를. 처음 봤을 때의 특이한 느낌은 점차 호기심과 관심, 애정으로 발전되었다.

우리가 어떤 계기로 사귀게 되었는지 누가 먼저 고백을 했는지는 기억 나지 않는다. 다만 처음 같이 잔 모텔에서 옆으로 마주 누워 쓰다듬던 푸석한 머리카락과 거기에 배인 묵은 담배 냄새와 음악채널에 맞춰놓은 TV에서 흐르던 음악 그리고 무엇인가 생각난 듯 갑자기 상체를 떼어 동그란 눈으로 나를 올려다보며 했던 그녀의 말은 아직도 생생하다.

"아무래도 논문 주제를 바꿔야겠어. 내일 교수님을 찾아가 면담을 해볼까 해."

택시로 도심 외곽 도로를 30분 정도 달려 목적지에 도착했다. 면접을 볼 회사는 공단이 형성된 곳 중간쯤에 있었다. 전체가 흰색으로 칠해진 4층 건물은 칙칙하게 색이 바랜 주변 공장들과 대비되어 창백한 느낌을 주었다.

정문의 경비원에게 방문증을 받아 건물 안으로 들어섰다. 내부는 밖에서 봤을 때보다 훨씬 넓었다. 로비의 중앙에는 금속으로 조각된 회사 상징물이 자리를 잡고 그 아래에는 사훈이 커다랗게 박혀있었다.

'미래를 향한 경영, 가족 같은 기업 문화'

가족이라는 단어가 익숙하면서도 거북했다. 우리는 가족이잖아, 가족끼리 그 정도는 해줄 수 있지, 가족끼리 왜 이리 빡빡해, 가족이면 눈감아줄 수 있는 거지, 가족끼리 이러기야, 나는 널 이제껏 가족으로 여겼는데…….

오랜만에 한 넥타이가 목을 조여왔다. 안 그래도 작아진 양복 바지에 뱀처럼 감긴 벨트가 복부를 불편하게 했다. 몸을 돌려 왔던 길을 되돌아갈까? 왼발을 바깥으로 직각으로 튼 다음 오른

발 끝이 왼발을 따라 완전히 돌아가면 자연스레 상체는 건물 밖으로 향하게 되고 그대로 직진하기만 하면 밖으로 나갈 텐데.

동시에 손은 주머니에서 전화기를 꺼내 거기에 깔린 앱으로 현 위치에서 포항역으로 가는 택시를 호출하기만 하면 된다. 그런 식으로 왔던 길을 되짚어 서울로 가고 시간도 거슬러 보름 전으로 돌아가기만 하면 아무 문제가 없는 것이다. 할 수만 있다면.

4학년이 시작되기 전 마 교수는 영우 형과 내게 대학원 진학을 권유했다. 마 교수는 우리가 대학에 입학했을 때 막 보따리 장수라고 불리는 비전임 교원을 벗어나 조교수가 되었다. 그런 이유인지 그는 우리 학번을 각별하게 여겨 친밀히 대했다. 우리도 대다수의 늙은 교수들보다 나이 차가 많이 나지 않는 마 교수와 자주 술자리를 가지기도 하고 학교생활과 진로에 대한 상담을 청하기도 했다. 마 교수는 특히 4년간 과 대표를 한 영우 형과 군대에 가지 않고 졸업반이 된 유일한 남자였던 내게 많은 관심을 주었다.

나는 학군단에 소속되어 학교에 다니며 장교 양성 과정을 밟다가 1년을 넘기지 못하고 포기한 상태였다. 조금이라도 경제적 부담을 덜고자 군에서 지급하는 장학금과 임관 후의 장교 월급을 보고 지원한 학군단이었다. 그러나 일반 학생들과 섞이지 못하는, 학생도 아니고 군인도 아닌 어정쩡한 신분과 자유로운 사고를 인정하지 않는 경직된 사고의 주입, 무엇보다 학생들끼리 행해지는 불합리한 지시와 폭력에 질렸었다.

결국 하계 훈련을 마치자마자 퇴단 원서를 냈다. 다가올 학기의 등록금과 반납해야 할 지난 학기의 장학금에 대해 이야기했을 때, 엄마의 경악에 가까운 표정과 등 뒤에서 들리는 한숨 소리는 애써 모른 척했다.

"일단 대학원에 입학해서 첫 학기를 마치는 대로 군대를 갔다와. 여름방학 때 갈 수 있도록 잘 알아봐. 네가 복학할 때쯤이면 나도 부교수가 되어있겠지. 그럼 넌 내 조교를 해도 되고. 어떤 방법으로든 내가 너를 도와줄 수 있을 거야. 고맙긴. 우리가 함께한 시간이 벌써 네 해잖아. 그 정도 시간이면 우리는 가족이나 마찬가지인 거야. 나도 널 동생으로 생각할 테니 너도 날 형으로 생각해. 그리고 내가 네 도움이 필요할 수 있을지 어떻게 알아."

경제적 곤경에 빠져 허우적거릴 때, 장학금 추천서를 써주며 마 교수가 이야기했다. 아빠가 세 살 때 돌아가시고 줄곧 엄마와 둘이서만 살아왔던 내게 남자 어른의 관심과 배려는 낯설지만 매우 달콤한 것이었다. 엄마 외에 내게 가족이라고 해준 이는 마 교수가 처음이었다. 그 달콤한 마력에 이끌려 마 교수가 시키는 대로 입대 시기를 맞출 수 있는 해병대에 지원했다. 영우 형은 심한 근시로 인한 군 면제자였다.

일주일 전부터 수시로 눈물을 찍어내던 엄마에게 큰절을 올리고 집을 나왔다. 부대 앞까지 따라오겠다고 나서는 것을 겨우 말린 후였다. 나를 남겨두고 홀로 서울로 돌아갈 엄마가 걱정되어 친구들과 같이 가기로 했다고 거짓말을 했다. 아파트 단지를 빠져나가는 동안, 돌아보지 않아도 베란다에서 울고 있는 엄마를 느낄 수 있었다.

입대 하루 전 포항에 처음으로 발을 디뎠다. 해변에 숙소를 잡고 근처 미용실을 찾아 머리를 빡빡 밀었다. 영우 형은 내가 군 생활을 하는 동안 어학연수를 다녀올 것이라 했는데 이 또한 마교수의 권유에 의한 것이었다.

"해병대에 자원한 11XX기 여러분의 도전 정신과 충성심에 경의를 표한다. 해병은 태어나는 것이 아니라 만들어지는 것이다. 앞으로 7주 동안 여러분은 인간 개조의 뜨거운 용광로 교육훈련단에서 해병으로 만들어질 것이다.

옆에 있는 동기들의 얼굴을 잘 봐둬라. 우리는 지금부터 가족이다. 나를 비롯한 교관들은 여러분의 부모고 동기들은 형제다.

본 교관은 여러분을 강하고 멋진 해병으로 만들기 위하여 부모의 마음으로 엄하고 혹독하게 다룰 것이다."

입소식이 끝나고 가족들이 부대를 떠난 후, 수백 명의 입소자들을 뙤약볕 아래 모아놓고 하얀 철모를 눈 아래까지 눌러 쓴 교관이 날카롭고 뾰족한 목소리로 연설을 늘어놓았다. 어리둥절해하는 입소자들의 동작이 굼뜨다는 이유로 '선착순'과 '앉아 일어서'로 그들의 정신과 체력을 쏙 빼놓은 후였다. 모든 감각과 근육이 긴장으로 팽팽해졌다. 정수리에서 솟은 땀이 등골을 타고 아래로 흘러 허리의 곡선을 지나 속옷으로 스며들기까지의 경로를 생생히 느끼며 교관의 말을 들었다.

7주간의 훈련은 뜨겁고 고되었다. 첫 2주간은 민간인에서 군인으로 탈바꿈하기 위해 갖춰야 할 요건 중 가장 기본인 복종과 단결을 가르치는 데 중점을 두었는데 경례 구호마저도 '복종'과 '단결'이었다.

이 기간에 훈련병들은 머리를 한 번 더 빡빡 밀고 신체검사를 통해 귀향자를 걸러냈으며 피복과 개인 보급품들을 받았다. 정신교육을 받고 군가를 배웠으며 암기해야 할 것들을 외운 후 교관 앞에서 한 글자도 틀림없이 읊을 수 있어야 육체적 고통을 피할 수 있었다.

좌향좌, 우향우, 앞으로 가와 같은 지루한 제식훈련을 수도 없이 반복했고 개인화기를 받은 후로는 소총 16개 동작, 집총체조 따위를 익혀야 했다. 그리고 그 과정과 과정 사이에는 정신집중과 체력 단련으로 가장한 얼차려가 당연하게 포함되었고 얼차려 자체가 훈련 내용인 경우도 잦았다.

목소리는 항상 가장 크게 내야 해서 입소한 지 사흘 만에 목에서는 쇳소리가 났고, 지시를 받을 때는 언제나 지시 사항을 반복해서 대답해야 하는 복명복창을 유지해야 했다. 두꺼운 훈련복 상의는 언제나 젖어서 흙먼지와 함께 등에 달라붙어 있었고 24시간 내내 긴장과 두려움으로 무거워진 공기가 훈련병들을 짓눌렀기에 소화불량과 변비에 시달렸다.

이때 우리를 괴롭혔던 또 한 가지는 참을 수 없는 갈증이었다. 날씨와 상관없이 훈련병들에게 지급되는 물은 항상 온수였다. 배탈을 방지하기 위함이라 했다. 온수통에 담긴 물은 따뜻하다 못해 뜨거워 개인 수통에 물을 받다가 손을 덴 훈련병도 많았다.

아침부터 내리쬐는 태양 아래서 주어진 일과를 정신없이 마친 어느 날이었다. 저녁 식사를 마친 후 소대별로 돌아가며 세탁할 시간이 주어졌다. 속옷과 양말을 손빨래하고 난 다음, 땀과 먼지에 절은 훈련복을 바닥에 펴고 비누를 묻힌 후 구둣솔로 박박 문질렀다.

훈련복은 소대별로 세탁기를 이용했지만 배식 당번이어서 뒷정리를 하고 왔을 때 세탁기는 이미 탈수 코스로 전환된 후였다. 비누칠이 끝난 빨래를 대야에 담아 물을 받았다. 강한 수압으로 쏟아지는 수돗물이 시원했다. 물에 손을 담그고 있자니 갈증은 더욱 심해졌다. 수도꼭지에 입을 대고 배가 터지도록 들이켜고 싶어졌다.

여기까지 교관이 오겠나 싶은 생각도 들었다. 곧 생각하던 바를 실행에 옮겼다. 냉장고 물에는 비할 바가 아니었지만 뜨거운 속을 식히기에는 충분했다. 눈을 감고 수도꼭지에 입을 댄 채 식도를 따라 내려가는 물의 경로를 세심하게 느꼈다.

한참을 그렇게 있다가 눈을 뜨니 하얀 철모를 쓴 교관이 옆구리에 손을 얹은 채 앞에 서 있었다. 아래에서 올려다봐도 교관의 눈은 보이지 않았다. 아니, 철모 아래 날카로운 빛이 반짝거리는 것 같기도 했다. 갑자기 주위가 어두워졌다. 캄캄한 곳 한가운데 하얀 철모만 둥둥 떠 있는 것 같았다.

이날 우리 소대의 점호는 다른 날과 달랐다. 나를 제외한 소대원 전체는 옆으로 길게 어깨동무를 하고 섰고 나는 맞은편 탁자에 앉았다. 탁자 위에는 냉장고에서 갓 꺼내 뽀얀 물방울이 맺힌 2리터짜리 생수 두 병이 컵과 함께 놓여있었다.

"오늘 여러분의 동기 하나가 규정을 어기고 수돗물을 음용하다 적발되었다. 여러분을 어떤 상황에도 책임을 완수하고 명령에 복종하는 강한 해병으로 만들어야 하는 교관은 책임을 통감한다.

이에 본 교관은 자식이 원하는 것을 기꺼이 해주고자 하는 부모의 마음으로 앞에 있는 훈련병의 원을 이뤄줄 것이다. 아울러 11XX기 X소대는 유사시에 생사를 같이하는 전우이자 가족이기 때문에 개인의 잘못에 대한 책임도 같이 진다.

지금부터 훈련병은 앞에 있는 물을 하나도 남김없이 마신다. 앞에 있는 동기가 물을 다 마시는 동안 X소대원 전체는 앉으면서 '우리는', 일어서면서 '하나다'를 복창한다. 물을 마시는 시간이 지체될수록 훈련병의 동기들은 더 고통을 받을 것이다. 실시!"

두 잔까지는 그런대로 마실 수 있었으나 이후부터는 목구멍이 오그라들고 가슴이 아파서 넘기기가 힘들었다. 맞은편에 다닥다닥 붙은 어깨들이 처음에는 똑같이 오르내리다가 점점 파도를 타기 시작했다. 경멸과 분노로 가득한 60개의 눈동자가 따가웠다.

그사이 구호는 '동기야, 잘하자'로 바뀌었고, 바닥은 훈련병들이 흘린 땀으로 젖어가는데 내 목과 가슴, 팔과 다리에는 소름이 일었다. 억지로 한 잔, 또 한 잔을 마셨다. 속으로 들어간 물이 역류하려 할 때마다 손으로 입을 틀어막고 되새김질을 했다.

소대원들은 결국 내가 물을 다 마신 후에야 모포 속으로 들어갈 수 있었다. 그날 밤 구토를 두 번 했고 밤새 오한에 시달렸다. 이후 우리들의 동기애가 더욱 돈독해지고 교관을 엄한 부모와 같이 여겼는지는 모르겠지만 군 생활을 반추할 때면 가장 먼저 떠오르는 기나긴 밤이었다.

전역을 하고 나니 마 교수는 그의 계획대로 부교수가 되어 대학원에서도 실력 있는 교수로 인정을 받고 있었다. 한편으로는 학과장의 온갖 뒤치다꺼리를 하며 오른팔이 되었다는 소문도 들렸으나 나를 가족같이 여긴다는 교수가 그 위치에 있는 게 나쁠 것은 없다는 생각이었다.

마 교수는 나를 진짜 동생으로 여겼는지 점점 사적인 심부름을 시키기 시작했다. 그는 특정 브랜드의 원두로 내린 커피만 마셨는데 그것도 학교에서 꽤 떨어진 곳에 있는 가게에서 로스팅한 것이어야 했다. 처음 한두 번 부탁으로 시작되었던 커피 심부름은 시간이 지나자 나의 중요한 업무가 되었고 이것은 석사과정을 마칠 때까지 계속되었다.

한 번은 나를 찾는 전화에 급하게 연구실로 달려갔더니 마 교수가 대뜸 자기 신분증을 내게 주었다. 나는 영문을 몰라 눈만 끔뻑였다.

"아, 별거 아니야. 내가 깜빡하고 민방위 소집을 놓쳐버렸지 뭐야. 오늘 불참하면 벌금이 나올 거라서 말이야. 나 대신 가서 사인 좀 해주고 와야겠어. 워낙 사람이 많으니까 얼굴 대조는 하지 않을 거야. 가줄 수 있지?"

인사과에 들어가 출입문과 가장 가까운 자리의 여자에게 오늘 면접이 예정되어 있는데 누구를 만나야 하는지 물었다. 다른 일에 열중해 있던 그녀가 내 인기척에 화들짝 놀랐다가 금방 무표정한 모습으로 돌아와서 손가락으로 가야 할 방향을 가리켰다. 손가락 끝에 뿔테 안경을 쓰고 수화기를 붙잡고 있는 내 나이 정도의 사내가 있었다.

자기를 우 대리라고 소개한 사내는 U자형으로 놓인 테이블 한쪽 끝에 나를 앉혀두고 사라졌다가 10분쯤 뒤에 전무라는 이와 함께 나타났다. 50대 후반으로 보이는 전무는 키가 컸다. 좁은 어깨에 비해 배가 많이 나와서 길쭉한 항아리를 연상시키는 전무가 말을 할 때마다 옅은 술 냄새가 났다.

"사장님께 김진혁 씨 얘기는 들었습니다. 원래 사장님이 직접 면접을 봐야 하는데 갑자기 출장을 가게 되어서 말입니다. 들은 바로는 사장님과 친분이 있는 교수님이 추천해주셨다고 하던데 맞습니까?

규모는 작지만 우리 회사도 연구실이 따로 있습니다. 이 건물 5층에 있지요. 김진혁 씨 전공이 우리와 무관하지 않으니 채용이 된다면 여기서도 학교에서와 비슷한 연구를 하게 될 겁니다. 그나저나 그 어려운 공부를 하시다가 왜 중간에 그만두고 이런 시골에 내려오려 하는지……."

지도교수에게 미운털이 박혀 쫓겨나듯이 왔다는 말은 당연히 하지 못했다. 대신 오랜 공부에 심신이 지쳐 지방에서 여유를 찾고 싶다는 것과 학업을 계속하기에는 가정 형편이 여의치 않다는 이유를 댔다. 전자는 꾸며낸 말이었지만 후자는 진짜였다. 전무는 내 말을 곧이곧대로 믿지 않는 눈빛이었다. 그 뒤로도 이것저것 물어봤는데 무엇을 물어봤는지, 또 내가 어떤 대답을 했는지 잘 모르겠다.

전무가 고개를 아래위로 움직이며 앞에 놓인 종이와 나를 번갈아 보는 가운데 나는 어떤 태도를 보여야 할지 몰라 어정쩡한 표정을 짓고 있었다. 창문을 뚫고 들어온 빛줄기가 전무와 나 사이를 갈랐고 그 안에서 먼지들이 어색함에 어쩔 줄을 몰라 어지럽게 움직였다.

전무의 바지 주머니에서 적막을 깨는 휴대폰 소리가 울렸다. 전무는 인상을 쓰며 휴대폰을 꺼내 발신자를 확인했다.

"마침 사장님 전화가 왔네요. 아, 처남. 거기 날씨는 어때? 골프 치기엔 그만이지? 캬, 아무리 접대 골프라지만 부럽다 부러워. 이야기는 잘 돼가? 오늘 밤에 걸쭉하게 먹인 다음에 봉투 하나씩 쑤셔주면 그깟 공장 허가 건은 일사천리지 뭐. 새끼들 내일 다리 후들거려서 라운딩이나 제대로 돌랑가 몰라. 하하하! 여기는 별일 없어. 간 김에 처남도 좀 즐기라구.

아, 깜빡할 뻔했는데 김진혁 씨가 지금 여기 와있어. 왜, 어제 처남이 오늘 서울에서 면접 보러 한 명 온다고 그랬잖아. 그래, 마 교순가 뭔가 하는 사람 제자 말이야. 대충 면접을 봤는데 어떻게 할 거야? 마 교수 가오도 있는데 뽑아줘야 하지 않겠어.”

전무는 마치 내가 앞에 없는 것처럼 사장과 통화를 했다. 전무의 목소리를 듣고 있자니 통화 내용을 대충 짐작할 수 있었다. 거기엔 마 교수와 내 얘기도 들어있어서 얼굴이 화끈거렸다. 통화는 계속되었다.

“뭐, 처남이 직접 만나보고 싶다고? 그럼 어째, 내일 다시 오라고 할까? 그래, 그럼 오후에 한 번 더 들르라 하지 뭐. 그래 처남도 수고해. 끊는다, 어.”

“김진혁 씨, 사장님이 직접 만나보고 싶다는데 내일 다시 올 수 있죠?”

“네? 네, 뭐…….”

“그래요 그럼. 내일 이 시간에 회사로 나오세요.”

전무의 무례와 당당함에 넋이 나가 얼떨결에 내일 면접에 동의한 후에 오늘의 면접은 마무리되었다. 밖으로 나오는데 1층에 박혀있는 사훈이 다시 눈에 들어왔다. '미래를 향한 경영'은 의심스러웠지만 '가족 같은 기업 문화'의 의미는 확실하게 알 수 있었다.

예정에 없이 포항에 하루 더 머물게 되었기에 먼저 숙소부터 구해야 했다. 택시를 타고 입대할 때의 기억을 더듬어 도심과 붙어있는 해변으로 갔다. 북쪽의 거대한 해상 누각과 남쪽 방파제 사이에 기다란 모래밭이 활처럼 움푹하게 휜 바닷가였다. 수심이 깊지 않은 바다는 옅은 하늘빛을 띠고 있었고 바다 멀리에는 커다란 화물선들이 닻을 내리고 있었다.

모래밭과 붙어있는 넓은 도로 건너에는 통유리로 되어 바다를 볼 수 있는 카페와 음식점들이 줄줄이 있었고 그 사이사이에 숙박업소 간판이 있었다. 해변은 평일 낮인데도 많은 사람들로 활기가 넘쳤다. 바다에서 불어오는 바람이 머리카락을 기분 좋게 헝클었고 바람에 실려온 짭짤하고 비린 냄새가 비염으로 막힌 코를 뚫어주었다. 비로소 여기가 푸른 동해를 품고 있는 도시임을 실감했다.

편의점에서 캔 맥주 세 개와 아몬드 한 통을 사서 바닷가 테이블에 자리를 잡았다. 새벽부터 목을 죄던 넥타이는 풀어서 가방에 넣고 양복저고리를 벗어 가방 위에 얹었다. 캔 뚜껑을 따서 고개를 젖혔다. 차가운 맥주가 쏟아져 입과 목을 찔러댔다. 좋았다. 숙소를 잡아야 한다는 것을 잊어버릴 만큼. 이대로 석양을 보며 저녁을 맞고 여기에 앉아 밤을 새워도 괜찮겠다 싶었다. 산다는 게 단순해지고 얽히고설킨 것들이 알아서 풀릴 것만 같았다.

지난여름, 나는 영우 형, 미현과 함께 방학도 반납한 채 마 교수가 진행하는 논문에 매달렸다. 수산화나트륨과 금속들이 만나 화학반응을 일으키며 만드는 시큼한 냄새에 찌든 실험실에서 살다시피 하며 수도 없이 전기분해를 했고, 온갖 실험값과 측정값을 추적해 비교한 다음 분석해냈다.

마 교수는 오전에 잠깐 들러 전날 실험 결과를 확인하고 몇 가지 지시를 한 다음 사라졌다. 방학을 맞은 고등학생 둘이 하루 몇 시간씩 와서 자료정리를 도와주곤 했지만 논문 작성은 우리 셋의 주도로 진행되었다. 밤과 낮을 모를 만큼, 계절을 잊을 정도로 힘들고 바쁜 시간이었지만 마 교수와 내 이름이 나란히 논문의 표지에 실린다는 기대가 모든 것을 잊게 해주었다. 미현과 함께여서 한편으로는 감미롭기까지 한 날들이었다. 영우 형은 여전히 우리를 동생처럼 챙겼다.

밤낮으로 간간이 시원한 바람이 한 줄기씩 느껴지는 것에 맞춰 우리의 논문도 끝을 보이고 있었다. 마 교수는 논문 내용에 매우 만족한 모양인지 우리를 더욱 살갑게 대했고 나는 마 교수와 한층 더 가까워진 것 같아 덩달아 기분이 좋았다.

드디어 초고가 완성되어 마 교수에게 넘겼다. 마무리는 그가 직접 하기로 했다. 그리고 얼마 후 논문이 완성되었다. 완성본 표지에 쓰인 제1 저자에는 마 교수의 이름이, 교신 저자에 영우 형이 있었다. 그리고 우리 앞에 낯선 이름 둘이 포함된 공동 저자에 내 이름은 세 번째에, 미현은 맨 끝으로 밀려나 있었다.

"아, 걔들? 한 명은 학과장님 딸이고 또 한 명은 학과장님 지인 아들이야. 한 며칠 너희 자료정리 도와주던 애들, 걔들이야. 미국 유학을 준비하는 모양인데 입학하는데 논문 실적이 좀 크게 작용하나 봐. 아버지 같은 분이 특별히 부탁하시는데 거절할 수가 있어야지. 이해할 수 있지?"

이해할 수 없었다. 속에서 분노와 허탈감이 비 온 뒤의 대나무처럼 자랐다.

마 교수가 그동안의 고생을 격려하는 의미로 저녁을 산다고 했다. 음식값이 꽤 비쌀 것 같은 고급스러운 고깃집이었다. 정갈하게 꾸며진 방에 넷이 앉았다.

"오늘 맘껏 먹고 한 며칠 푹 쉬라구. 그리고 한우 좋은 놈으로

다가 포장도 주문해놨으니까 이따 갈 때 하나씩 챙겨가고. 너희들 고기 먹이라고 학과장님이 법인카드를 주셨지 뭐야. 오늘은 이걸로 먹고 조만간 내가 한 번 더 사지 뭐."

평소 같았으면 마 교수의 말에 맞장구를 치며 분위기를 띄웠겠지만 말없이 소주잔만 들이켰다. 옆에서 걱정스럽게 바라보는 미현의 시선이 느껴졌다. 급하게 흡수된 알코올은 가슴속 화를 뾰족하게 깎아냈고 반대로 내 자제력은 물러졌다. 급기야 죽창 같은 것이 흐물거리는 막을 뚫었다. 그리고 막 안에서 이성의 여과나 교양의 정제를 거치지 않은 무엇이 튀어나왔다.

"존경하는 우리 교수님, 그동안 학과장님 꼬붕 노릇 하시느라 얼마나 노고가 크셨습니까? 제가 이제 뒤를 이어 교수님의 충성스런 개가 되겠습니다. 헥헥, 왈왈."

나를 제외한 세 사람의 행동이 순간 멎었다. 잠시 멍했던 마 교수의 안색이 차갑게 변하기 시작했다. 미간에 세로로 주름이 새겼고 눈썹은 갈매기가 되었으며 입술은 안으로 말려 들어가 한 일 자를 만들었다.

"우리 교수님 이제 앞날이 탄탄대로겠습니다. 학과장님 따님. 아니지, 공주마마 유학 가시는 데 큰 역할을 하지 않으셨습니까? 거기에다 학과장님 가오도 팍팍 세워 드리고 말입니다. 제자들 피땀으로 학과장 밑 닦아주시는, 대의를 위해 사사로운 것들을 버리는 장부의 기질과 이를 별것 아닌 걸로 여기시는 대범함.

맨날 우리는 가족이라고 노래를 부르시더니 이럴 때 써먹으시려고, 이런 큰 그림을 그리시다니 정말 존경스럽습니다. 아! 정말 어디에라도 자랑하고 싶은 훈훈한 관계입니다. 학교 게시판에 자랑할까요? 아니지, 그건 너무 사이즈가 작으니까 방송국이나 신문사에 제보하는 게 좋겠지요? 우리의 이 가족 같은 관계를요. 가, 족 같은…… 아 정말 가, 족 같네."

마 교수가 자리에서 일어섰다. 당황한 영우 형이 어쩔 줄 몰라 하며 따라 일어섰고 미현은 미동도 하지 않은 채 고개를 숙이고 있었다.

"이 새끼가 진짜 보자 보자 하니까. 학부 때부터 찌질하게 다니는 거 불쌍해서 거둬줬더니 뭐가 어째? 너 아니어도 내 밑에 들어오려고 안달 난 사람이 한둘인 줄 알아? 그래 이 새끼야, 올려라 올려. 너 내일부터 내 눈에 띄지 마라. 내가 너 이 새끼 다시는 이 바닥에 발 못 들이게 할 거니까. 건방진 새끼, 오냐오냐 해주니까 어디 맞먹으려고."

마 교수가 밖으로 나갔고 영우 형이 뒤따라 나갔다. 미현은 그때까지도 아무런 미동이 없었다. 소란이 가라앉은 공간을 어색한 침묵이 채웠다. 그렇게 한참이 지났고 긴 침묵 끝에 미현이 말을 꺼냈다.

"내일 교수님 찾아가서 잘못했다고, 용서해달라고 빌어. 술이 너무 취해서 기억이 안 난다 그러고. 화가 안 풀리시면 무릎이라도 꿇던가."

"미쳤냐? 내가 왜? 그리고 너도 한마디쯤 보태야 하는 거 아냐?"

"……"

"마 교수가 이렇게 뒤통수친 게 너는 분하지도 않아?"

"넌 순진한 거니, 멍청한 거니?"

"뭐? 그게 무슨 소리야?"

"마 교수가 우리더러 가족이라고 했다고 그걸 진짜 믿은 거야? 그래서 지금 가족한테 뒤통수 맞았다고 징징거리는 거고? 저들이 말하는 가족의 뜻이 무엇 같니? 떳떳하지 못한 일을 시킬 때, 자기가 생각해도 말이 안 되는 것을 부탁해야 하는데 설명하기 귀찮을 때 한마디로 퉁칠 수 있는 치트 키라고 생각 안 해봤어? 마 교수가 가족이라고 떠벌리며 얘기할 때 다른 사람들이 가만있었던 건 진짜 가족으로 생각해서가 아니라 그냥 거기에 동의해버리면 왜 해야 하는지 의문을 갖지 않아도 되기 때문이야."

"……"

"분하지 않냐고? 물론 나도 분하지. 몇 달 동안 머리 싸매서 만든 걸 새파란 것들이 부모 잘 만났다는 이유로 낼름 숟가락을 얹는데 왜 안 분해? 하지만 뭐 어쩌겠어. 걔들이 물고 태어난 숟가락인데."

"……"

"그리고 내가 대들어봤자 얻는 게 뭔데? 가만히 있는다고 잃는 건 뭐고? 감정을 소모하더라도 네 손익을 따져가며 해. 네 감정에 못 이겨 이리저리 휘둘리지 말고."

미현의 목소리는 작았지만 무거웠다. 충혈된 눈은 살짝 젖어 있었다. 처음으로 그녀가 낯설게 느껴졌다.

어느새 찌그러진 맥주 캔은 세 개로 늘어나 있었고 술기운에 피가 얼굴로 몰리는 기분이 들었다. 거울을 보지 않았지만 석양을 받은 안색은 검붉게 변했을 것이다. 테이블 위에 구겨져 널브러진 캔이 내 처지 같아 씁쓸했다. 둥글고 매끄럽고 단단하다고 생각했는데 거품이 빠져나가자 작은 충격에도 구겨질 일만 남은…… 나는 재활용이 될 수 있을까?

그날 이후로 나는 자퇴를 했고 미현과도 연락하지 않았다. 다만 영우 형만이 중간에서 이곳저곳을 오가며 소식을 전하고 중재를 하려고 애를 썼다. 영우 형의 얘기에 의하면 마 교수는 그날 이후에 화가 좀 누그러져 내가 용서만 구하면 못 이기는 척 받아줄 요량이었지만 나의 자퇴에 다시 크게 분노해서 다시는 나를 안 보겠다고 했다.

미현은 마치 아무 일이 없었다는 듯 연구실로 나온다고 했다. 그녀는 매일 내가 받지 않는 전화를 하고 아무 반응이 없는 문자를 보낸다. 내가 그녀까지 멀리하는 이유를 잘 모르겠다. 하나하나 따지고 보면 그녀의 말에 틀린 것은 없었다. 그녀의 낯섦에 적응하지 못해서일까, 아직 소년기를 벗어나지 못한 나의 유치한 투정인 걸까? 이러다가 그녀가 떠나버릴까 적잖이 겁이 나면서도 아직은 그녀에게 연락할 마음이 생기지 않았다.

군인 대여섯이 테이블 앞을 지나갔다. 병장부터 이병까지 섞여있는 걸 보니 분대 단위로 외출을 나온 듯했다. 가슴을 활짝 펴고 걷는 걸음에는 자신감이 넘쳐 주저함이 없었고 얼굴에는 하나같이 어떤 기대감으로 빛이 났다. 바다에 고정되어있던 시선을 거둬 그들의 꽁무니를 쫓았다. 병장 하나가 그들의 리더인 듯 앞장을 서서 걸었고 나머지는 무리에서 떨어지지 않으려 가까운 거리에서 그를 따랐다. 일행은 인도를 모두 차지하며 걷다가도 맞은편에 사람이 오면 연체동물처럼 형태를 바꿔 지나갈 길을 틔웠다.

모두 무사히 전역할 수 있기를, 아무 사고 없이 복무를 마치고 가족의 품으로 돌아가기를, 건강한 몸과 우렁찬 목소리로 부모님께 전역 신고를 하고 입대 전보다 확연히 넓어진 가슴으로 사랑하는 이를 꽉 안아줄 수 있기를. 점점 작아지는 얼룩무늬 옷들의 뒷모습을 바라보며 진심으로 바랐다.

훈련소 생활이 중간쯤을 지나고 있었다. 몸은 어느새 교관의 목소리와 호루라기 소리에 반사적으로 움직였다. 교관에게 지적을 받지 않기 위해 해야 할 것과 하지 말아야 할 것, 요령껏 해야 할 것을 구별할 줄 아는 눈치가 생겼다. 조금이라도 더 쉬고 더 먹기 위해 이겨야 하는 경쟁 상대일 뿐인, 겨우 이름 정도만 아는 동기들이지만 교관 앞에서는 동기를 위해서라면 목숨도 바칠 수 있을 만큼 전우애로 똘똘 뭉친 것으로 보이게 만드는 연기력이 생겼다.

그사이 머리를 한 번 더 빡빡 밀었고 엄지발톱이 살 속으로 파고드는 것 때문에 의무실도 다녀왔다. 경례 구호는 '충성'과 '인내'로 바뀌었다.

셋째 주에는 추석 연휴가 끼어있었다. 입대해서 처음 맞는 명절로 뒤숭숭한 마음과 하루 정도는 쉬게 해주지 않을까 하는 기대감이 훈련병 사이에 퍼졌다. 그러나 훈련이 시작되기 전 잠시 시간을 내 지낸 단체 차례와 특식으로 나온 떡과 과일주스가 추석에 누리는 호사의 전부였다.

훈련병들은 연휴 동안 총을 분해해 손질한 후 다시 조립하는 법을 배웠다. 총에 탄창을 결합하여 목표물을 조준하는 방법과 방아쇠 당기는 요령을 연습했고 돌이 많은 연병장에서 앉거나 엎드린 자세에서 총을 쏘는 법과 갑자기 적이 나타났을 때의 사격술을 아침부터 해가 질 때까지 훈련했다.

그리고 연휴가 끝나자마자 실탄사격이 시작되었다. 며칠 동안 반복해서 훈련했지만 첫 사격의 긴장감으로 모두 우왕좌왕하는 바람에 교관들의 고함과 얼차려가 뒤따랐다. 그리고 처음 들어보는 실제 총소리는 생각했던 것보다 훨씬 커서 한참 동안 귀가 먹먹했다. 야간 사격을 하던 중에는 잃어버린 탄피 하나를 찾느라고 훈련병 전체가 자정이 훌쩍 지나서야 부대로 복귀할 수 있었다.

"수류탄은 근접전투 시 손으로 던질 수 있는 소형 폭탄이다. K-413 세열수류탄은 높이 72, 너비 55밀리미터, 무게 260그램, 신관 지연시간 4~5초, 살상반경은 10~15미터이다.

수류탄은 신관과 폭약, 탄체로 구성되어 안전장치 제거 후 신관이 작동하여 폭약을 폭발시키면 수백 개의 텅스텐 알갱이로 된 탄체가 비산하며 살상 효과를 내는 무기이다. 수류탄의 안전장치는 3중으로 클립, 고리, 손잡이가 있어 손잡이를 포함한 탄체를 손으로 감싸서 잡고 클립을 제거 후 고리에 손가락을 걸어 뽑은 다음 목표물을 향하여 투척하면 탄이 날아가는 동안 손잡이가 풀리면서 4~5초 후에 폭발하게 된다."

사격훈련이 끝나자 수류탄 투척 훈련이 시작되었다. 훈련병들은 사격 때와 마찬가지로 무기의 제원을 먼저 외워야 했고 점호 시간마다 점검을 받아 통과를 한 후에야 무사히 잠자리에 들 수 있었다. 조금만 실수해도 큰 사고로 이어질 수 있는 훈련이다 보니 예비 과정 또한 엄격하고 고되었다. 통제관으로부터 수류탄을 받은 후부터 투척까지의 과정을 반복해서 몸에 익혀야 했고 발생 가능한 사고에 대비한 행동 요령도 숙달한 다음 파란색 모의 수류탄을 몇 차례나 던져야 했다.

하늘이 유난히 높고 푸른 날 훈련병들은 수류탄 투척 교장으로 향했다. 낡고 꾀죄죄한 군복을 입은 훈련병 처지였지만 계절을 느끼는 데 아무 문제가 되지 않았다. 몇몇이 길가에 핀 코스모스를 꺾어 입에 물었지만 이를 보고도 교관들은 별다른 제지를 하지 않았다.

훈련은 소대별로 이루어졌기에 훈련을 받지 않는 소대는 교장 아래의 공터에 대기하고 있었다. 꽤 멀리 떨어진 곳이었지만 실제 폭발 소리는 어마어마하게 컸다. 훈련병들의 얼굴에는 긴장감이 묻어났다. 평소 같으면 몰래 나누었을 잡담 소리도 나지 않았다.

우리 차례 앞에 두 개 소대가 남았을 때쯤이었다. 이전 소리와는 비교도 안 되게 크고 날카로운 소리가 귀를 때렸다. 규칙적인 폭발음에 익숙해지고 있던 훈련병들은 반사적으로 귀를 막고 몸을 움츠렸다. 뭔가를 찢는 듯한 소리는 심장을 오그라들게 했다. 곧 교관들이 급하게 투척 장소로 올라갔고 이어서 아래에 대기하고 있던 군용 앰뷸런스도 튕기듯 위로 올라갔다.

잠시 후 사이렌을 켠 앰뷸런스가 먼지를 일으키며 내려왔다가 사라졌고 훈련을 위해 교장에 있던 훈련병들은 넋이 빠진 얼굴로 내려왔다. 교장과는 꽤 멀리 떨어졌는데도 화약 냄새가 바람을 타고 공터까지 내려왔다. 매캐한 냄새 사이사이에 처음 맡아보는 비릿한 냄새가 섞여 있는 것 같기도 했다. 그날 수류탄 투척 훈련은 바로 중단되었고 우리는 부대로 복귀하여 아무것도 하지 않고 한참을 대기했다. 저녁 점호도 인원 파악 정도로 끝나고 일찍 모포 속으로 들어갔지만 모두 잠을 쉽게 못 이루는지 이곳저곳에서 뒤척이는 소리가 들려왔다.

던지기도 전에 들고 있던 수류탄이 터져 손목이 날아간 동기는 과다 출혈로 사망하고 현장에서 통제하던 교관 두 명은 가슴에 파편이 박혀 큰 수술을 몇 번 한 후에 겨우 생명을 건졌다. 사고에 대한 조사가 이루어졌고 죽은 동기는 훈련받은 대로 행동했고 훈련 절차상에도 아무 문제가 없었다고 1차 결과가 발표되어 원인은 밝혀지지 않았다.

며칠 뒤 부대에서 장례식이 치러졌는데 우리 훈련병들도 새 군복으로 갈아입고 참석했다. 사진 속 동기는 잘 다린 정복을 입고 늠름하게 웃고 있었다. 이야기 한마디 나눈 적이 없지만 오가다 스친 적이 있는 낯익은 얼굴이었다. 혼절했다 깨어나기를 수도 없이 했을 훈련병 어머니가 넋이 나간 모습으로 누군가의 부축을 받아 서 있었다. 초점 없는 눈에서 눈물이 쉼 없이 흐르고 있었다. 대열 속에서 부동자세로 서 있는데 앞이 부옇게 흐려졌다. 엄마가 너무 보고 싶었다.

뒤숭숭한 분위기에서도 훈련병들이 거쳐야 하는 과정들은 하나씩 진행되었다. 사고 조사는 여전히 오리무중이라는 얘기가 들렸고 이후 수류탄 투척 훈련은 모의 수류탄에서 끝이 났다.

신병수료식이 하루하루 앞당겨지고 있던 어느 날, 점심 메뉴에 후식으로 훈련병들이 제일 좋아하는 아이스크림이 1인당 두 개씩 할당되었다. 뜻하지 않은 횡재에 기분이 좋으면서도 주어진 시간 안에 식사를 끝내야 했기에 훈련병들은 식탁에 얼굴을 박고 아이스크림에 열중하고 있었다.

"먹으면서 들어라. 불의의 사고로 사망한 최〇〇 해병의 소지품이 며칠 전 부모님께 전달되었다. 거기에는 최 해병이 미처 부치지 못한 편지가 있었다. 편지에는 '어머니, 아버지 저는 몸 건강히 훈련 잘 받고 있습니다. 오늘 점심에는 후식으로 아이스크림이 나왔는데 정말 맛있었습니다'라고 쓰여있었다.

오늘 최 해병의 부모님이 훈련단으로 돈을 보내오셨다. 최 해병이 맛있게 먹었다던 아이스크림을 훈련병들에게 두 개씩 사주라고 하면서 말이다. 여러분이 지금 먹고 있는 아이스크림이 어떻게 주어졌는지 알고 최○○ 해병 부모님의 마음을 조금이라도 헤아리길 바란다."

처음으로 교관이 인간처럼 보였다. 저들의 동료도 아직 사경을 헤매고 있고 치료비와 보상 문제 해결 또한 요원하다는 이야기가 들렸다. 교관들도 병역의무의 한 방편으로 임무를 수행하고 있을 뿐, 진학 대신 직업군인을 선택한 우리 또래의 평범한 청년임을 어렴풋이 깨달았다.

같은 날 입대한 동기들은 몇 명의 귀향자와 한 명의 사망자를 제외하고는 같은 날 수료했다. 나는 백령도에 자대배치를 받았다. 인천에서 200킬로미터쯤 떨어진, 북한 땅 장산곶이 선명하게 보이는 서해 최북단 섬이었다. 그리고 1년이 지났다.

상병 정기휴가를 받아 사회인이 된 대학 동창들과 어울려 과음을 한 다음 날 집에서 느지막이 일어났다. 엄마가 차려놓은 밥과 국으로 쓰린 속을 달랜 후 소파에 누워 TV 채널을 이리저리 돌리고 있는데 화면 아래 큼직한 자막으로 속보가 떴다.

'육군 모 신병교육대 수류탄 폭발 사고 1명 사망 2명 중상'

작년에 이어 또 수류탄 사고가 일어난 것이다. 상체를 세우고 앉아서 본 뉴스에서 강한 기시감이 들었다. 실무 생활에 적응하느라 잊고 지냈던 동기와 장례식장에서 보았던 그 어머니의 초점 없는 눈이 떠오르며 사고 이후의 일들이 궁금해졌다.

노트북을 펴고 검색창에 동기의 이름을 쳤다. 너무 많은 결과들이 보여졌기에 '고 최○○ 해병'으로 검색 조건을 좁혔다. 제일 먼저 눈에 띈 것은 국방부 앞에서 커다란 피켓을 들고 1인 시위를 하는 초췌한 중년 남자의 사진이었다. 장례식에서 본 것 같기도 한 동기의 아버지였다.

피켓에는 '입대할 땐 국가의 자식, 죽거나 다치면 남의 자식'이라는 큰 글씨와 함께 철저한 진상 조사를 통하여 원인을 밝혀내고 다시는 젊은이들의 아까운 목숨을 앗아가지 않게 재발 방지 대책을 세워달라는 요구사항이 적혀있었다. 당연히 이루어졌으리라고 생각했는데 이제껏 저러고 있었다는 사실이 가슴을 답답하게 했다. 이어 속보로 보도되고 있는 수류탄 사고에 대한 뉴스를 검색해봤다. 기사에는 이번 사고가 난 신병교육대 정문 사진이 있었다.

'정예 강군 육성의 요람, 가족 같은 병영생활'

국가가 말하는 가족은 그 빈약한 실체에 반비례하여 온갖 미사여구와 비유로 강조되고 치장되었다. 가족의 이름으로 행해진 엄한 훈육과 폭력만 존재할 뿐 자애의 손길은 없었다. 이 가족관계는 장병들이 죽거나 다치지 말아야 함을 전제로 했다. 설령 죽거나 다치더라도 국가에 책임을 묻지 말아야 하며 그렇지 않다면 그들의 입맛대로 만든 법에 의해, 필요에 따라 회유와 협박 따위로 철저히 고립되고 외면되었다. 일방적으로 설정된 가족관계가 일방적으로 파기됨은 당연한 일이었다.

나도 모르게 혼잣말이 튀어나왔다.

"가족 좋아하네, 씨발."

1년 간격으로 연이어 비슷한 사고가 나자 다시 조사가 이루어졌다. 사고 수류탄은 모두 같은 생산 라인의 제품으로 확인되었고 그 라인에서 생산된 제품을 전수검사한 결과, 다섯 발 중 한 발꼴로 신관이 규정된 시간보다 훨씬 빨리 폭발하거나 안전 손잡이가 잡힌 채로 터졌다고 했다. 그리고 1년 전 조사위원회에 제조사의 임원이 포함되어 자사 제품에는 결함이 없음을 강력하게 주장했다는 사실도 새로 밝혀졌다. 동기의 유가족이 제조사에 민사소송을 진행하여 지루한 다툼 끝에 결국 원고 일부 승소 판결을 받은 것은 내가 전역을 며칠 앞둔 때였다.

어느새 맞은편 가게들의 간판에는 조명이 들어와 다양한 색들로 번쩍거렸다. 숙소를 잡고 제대로 된 식사도 해야 했다. 자리에서 일어서자 사방이 일렁댔고 다리가 휘청거렸다. 특별히 먹은 것도 없이 맥주만 들이켜서인지 배 속이 냉기로 꽉 막혔고 이마에는 식은땀이 맺혔다.

근처 공중화장실에 들어가 목구멍을 손가락으로 쑤셔 속을 비워내고서야 몸에 따뜻한 피가 다시 도는 기분이 들었다. 눈가에 물이 제멋대로 고여 사방이 어른거렸다. 세면대에서 손을 문지르고 얼굴에도 두어 번 물을 묻혔다. 얼굴 전체가 젖었지만 눈물 자국은 여전히 선명하게 구별되었다. 벽에 걸린 휴지로 대충 물기를 닦아내고 길을 건넜다. 속이 텅 빈 것 같이 허했다.

늘어선 가게마다 각각의 재료가 내는 냄새들로 손님들을 유혹했고, 초저녁이었지만 테이블에는 벌써 사람들로 가득 차 소란스러웠다. 당장 무엇이라도 위장에 집어넣고 싶었지만 어디에도 들어가기가 망설여졌다. 모텔 간판이 번쩍거리고 있었지만 어디로 가야 할지 쉽게 결정하지 못했다. 가게 앞 인도에서 담배를 피우는 사람들을 이리저리 피해 앞으로만 갈 뿐이었다. 그러다가 간판들의 행렬이 끝나는 지점에 도착해서는 왔던 길을 되밟아갔다.

모텔과 조개구이집 중간쯤을 지나는데 양복저고리 안주머니에서 진동이 울렸다. 휴대폰을 꺼내 손가락으로 패턴을 그리니 녹색의 통화 버튼 오른쪽 위에 3이라는 숫자가, 노란 바탕의 어플에는 4가 빨간 원 안에 찍혀있었다. 면접을 앞두고 설정한 진동 모드를 바꾸어놓지 않았던 모양이다. 발신자는 모두 같은 사람이었다.

스물아홉에 남편을 잃고 세 살 난 아들과 세상에 남겨진 여자. 늦은 나이에 미용 기술을 배워 아들을 대학원까지 보낸 여자. 마흔두 살에 새로운 사랑이 나타났지만 사춘기를 심하게 앓던 아들이 알까 냉정하게 거절하고 몰래 베개를 적셨던 여자. 쉰세 살에 유방암에 걸려 왼쪽 가슴을 도려내야 했던, 가위질하는 데 걸리적거리던 게 사라져 오히려 편하겠다고 얘기하며 병원 침대에 누운 채로 아들을 향해 힘없는 웃음을 지어 보이던 여자. 아들만 보면 파스를 들이대며 뒤돌아 등을 내보이던 여자. 메신저 배경에 아들 사진을 걸어놓고 그 밑에 '박사님 울 아들'이라고 적어놓은 여자……

아들, 면접은 어땠어, 잘 본 것 같아? 전화할 수 있을 때 전화 줘.
전화를 안 받네. 요즘 무슨 일이 있는 거니? 갑자기 공부 관두고 면접을 보러 간다 그러고, 엄마가 물어보면 제대로 대답도 안 해주고.
아들, 무슨 일인지는 모르지만 엄마는 항상 아들 편인 거 알지? 어디서 뭘

하던 엄마가 끝까지 믿어주고 밀어줄 테니까 아무 걱정 말고 어깨 펴고 다녀. 그리고 전화 좀 받아.

도대체 무슨 일인데? 제발 전화 좀 받아. 엄마 일이 손에 안 잡혀.

나는 지금까지 이 여인에게 엄마라는, 가족이라는 이유로 얼마나 많은 희생을 강요해왔던 것일까. 그녀는 가족이라는 단어로 자기 인생에서 얼마만큼의 '왜'라는 의문을 지웠을까. 이성적이고 합리적인 관점으로는 설명이 되지 않는, 착취와 맹목의 관계 속으로 왜 돌아가야 하는지 의문이 생겼지만 답은 곧 정해졌다.

그러자 무엇이 먹고 싶고 고단한 몸을 누이고 싶은 곳이 어디인지가 명확해졌다. 아이처럼 그녀 앞에서 그동안의 일들을 작은 것까지 재잘재잘 떠들어대고 싶었다. 그녀가 수십 년 동안 가위질을 하고 파마 롤을 감고 염색약을 발라 마련한, 오늘 새벽까지 머물던 19평 아파트가 그리웠다. 조바심이 일었다. 그러나 우선 그녀에게 목소리를 들려줘야 할 터였다. 단축번호를 누르려는데 빈 택시 불빛이 가까이 오는 게 보였기에 나는 기사에게 내 모습이 잘 보이도록 도로 한복판까지 나가 핸드폰을 든 손을 흔들어야 했다.

*내용 중 일부는 실제 사고를 모티프로 삼았습니다. 2014년 수류탄 훈련 중 불의의 사고로 귀한 목숨을 잃은 고 박준영 해병의 명복을 빌며, 지금도 허리 잘린 조국을 위해 청춘을 바치고 있는 젊은이들에게 이 글을 바칩니다.

작가의 말

써야 할 이유를 찾지 못할 때가 있었다. 당연히 글 한 줄 쓰기가 힘들었다. 어쩌다 조금 앞으로 나간다 싶다가도 금세 썼던 글들을 지우기 일쑤였다. 이야기는 방향을 잃고 사방으로 튀었다. 뭉쳐지지 않는 퍼석한 문장은 으스러져 가루가 되었다. 힘겹게 쓴 글들이 버튼 하나로 너무 쉽게 지워졌다. 한숨 소리와 어금니를 깨무는 일이 잦아졌다. 나중에는 노트북을 펼치는 것조차 큰 고통이었다. 결국 한때의 추억이라 생각하고 더 이상의 시도는 하지 않기로 했다. 포기하니 마음이 가벼웠다. 그러나 아주 잠깐이었다.

오랫동안 가슴에 품었던 것을 도려낸 자리가 헛헛했지만 차츰 적응하겠거니 했다. 잊기 위해 사람들과 어울려 술을 마시기도 하고 아주 긴 연속극에 정을 붙이려고도 했다. 그 사이 빈자리에 검은 싹이 텄다. 그것이 죄책감이라는 것을 깨달았을 때는 이미 사방으로 퍼져 온 가슴을 덮고 난 뒤였다.

어둑해진 퇴근길. 앞뒤가 차로 꽉 막힌 다리 위에서 건너편 야구장 조명을 바라보다 문득 생각했다. 사람은 저마다의 우주를 품고 있다고. 작가란 사람들에게 이 사실을 일깨우는 존재이자 사람들이 길을 잃지 않도록 우주의 지도를 만드는 이들이라고. 그래서 자주 길을 잃고 많이 헤맬수록 좋은 지도를 만들게 되는 거라고. 흔들리지 않고는 좋은 글을 쓸 수 없는 거라고. 뒤차의 경적에 정신이 들어 얼른 가속페달을 밟았다.

한바탕 앓고 난 것 같다. 허한 기운에 현기증이 일지만 버텨냈다는 뿌듯함과 무언가가 빠져나간 개운함에 기분이 좋다. 돌고 돌아 드디어 있어야 할 자리에 왔다. 내 자리라고 받아들이고 나니 이제는 돌아온 시간만큼 마음이 급해진다. 이럴 때일수록 차분해지자, 스스로 다독인다.

여기 있는 여덟 편의 이야기는 모두 포항이라는 도시와 연관이 있다. 지역에 대한 애정이 남들보다 유별난 것은 아니다. 다만 내가 사는 곳이 이야기로 좀 풍성해졌으면 하는 욕심이 있었다. 내세울 거라곤 쇠붙이밖에 없는 삭막한 도시가 사랑하는 이들과 부대끼며 내가 살아가는 곳이라는 사실이 싫었다. 소설로 첫 상을 받는 자리에서 '이야기가 있는 포항'에 작은 힘을 보태겠다고 말해버렸다. 한껏 들뜬 상태에서 나와버린 말이 오랜 시간 가슴을 누를 줄, 쉽게 뱉은 말의 무게를 그때는 몰랐다.

10년 묵은 약속을 이제야 지킬 수 있게 되었다. 아무도 기억하지 못하는 약속이지만 내가 뱉은 말이 가벼워지는 게 싫었다. 고마운 이들의 도움에 기대 무거운 짐 하나를 내려놓는다. 덕분에 용기를 얻어 다른 약속도 지킬 수 있을 것 같다. 더욱 정진해서 쓰겠다. 별수 있나, 자주 헤매고 많이 흔들릴 수밖에.

아버지 어머니 사랑합니다.

두일 인희 인숙, 입에 머금기만 해도 눈앞이 그렁그렁해지는 이름들. 제일 먼저 고맙다는 말을 전한다.

정수 미라, 좋은 것을 보면 제일 먼저 생각나는 두 사람. 내 삶과 글의 이유이다.

노대원 선생님, 생면부지 작가의 존재와 작품의 실체를 규명

해주셔서 고맙습니다.

　〈도서출판 득수〉의 여러 선생님, 초보 작가의 엉성한 글 때문에 고생하셨습니다.

2023년 1월

김 도 일

역사적 상상의 리얼리즘, 사랑의 스토리텔링

김도일 소설집 『어룡이 놀던 자리』 해설

노대원(문학평론가)

어룡의 바다 : 포항의 스토리텔링

러시아의 문학이론가 미하일 바흐찐은 주인공(hero)은 작가로부터도 자유로운 존재라고 말했다. 그는 주인공이 서사에서 자율적인 존재이며 작가가 통제할 수 없다고 보았다. 작가는 자신의 생각과 의도를 주인공에게 강요할 수 없다는 것이다. 그럴 리가. 언뜻 과장된 주장 같다. 그럼에도 바흐찐의 말을 헤아려 보게 되는 까닭은 무언가. 작가의 손끝에서 태어난 가상의 인격조차 자유로운 존재라고, 그러니 실제의 인간은 어떻겠느냐고 묻는 이론처럼 들리기 때문이다. 그는 성격이란 용어를 싫어했다고 한다. 성격이란, 멈추어진, 틀지어진 것이기 때문이다. 그가 보기에, 인간이란 그렇지 않다. 변하는 것이 인간이고, 누구도 그 변화를 막지 못하는 것이다.

작가가 독자와 대화를 나누는 과정이 소설이고, 진정한 대화란 일방향의 독백이 아니라 서로의 언어를 주고받는 것이라는 바흐찐의 또 다른 통찰도 새삼 떠오른다. 그렇다면, 소설의 주인공 역시 작가와 독자처럼 대화의 한 중심축이리라. 어떤 소설들에서 이야기의 주인공은 한 장소나 지역이 될 수 있다. 역시, 바흐찐의 사유를 따르자면, 주인공이 된 장소는 고정된 성격을 지닌 바윗덩이 같은 것일 리가 없다. 살아있는, 움직이는, 너와 나의 자리를 바꾸어 보자고 말을 건네는 장소.

그러므로 김도일의 『어룡이 놀던 자리』의 주인공은 포항이다. 가장 최근에 다녀온 여행지가 포항이었던 내게, 이 소설집이 펼쳐 놓는 포항의 이야기들은 큰 재미를 안겨주었다. 이 소설집이 그려내는 포항의 역사, 문화, 자연, 경제의 서사들은 짧았던 지난 여행이 남긴 단편적 이미지들에 풍성한 의미와 감정을 부여해 주었다. 그것이야말로 멈추어 있는 글자들이 부리는 이야기의 마법이 아닐까. 바흐찐적인 의미에서, 김도일이 그려내는 포항은 살아 있는 하나의 주인공이 된다.

사실, 지역의 스토리텔링과 문화콘텐츠는 이제는 지역 문학·문화 연구와 교육, 그리고 지역 관광 정책의 가장 진부한 아이디어가 되어 버릴 정도로 많은 이들의 관심을 받아왔다. 이 때문에 지역 스토리텔링은 누군가에게는 오히려 거부감마저 일으킬지도 모르는 서사화 방식이 될 수도 있다. 그럼에도 지역의 스토리텔링은, 과연 힘이 세다. 김도일은 포항의 이야기들을 통해 그 점을 웅변한다.

표제작 「어룡이 놀던 자리」는 현재는 포스코, 즉 포항제철소가 자리한 해변, 어룡사(魚龍砂)를 배경으로 한 소설이다. 조선시대에 관상감(觀象監) 벼슬을 했다는 이성지가 영일만의 어룡사를 보고 예언적인 시(詩)를 한 편 지었다고 한다. 참고로, 관상감은 기상 관측이나 지도 제작 등의 과학적 업무를 보는 곳으로 오늘날의 기상청에 가깝지만, 한편으로는 점성과 택일, 풍수지리에 관한 업무도 보았다고 한다. 쉽게 말하면 기상청과 미래학 연구소를 겸한 업무를 보았다고 할까. 과학과 무속은 오늘날 상반되고 자주 적대적으로 서로를 대하게 되었으니, 이 조합이 꽤나 이상하게 보인다. 게다가 그는 조선시대의 양반답게 시로 자신의 전문 분야를 표현한다. 이제, 과학과 무속에 예술까지 결합한 형국이 된다.

어룡사에 대나무가 생겨나서(竹生魚龍沙)

만 사람 살리는 땅이로다(可活萬人地)

서쪽 기물들이 동쪽으로 옮겨와(西器東遷來)

돌아보니 모래 마당 없어졌네(回望無沙場)

(김도일, 「어룡이 놀던 자리」 작가 노트, 강이라 외, 『작은 것들』, 득수, 2022, 112쪽)

이성지의 오언절구 시가 의미하는 바를 나는 제대로 알지 못한다. 그러나 포항의 사람들은 오늘날 그의 예언이 현실이 되었다고들 말한다. 현대적 해석에 힘입어 그의 시는 미래를 예견한 놀라운 글이 되었다. 이 시의 대나무란, 포항제철의 수많은 굴뚝이라는 것이다. 포항제철(포스코)이 포항 지역을 대표하는 상징이 되었다는 것은 부인하기 어렵다. "만 사람 살리는 땅"의 의미를 포항의 많은 사람들은 경제적 활력으로 생각하는 것 같다.

그러나 이 소설은 지역에 널리 퍼진 전설을 모티브(motive)로 삼았으되, 자부심이 아니라 죄의식이 핵심적인 정서로 작동한다. 이 소설은 오월 광주에 대한 서신 형식의 후일담 소설처럼 시작한다. 소설의 액자 바깥 이야기가 지닌 오월 광주에 대한 정치적 부채 의식은 안쪽 이야기의 사적인 부채감과 연결되어 있다.

김도일의 소설에서, 이성지의 예견적 미래 시는 쓸쓸한 후일담의 이야기 속에서 새롭게 독해된다. 숱한 사람들이 아마 제2

구의 "만 사람 살리는 땅이로다"에서 환호하였겠으나, 역시 소설가는 다르게 읽는다. 제4구의 "돌아보니 모래 마당 없어졌네"는 김도일의 소설에 이르러 향수(鄕愁)나 허무의 정조가 된다. 「어룡이 놀던 자리」는 제철공장의 저 우뚝 솟은 굴뚝을 찬양하지 않는다. 자랑스럽게 여기지도 않는다. 산업근대화의 상징이었을 저 공장의 굴뚝은, 소설에서 정치적 억압의 기억과 묘하게 오버랩된다. 또한, 저 대나무가 의미한다고 하는 공장 굴뚝은 정치적 억압과 동궤일 남근적 폭력의 상징처럼 느껴진다. 소설의 이야기에 따르면, "조상의 묘"와 "수녀원"을 밀어버린 자리에서, 공장의 굴뚝이 솟아오른 것이다.

이 서사는 포항의 서사인 동시에 한국 현대사의 축도로 볼 수 있다. 누군가를 밀어낸 자리에 솟아오른 깃발. 그 깃발은 돈과 힘의 깃발이고, 발전과 번영의 깃발이었다. 많은 이들은 그 깃발의 찬란함을 우러러본다. 그러나 누군가를 밀어낸 자리로 기억하는 이들은 많지 않다. 그 잃어버린 폐허의 그늘까지 헤아리는 존재가 소설가이다. 포항이란 주인공은 이처럼 산업의 영웅에서 잃어버린 우리들의 옛 얼굴이 된다.

「장기농가」는 조선 시대의 주요 유배지 가운데 한 곳이었던 포항을 새로 알게 하는 소설이다. 다산 정약용을 주인공으로 삼는 역사소설 장르로 볼 수 있다. 그런데 사실, 김도일의 소설들은 역사소설과 같은 특정 장르가 아니더라도 역사적 상상력이 중요하게 작동한다. 이 역사적 상상력이란, 「어룡이 놀던 자리」나 「장기농가」에서 분명하게 보여준 것처럼, 왕과 고관대작들의 옛이야기가 아니다. 김도일의 역사적 상상력은 번영과 발전의 이름에 지워진 자들의 자리를 찾아가거나 쓰러진 자들과 밑바닥에서 겨우 살아가는 자들의 삶에 주목한다. 그 점에서 우리가 익히 떠올리게 되는 역사적 상상력과는 다른 결을 지닌 소설들이 된다.

정약용이 지은 시 「장기농가」는 다산이 포항 장기로 귀양을 오게 된 후에 쓴 작품이다. 소설에 그려진 것처럼, 1800년 정조의 죽음 이후 1801년 '신유옥사' (辛酉獄事)가 벌어진다. 신유박해 (辛酉迫害)로도 불리는 이 사건은 말 그대로 천주교인들을 탄압한 일인데, 실상은 이러한 명분을 내세워 반대파인 시파를 제거하기 위한 정치적인 목적이 컸다고 한다. 이 사건을 거시적으로 바라보아, 신유박해 이후 서양 학문이 조선에서 발붙이지 못하게 된 일로 평가하면서 조선의 자주적 근대화가 실패하고 일본의 지배를 받게 된 원인으로 해석하는 이들까지 존재한다. 천주교인들과 역사적 관점에서는 한 마디로 비극적인 일이었다.

그러나 문학은 실패와 좌절을 먹고 자라는 것일까. 정약용이 18년 동안의 귀양살이를 통해 방대한 저술 작업을 이룰 수 있었고, 다산학이 가능하게 되었다고 흔히들 이해한다. 정약용의 오랜 유배 생활은 다산 문학의 꽃을 피우게 했던 토양이 되었다. 다산은 유배 기간 동안 234편의 시를 썼는데 첫 해에 남긴 시가 75편이라고 한다. 포항 장기에서의 유배 생활은 정약용의 문학에서 이처럼 의미 있는 시기로 기억될 수 있다.

김도일의 소설 「장기농가」는 다산의 시문학 「장기농가」가 어떻게 배태되고 꽃피우게 되었는지를 이야기한다. 소설 속의 인물 정약용은 신창 바다에서 거친 삶을 살아가는 노인을 만난다. 그는 아들 내외를 잃고 손자를 키우며 근근이 살아가는 촌부일 뿐이다. 바다가 원망스럽지 않느냐는 다산의 질문에 그는 바다가 아니었으면 손자도 태어날 수 없었다며, 바다는 "살아 있는 모든 것들의 뿌리"라고 말한다. 노인은 가난하고 힘겨운 삶을 살아가는 바닷가 사람에 불과하지만 민중적 지혜의 소유자라 할 수 있다. "백성이 뿌리이자 바다"라고 여기는 다산의 애민 사상은 그런 노인과의 만남을 통해 더욱 깊이를 얻어간다.

이를테면, 『촌병혹치』는 의서나 약제가 없던 장기의 시골 사람들을 위해 의학 정보를 정리해 저술한 책이다. 다산은 장기 사람들이 병이 들면 무당에게 의존할 수밖에 없던 안타까운 실정을 생각해 부족한 의서나마 자료 삼아, 주변에서 쉽게 구할 수 있는 약제들로 간략하게 정리했다. 그물을 만드는 새로운 방법이나 그물의 부식을 방지하는 방법을 어민들에게 알려주기도 하였다고 한다. 실학자로서, 백성들의 삶을 깊이 들여다보고 공감하고 안타까이 여긴 결과였으리라.

보릿고개 험한 고개 태산같이 험한 고개
단오명절 지나야만 가을이 시작되지
풋보리죽 한 사발을 그 누가 들고 가서
주사의 대감도 좀 맛보라고 나눠줄까

소설에서 장기의 민중들은 또다시 압송되어 떠나가는 정약용을 위해 그가 지은 「장기농가」를 노래로 부른다. 다산의 시 「장기농가」는 고고한 선비들의 음풍농월이 아니었다. 그 시는 배고프고 서글픈 백성들의 밑바닥 삶을 그들의 눈높이에서 그린 처절한 리얼리즘이었다. 다산은 1년이 채 되지 않는 기간 동안 유배지인 장기에 머물렀다고 한다. 그 짧은 시간 동안 그토록 많은 문학과 학술 활동을, 그리고 백성들과 함께 호흡할 수 있었던 비밀을 김도일의 「장기농가」에서 엿볼 수 있었다.

기억의 전쟁 : 과거와 현재의 대화

김도일 소설의 공간 배경의 중심은 분명 포항이지만, 소설의 심층 주제는 역사적 트라우마나와 죄의식과 연결되어 있는 경우가 많다. 이는 역사적 상상력에 대한 김도일 작가의 문학적 천착이 그저 가벼운 딜레탕티즘(dilettantism)에 불과한 것이 절대 아니라는 사실을 알게 한다. 김도일이 그려낸 주인공들의 이야기는 돌고 돌아 결국 한국 역사의 어두운 페이지를 찾아간다.

「관목」은 과메기의 어원이 되는 관목(貫目)을 표제로 삼은 것에서 볼 수 있듯이, 포항의 향토적 소재를 중시한 서사로 보인다. 실제로 이 소설에서 과메기에 관한 풍속, 경제, 문화를 담은 이야기들은 매우 흥미롭게 읽힌다. 한편, 이 소설에는 베트남전 당시 한국군에 의해 벌어진 민간인 학살에 대한 역사적 죄의식이 저변에 무겁게 흐르고 있다.

소설의 주인공이자 서술자는 열여섯의 싸움꾼 중학생 남자 아이 박철수다. 한국과 베트남의 역사적 악연은 '첫 번째 꼬챙이' 대목에서 철수의 할아버지 원득의 월남 파병 이야기로 그려진다. 원득이 꽝응아이성 빈호아에서 학살에 가담했다고 서술되지는 않는다. 그러나 그는 건강했지만 어느날부터 의문의 질병으로 죽어갔다. '두 번째 꼬챙이' 대목에서는 철수의 아버지 동근의 이야기가 그려진다. 그는 다리의 장애를 지닌 채 태어나 원 득이 "월남에서 사람을 많이 죽여 그 귀신이 달라붙어 그렇다" 는 말을 듣기도 했다. 철수의 할아버지, 아버지의 불행은 베트 남전의 고엽제와 관련이 있다는 것이 소설의 끝 부분에서 밝혀 진다.

'…… 외부기관에 의뢰하여 故 박원득 님의 베트남에서의 행적과 생전 진료기록 등을 면밀히 검토한 결과, 베트남전 당시 광범위하게 살포되었 던 고엽제(제품명 : Agent Orange)가 발병 및 사망원인일 가능성이 충분히 입 증되었음을 알려 드립니다. …… 아울러 박동근 님의 선천적 장애 또한 고엽제와 인과관계가 있을 가능성이 농후하나, 2세대 유전에 대한 명확 한 의학적 근거가 부족하고, 고엽제 제조사가 이를 부정 ……'

'세 번째 꼬챙이' 대목은 철수의 어머니 쯔엉 티 미엔(정지민) 의 이야기다. 소설 속의 베트남 여성의 결혼 이주 역시 현재 한 국과 베트남의 국제적 관계를 압축적으로 보여주는 것이다. 베트남 여성과 한국 남성의 결혼은 그 자체로 동등하지 않다. 베트남 노동 인력의 한국으로의 수출과 같은 맥락에서, 한국이 동아시아 지역에서 갖는 준제국적(sub-imperial) 지위를 보여준다. 베트남 출신의 결혼 이민자인 철수의 어머니가 어린 시절 들었던 자장가는 자장가답지 않은 섬뜩한 노랫말이다.

"아가야, 이 말을 기억하거라. 한국군들이 우리를 폭탄 구덩이
에 몰아넣고 다 쏘아 죽였단다. 아가야, 너는 커서도 이 말을 꼭
기억하거라."

소설에서 미엔의 고향으로 설정된 남베트남 꽝응아이성 빈호
아에는 실제로 이런 자장가가 전해 내려온다고 한다. 1966년
청룡부대가 이곳에서 자행한 학살로 마을 주민 430명이 숨졌다
고 한다. 이 학살의 희생자는 대부분 여성, 노인, 어린이였고,
21명의 임산부도 포함된다고 추정하고 있다. 한 노인의 목을
잘라 논에 걸어두거나, 여성이 강간당하고, 산 채로 불구덩이에
던져지고, 배가 갈라져 창자가 꺼내지기도 했다.
　참혹한 학살의 죄의식은 원득의 죽음과 동근의 장애로 에둘러
징벌하는 상징적 의미를 갖는다. 동시에, 그들 역시 순진무구한
민중으로서 역사의 피해자라는 이중적인 의미를 갖는다. 미엔이
한국군의 학살이 있었던 지역 출신으로 한국인 남성과 결혼했다
는 점이 다소 의아하긴 하다. 아마도, 한국과 베트남 사이의 악
연을 민중적 연대로 돌파해 보려는 작가의 의지의 소산으로 이
해할 수 있을까? 베트남전의 학살 사건과 결혼 이민, 다문화 가

정의 현실과 같은 소재들을 단순히 이어 붙이려는 것이 아니라 과거와 현재 속의 대화에서 역사적 화해를 이루고자 한 소산이 아니었을까 싶다. 소설은 3대의 가족사 이야기를 펼쳐내다, 마침내 3대인 박철수에 이르러 한국과 베트남의 혼혈인으로서 새로운 서사를 만들어 낼 것임을 암시하고 있기 때문이다.

이처럼 김도일 소설은 사실(史實)에 근거해 있다. 소설과 같은 허구(fiction)도 근본적으로 사실(事實)에 근거하는 것은 당연한 이치다. 김도일의 소설은 신문 기사, 역사적 기록으로부터 모티브를 얻은 작품들이 많다. 대표적인 사례가 「디어 마이 엉클」이다. 이 소설은 가난하고 소외된 독거노인의 일상을 세밀하게 묘사하는 것으로 시작한다. 포항을 배경으로 삼고 있어 포항 지진을 떠올리게 하는 뉴스 속보도 잠시 등장한다. 소설에서 일인칭 서술자인 노인은 부유한 집안의 막내아들로 태어났다. 하지만 형의 막내 아들인 우경수는 그보다 일 년 먼저 태어나 그의 앞길을 막는다. 그는 "집 안 장손의 충직한 꼬붕"이 되었다고 억울해한다. '소대가리'라는 별명으로 불리던 우경수가 오랜 세월을 뒤로 하고 노인을 찾아온 것이다.

두 사람은 티격태격하던 청소년기를 보내다 한국전쟁을 맞닥뜨린다. 이들은 모두 엉겁결에 학도병에 지원하게 된다. 〈학도의용군〉이라는 학생이자 군인인 절반씩의 정체성을 갖고 전쟁에

휩쓸리게 된 것이다. 단편소설의 분량에서 이들이 어떻게 전쟁을 경험했는지 자세히 다루기는 어렵다. 그럼에도 실제 학도병의 일기가 소설적으로 재구성되어 젊은이들이 겪은 전쟁의 실상을 여실히 드러내고 있다. 어쩌면 작가는 현실의 이야기가 때때로 소설보다 더 극적이고, 더 문학적일 때가 많다는 것을 간파하고 있었는지도모른다. 이 학도병의 일기가 거의 실제의 것 그대로 사용되었다는 점에서, 이 소설의 핵심 모티브가 어디에 있었는지를 짐작할 수 있게 한다.

「디어 마이 엉클」의 마지막은 포항여고 개축 공사 현장에서 한국전쟁 당시의 유골이 발견되었다는 뉴스와 포항 지역의 고독사를 다룬 뉴스가 연달아 보도되는 장면으로 막을 내린다. 두 뉴스는 주인공 노인과 소대가리가 현실에서 만난 것이 아니라, 죽어서 만나게 되었다는 것을 의미한다. 두 인물의 죽음은 모두 서글픈 죽음이다. 주인공은 죽어서까지 소대가리라 부르며 연상의 조카를 달가워하지 않았지만, 노인의 죽음을 애도하기 위해 찾아온 자는 소대가리의 유령뿐이다. 서글픈 죽음이 서글픈 죽음을 만나 서로를 위로한 것이다. 사실과 뉴스가 이 소설을 출발하게 한 동력이었겠지만, 소설은 서글픈 넋들이 서로를 위무하는, 현실 너머의 이야기로 마무리한다. 실로 이 애도의 서사는 현실의 서사가 아니라 '환상'의 서사다. 하지만, 그 환상은 현실에서 이름 없이 죽어간 이들이 비로소 평안하게 눈을 감기 위해서는 기꺼이 필요한, 의미 있는 환상일 것이다.

사랑의 쓸모 : 피로한 불꽃

김도일 소설에서 역사적 상상력만큼이나 서사적 조망을 받는 것은 가족과 사랑의 의미를 탐구하는 영역이다. 「불꽃 지다」, 「피로」, 「하루카의 전설」, 「가족의 쓸모」와 같은 계열의 단편들이 그러하다. 그 가운데 「불꽃 지다」와 「피로」는 또 다른 하나의 계열로 묶일 수 있을 듯하다. 이 소설들은 공통적으로 중년 남성(남편)의 관점에서 아내와의 식어버린 사랑, 혹은 그 후회스러운 각성을 다루고 있다. 한 마디로, 김도일 소설에서 사랑은 현재형이라기보다 과거형에 가깝다.

「불꽃 지다」는 역사학 교수인 현섭이 포항 유배문학을 조명하는 원고를 청탁받아 취재하기 위해 포항을 찾는 여정을 담는다. 포항은 현섭이 대학을 졸업하고 해병 간부후보생으로 처음 발 디딘 곳이기도 했다. 말하자면, 청춘의 기억이 아로새겨진 곳이었다. 그곳에서 그는 아내 수연을 만난다. 아내 수연은 끊임없이 아버지가 키우던 복숭아 이야기를 했다. "수연에게 복숭아는 자신의 어린 시절을 추억하고 아버지를 기억하는 방법인 듯했다." 동시에 이 소설에서 다소 과하다 싶을 정도로 반복되어 등장하는 복숭아의 이미지는 아내 수연의 이미지인 동시에, 현섭과 수연의 청춘과 싱그러운 사랑을 의미한다.

이제 그 복숭아의 이미지는 아내 수연의 것이 아니다. "유난히 길고 흰 목선에서 복숭아 향 향수 냄새가 옅게 났다." 현섭과 동행하여 포항을 여행하는 정윤은 20대 후반의 대학원생이다. 현섭의 아내인 수연은 현재 위암 3기로 항암치료 중에 있다. 그러니까 현섭은 병든 아내를 두고 정윤과 외도 관계에 있는 것이다. 병든 아내와 젊은 애인은 대조적인 쌍을 이룬다. 하지만 아내의 옛 시절 복숭아의 이미지는 젊은 애인에게서 반복된다. 현섭은 불꽃놀이를 구경하다 젊은 연인을 본다. 그는 "두 사람이 젊은 시절의 자신과 수연이라는 착각에 빠져들었다." 허무하게 끝나고 마는 불꽃놀이처럼 그는 아내와의 사랑의 여정이 차갑게 식었음을 확인했을 것이다. 아이러니하게도 그 불꽃놀이는 더욱 강렬하게 지난 젊은 날들의 사랑을 떠올리게 한다.

「피로」 역시도 지난 시절 사랑의 힘이 얼마나 쉽게 저물어버릴 수 있는지를 보여주는 유사한 관점의 소설로 읽힌다. 강영훈은 "〈주식회사 보국제철〉의 경비업무 협력회사 〈삼천리 안전〉의 말단직원"이다. 그는 본부에 불려가서 업무의 잘못을 지적받으며 시말서를 쓰라는 말을 듣는다. 게다가 한 번의 사건으로 직원들보다 나이도 많고 학력도 높지만 그는 '공공의 적'이 되고 만다. 어쩔 수 없이 그는 장인의 제삿날 회식에 늦게까지 참석하게 된다. 영훈의 장인은 가난한 문학지망생에 불과한 그를 안타깝게 여겨 거두어 주었던 은인에 가깝다. 그러나 그날 영훈은 만취하여 인사불성이 된다. 늦은 밤 집에 돌아오니, 출산 예정일을 앞두고 있던 만삭의 아내는 어디로 갔는지 없다.

「피로」와 「불꽃 지다」는 모두 지난날의 사랑, 혹은 지나가버린 사랑을 그리며 동시에 현재의 초라한 삶의 현실과 시들어버린 사랑을 그린다는 점에서 비슷하다. 하지만 「피로」에는 「불꽃 지다」에 나타나는 허무주의보다는 삶의 목적과 사랑의 힘을 잃어버린 주인공의 비루한 현재에 대한 비판적 의식이 더 강한 편이다. 두 소설은 부정적 면모를 드러내 역으로 사랑의 참모습을 밝히려는 시도에 가깝다.

그런 점에서 「하루카의 전설」은 앞서 살펴본 두 소설에 비해 훨씬 더 사랑의 아름다움을 직접적으로 그려내려는 단편으로 볼 수 있다. 소설의 주인공으로 등장하는 사이우는 사고로 부모를 잃고 할머니와 같이 살아온 여성인데, 요양원에 있던 할머니의 죽음 소식까지 접한다. 그녀는 할머니의 유품을 정리하던 중에 오래된 사진을 발견하고 사진의 비밀을 헤아려보기 위해 한국행

비행기를 탄다. 여기서 만나게 된 이야기가 할머니의 사랑 이야기이다. 액자 안 이야기, 즉 하루카의 일기에서 밝혀지는 것은 사이우의 할머니는 원래 구룡포 일대의 최고 재력가인 일본인 토가와 가문의 장녀였다는 것이다. 일본인과 조선인이라는 차이, 계급과 신분의 차이를 넘어서 사이우의 할머니 하시모토 하루카는 최경복과 사랑을 나눈다. 물론 이 사랑은 토가와 가문의 방해로 결국 이루지 못한 사랑이 되고 만다.

최경복은 사랑을 잃을 뿐만 아니라 북해도로 강제 징용된다. 이 지점에서 김도일 소설가 특유의 비판적 역사 인식이 다시 발동한다.

일은 새벽에 시작하여 밤늦게 끝났어. 지상에서 올려줘야 바깥으로 나올 수 있었는데 하루 할당량을 채우지 못하면 올려주지 않았지. 식사는 하루 두 끼, 후 불면 날아가는 주먹밥과 소금국이 전부야. 하루에도 몇 명씩 죽어 나갔어. 얼어 죽는 죽음, 굶어 죽는 죽음, 그리고 갱도가 무너져 한꺼번에 죽는 죽음…….

신분의 차이, 가문의 방해로 인한 사랑의 실패라는 사랑 이야기는 사실 익숙한 서사 문법일 것이다. 그러나 이 사랑 이야기에 역사적 사실성을 부여하자 실감 나는 이야기로 다시 태어난

다. 작가의 다른 포항 관련 소설들처럼 이 소설 역시 〈구룡포근대역사관〉(구룡포 근대문화역사거리)이라는 실재하는 구체적인 관광명소가 모티브가 된 것으로 보인다. 또한 작중에서 최경복이 하루카에게 들려주는 전설은 포항시 호미곶 일대를 무대로 삼는 『삼국유사』의 '연오랑과 세오녀' 이야기이다. 하루카의 손녀 이름이 '사이우'이고, 최경복의 손자 이름이 '연오'로 설정된 것 역시 연오와 세오의 이름을 환기하기 위함이란 것을 알 수 있다. 표제의 '하루카의 전설'이란 다시 말해 연오랑 세오녀 전설의 다시 쓰기다. 연오랑 세오녀 전설이 포항 지역에서 일본으로 건너간 이들의 이야기라는 점을 떠올려 보자. 작가는 포항의 두 명소와 옛 전설로 솜씨 좋게 새로운 사랑 이야기를 구축했다. 포항의 인문지리에 착안한 작가의 상상력은 사랑의 이야기로 부풀어 오르고, 비판적 역사의식과 함께 현재와 과거를 잇는 다리가 된다.

김도일의 이 소설집에서 비판적 태도와 풍자가 가장 강하게 드러나는 소설은 '가족의 쓸모'이다. 소설의 주인공 김진혁은 자신의 지도 교수인 마 교수와 불화하여 박사과정을 중도하차하고 회사 면접을 보러 포항역에 도착한다. 마 교수는 김진혁에게 "우리는 가족이나 마찬가진 거야."라고 말하며 대학원 생활을 권유했던 이다. 그러나 마 교수는 학과장의 딸과 지인 아들을 위해 논문 저자에 이름을 올린다. 김진혁은 이러한 행태에 격하게 반항한 것이다. 이 사건은 미국 입시를 위해 동료와 지인 자녀들을 논문 저자에 이름을 올리는 고위층에 대한 정치적 풍자로 보인다.

하지만 이 소설에서 더 본격적인 비판과 풍자의 대상이 되는 것은 '가족주의'라는 명분의 부패한 행태들이다. 우선 김진혁이 면접을 보러 간 회사는 사훈의 하나로 '가족 같은 기업문화'를 내세우는 실제 '가족 기업'이었다. 전무라 불리는 이의 처남이 사장인 곳이었다. 두 번째로, 김진혁의 해병 군생활과 관련된 이야기다. 훈련병 동기가 사고로 사망하지만 진상이 밝혀지지 않는다. 그 훈련병의 아버지가 피켓에 내세우는 문구는 "입대할 땐 국가의 자식, 죽거나 다치면 남의 자식"이다. '가족 같은 병영생활'을 내세우는 신병교육대지만, 실제는 괴리가 있었다.

국가가 말하는 가족은 그 빈약한 실체에 반비례하여 온갖 미사여구와 비유로 강조되고 치장되었다. 가족의 이름으로 행해진 엄한 훈육과 폭력만 존재할 뿐 자애의 손길은 없었다. 이 가족관계는 장병들이 죽거나 다치지 말아야 함을 전제로 했다. 설령 죽거나 다치더라도 국가에 책임을 묻지 말아야 하며 그렇지 않다면 그들의 입맛대로 만든 법에 의해, 필요에 따라 회유와 협박 따위로 철저히 고립되고 외면되었다. 일방적으로 설정된 가족관계가 일방적으로 파기됨은 당연하였다.

작가는 매우 직접적인 방식으로, 가족주의를 내세워 통치와 훈육의 효율적 작동을 꾀하는 국가를 비판한다. 한국 사회의 가족주의와 혈연주의는 거의 성역과도 같기에, 가족을 내세워 기업과 국가 체제가 운영되어왔다는 비판적 분석이 이 소설의 기저에 깔려 있다. 이러한 가족주의는 국가나 기업과 같은 공적 영역뿐만 아니라 더 미시적인 사회관계에도 도구적으로 이용되면서, 오히려 집단과 강자가 개인이나 약자를 수탈하고 억압하는 데 이용되기도 했다. 우리 사회를 억눌러 왔던 오랜 독재와 부패가 대체로 '군사부일체'(君師父一體)의 보수적 이념에 기대어 작동했던 것도 작가의 이런 비판의 근거가 되어줄 것이다. 실제로 이 소설에는 국가와 기업, 스승 모두 가족주의를 내세우지만, 그 가족주의는 왜곡된 방식으로 철저히 부패한 측면이 크다는 점을 강조한다. 누구를 위한 가족인가, 라는 질문은 우리 사회의 가장 중요한 질문이라는 점을 작가는 매우 비판적으로 인식하고 있다.

김도일 작가는 가족과 사랑을 이야기할 때도 순진한 태도를 버리고 역사적 상상력과 비판적 상상력을 통해서 돌아보려고 한다. 그는 포항의 이야기를 놀랍게도 흥미로운 소설로 재탄생시킬 줄 아는 스토리텔러이지만, 현실과 역사, 이상과 현실을 끊임없이 마주 보게 하고, 서로를 비추어 보게 하는 리얼리스트이기도 하다. 포항에서 시작된 그의 이야기가 어떻게 깊어지고, 넓어지며 더 큰 세계로 펼쳐질지 기대해 본다.

도서출판 득수 득수소설

어룡이 놀던 자리

1판 1쇄 2023년 1월 30일

지은이	김도일
펴낸이	김 강
편집 · 디자인	제일커뮤니티 054 · 282 · 6852
인쇄 · 제책	천우원색인쇄사
펴낸 곳	도서출판 득수
출판등록	2022년 4월 8일 제2022-000005호
주소	경북 포항시 북구 장량로 174번길 6-15 1층
전자우편	2022dsbook@gmail.com
ISBN	979-11-979610-2-1

값 15,000원